ATRÉVETE A ENAMORARTE

ESTELLE MASKAME

ATRÉVETE A ENAMORARTE

Traducción de Teresa Muñoz

CROSS BOOKS

Obra editada en colaboración con Editorial Planeta – España

Título original: *Dare to fall*

© 2017, Texto: Estelle Maskame
© 2018, Traducción: Teresa Muñoz García
De la edición en inglés © Black and White Publishing, Ltd. 2017.
Publicado mediante acuerdo con VicLit Agency

© 2018, Editorial Planeta S.A. – Barcelona, España

Derechos reservados

© 2018, Editorial Planeta Mexicana, S.A. de C.V.
Bajo el sello editorial DESTINO M.R.
Avenida Presidente Masarik núm. 111, Piso 2
Colonia Polanco V Sección
Delegación Miguel Hidalgo
C.P. 11560, Ciudad de México
www.planetadelibros.com.mx

Imagen de portada: © Maria Teijeiro/Getty Images

Primera edición impresa en España: enero de 2018
ISBN: 978-84-08-18036-4

Primera edición en formato epub en México: abril de 2018
ISBN: 978-607-07-4845-5

Primera edición impresa en México: abril de 2018
ISBN: 978-607-07-4850-9

No se permite la reproducción total o parcial de este libro ni su incorporación a un sistema informático, ni su transmisión en cualquier forma o por cualquier medio, sea éste electrónico, mecánico, por fotocopia, por grabación u otros métodos, sin el permiso previo y por escrito de los titulares del *copyright*.

La infracción de los derechos mencionados puede ser constitutiva de delito contra la propiedad intelectual (Arts. 229 y siguientes de la Ley Federal de Derechos de Autor y Arts. 424 y siguientes del Código Penal).

Si necesita fotocopiar o escanear algún fragmento de esta obra diríjase al CeMPro (Centro Mexicano de Protección y Fomento de los Derechos de Autor, http://www.cempro.org.mx).

Impreso en los talleres de Litográfica Ingramex, S.A. de C.V.
Centeno núm. 162, colonia Granjas Esmeralda, Ciudad de México
Impreso en México -*Printed in Mexico*

*A ti, mamá, mi mejor amiga y mi todo.
Te quiero más que a nadie*

1

Nunca he entendido por qué el lunes es el que se lleva toda la fama de ser el peor día de la semana. Estoy totalmente en desacuerdo. Son los domingos. Tienen algo que los hace demasiado silenciosos y tranquilos, y que odio cada vez más. Quizá es porque la mitad del pueblo va a la iglesia por la mañana mientras la otra mitad intenta cocinar un estofado, antes de darse por vencida y acabar pidiendo comida a domicilio. Por lo menos, eso es lo que suele ocurrir en mi familia. O quizá es porque la mitad de la gente con la que vamos a la escuela está dándose prisa para terminar todos las tareas que ha dejado para el último minuto mientras la otra mitad se pasa el día entero en el Dairy Queen porque no hay otro lugar adonde ir. Nosotros formamos parte de esta última mitad.

—¿Quieres otro?

No me había percatado hasta ahora de que estaba en la luna. Despego la mirada de la mesa, le parpadeo un par de veces a Holden mientras me incorporo un poco en el asiento. Ni siquiera me había dado cuenta de que se había levantado.

—¿Qué?

Holden baja la mirada hacia mí y la desplaza a lo que queda de mi café helado. Sólo quedan cuatro gotas.

—Que si quieres otro —repite.

—Ah, no, gracias.

Al tiempo que se da la vuelta y se dirige al mostrador para volver a pedir algo, en lo que debe de ser la quinta vez esta noche, me froto la cara con la mano, y me acuerdo de que llevo un par de capas gruesas de rímel cuando ya es demasiado tarde. Maldigo en voz baja, agarro mi celular de la mesa y enciendo la cámara. Tengo los ojos manchados y rodeados de una sombra negra. Con una servilleta hago todo lo que puedo para limpiar el desastre que acabo de provocar, pero parece que sólo logro empeorarlo.

Will suelta una carcajada, y yo lo fulmino con la mirada desde el asiento de enfrente del gabinete donde estamos sentados. Está mordisqueando el popote de su malteada de chocolate, pero se agacha rápidamente cuando arrugo la servilleta para hacer una bola y se la lanzo.

—Parece que tienes resaca —dice cuando vuelve a enderezarse, apartándose el pelo de los ojos. No me acuerdo cuándo fue la última vez que se lo cortó, pero sin duda necesita volver a hacerlo.

—Sólo estoy cansada. —Suspiro y dirijo mi atención a toda la basura que hemos acumulado en nuestra mesa. Lo juro, todo lo que hacemos los domingos es comer, porque no hay nada más que hacer en este pueblo. Cuento por lo menos una docena de vasos vacíos, de los cuales tres son míos, y la mayoría de los envoltorios de comida son de Holden. Los vasos de helado son de Will.

—¿Ya viste quién está aquí? —pregunta este bajando la voz. Agacha la cabeza y se inclina ligeramente hacia mí por encima de la mesa mientras de manera muy sutil señala con la mirada a lo lejos, por encima de mi hombro—. Creo que es la primera vez que la veo saliendo por ahí.

Lentamente me desplazo por el asiento y echo una mirada rápida por detrás de mí. La localizo enseguida: Danielle Hunter.

Más allá del gabinete, en dirección hacia la puerta, Danielle está sentada con una taza entre las manos, y su pelo negro le cae por encima de los ojos. La acompañan tres chicas más, todas enfrascadas en una conversación. Pero Danielle aguarda con la mirada fija en la mesa como si lo que está pasando a su alrededor no fuera con ella. Al observarla desde la otra punta del restaurante se me hace un nudo en la garganta. Es una sorpresa verla aquí. Apenas sale de casa. Últimamente nadie ve a Danielle Hunter en otro lugar que no sea el colegio.

—Bueno —murmuro al voltearme de nuevo para mirar a Will—. Esto sí que es una novedad.

Le lanzo una nueva mirada a Danielle y me siento extrañamente desconcertada de verla. No he hablado con ella desde hace mucho, así que ruego para que no me vea, aunque no puedo evitar pensar en lo sola que parece.

Sólo soy capaz de apartar la atención de ella cuando Holden regresa a la mesa con otra hamburguesa, la tercera de la noche, y se desliza por el asiento del gabinete hacia mí. El equipo de futbol perdió el partido contra Pine Creek ayer, así que está de mal humor, decepcionado por cómo jugaron, por lo que Will y yo hemos decidido no mencionar el tema.

—La última, lo prometo —dice Holden antes de darle un buen mordisco. Yo le dirijo una mirada de asco.

—Por supuesto —replica Will con sarcasmo. Creo que a veces le gusta molestar a Holden, pero siempre de manera inofensiva, y a mí me parece divertido observarlo. Se reclina contra la ventana, cierra los ojos e inclina la cabeza lo más lejos posible de nosotros.

Agarro mi celular para ver qué hora es mientras Will toma una siesta y Holden devora esa asquerosa hamburguesa. Acaban de dar las nueve y media de la noche y dentro de poco el encargado del restaurante empezará a recorrer los gabinetes para echarnos a todos y así poder cerrar. Le doy un golpecito a Holden.

—Déjame salir un momento. —Todavía con la hamburguesa agarrada con fuerza entre sus manos, Holden aparta las piernas a regañadientes lo justo para dejarme pasar. Suspirando, le toco el muslo con suavidad—. Y deja de darte esas palizas —le digo, rompiendo así el pacto que tengo con él. La temporada de futbol apenas está empezando, y no puedo soportar los meses en que se convierte en un gruñón cada vez que su equipo pierde un partido. Se pone insoportable todas y cada una de las temporadas, pero parece que este año la cosa va peor. Apenas nos ha dirigido dos palabras en toda la noche—. Juegan contra el Broomfield el viernes, ¿no? Van a ganar ese partido, seguro —lo tranquilizo mientras me escurro por encima de él.

Holden se encoge de hombros. Me dirige una sonrisa a regañadientes.

—Supongo. Ya veremos —dice.

—Y yo supongo que vamos a seguir hablando con monosílabos —le replico, poniendo los ojos en blanco.

Will me lanza una mirada y abre un ojo, pero no se mueve ni un centímetro.

—Aunque el Broomfield no es tan bueno, ¿verdad? Así que puede que esta vez hagas algún pase. —Se ríe con malicia al mismo tiempo que vuelve a cerrar el ojo. Holden aprovecha la oportunidad para lanzarle el envoltorio de la hamburguesa hecho una bola, que le da justo en la frente.

—A ver si cachas esta —mascula. Idiotas.

Los dejo a los dos perdiendo el tiempo y me dirijo al baño. Cuanto más se acercan las diez de la noche, más vacío está el Dairy Queen, aunque todavía quedan algunos estudiantes del colegio. En cuanto la encargada nos eche, se acabó: no hay ningún otro lugar adonde ir, excepto a casa. Le dirijo una rápida sonrisa a Jess Lopez y un «ey» al pasar por su mesa, pero está con unas chicas a quienes no conozco mucho, así que no me detengo para hablar con ella.

Continúo hacia el baño y me encierro en uno de los tres pequeños cubículos. Mientras estoy allí, le envío a papá un mensaje rápido para que sepa que llegaré a casa en menos de una hora, resignada al hecho de que el domingo ya casi ha terminado. Vuelvo a meterme el celular en el bolsillo de mis *jeans* mientras jalo el pasador y abro la puerta del todo. El corazón se me detiene por un instante cuando levanto la mirada y veo que hay alguien ahí de pie, inmóvil, delante de los lavamanos. No he oído que entrara nadie. Al instante me doy cuenta de que es Danielle Hunter y me quedo paralizada. Está de espaldas a mí, pero sus ojos se encuentran con los míos a través del reflejo del espejo.

No le he dirigido más que unas pocas palabras desde el año pasado. Casi nunca la veo, y cuando lo hago, no sé cómo actuar o qué decir. Así que no le digo nada. ¿Qué se supone que le tienes que decir a alguien que está de luto por la muerte de sus padres? No lo sé. Nadie lo sabe.

Pero ahora mismo no puedo mirar al suelo y seguir andando como si nada. De repente soy consciente de lo pequeño que es esto, y de que ella me está mirando con sus ojos azules. El contraste con su nuevo pelo negro azabache es tan intenso que hasta resulta extraño. Su cara es inexpresiva, no muestra ninguna emoción. Trago saliva y me pongo a su lado en el lavamanos. Abro la llave y me quedo mirando fijamente el agua que cae en cascada sobre mi piel. ¿Le digo algo? Sé que debería hacerlo, pero no sé qué, ni cómo. Siento que me arden las mejillas de la tensión que se apodera de mí mientras decido si ahora es el momento adecuado para decirle algo de una vez por todas o no. Siempre he querido volver a hablar con ella, pero no he sido capaz.

Levanto la vista hacia el espejo, sólo para saber si ella todavía me está mirando. Voy a hacerlo. Voy a hablar con ella, y voy a hacerlo ahora mismo, antes de que me dé tiempo de pensarlo dos veces. Con todo el valor que soy capaz de acumular, me obligo a mirar a Danielle directamente. La sonrisa que esbozo con los labios se supone que es normal y sincera, pero es forzada, y ella lo sabe.

—Hola, Dani —digo. Pronunciar su nombre me pone la piel de gallina—. Me alegro mucho de verte por aquí.

Danielle me mira entrecerrando los ojos, y yo dejo que mi sonrisa se vaya desvaneciendo porque sé que puede ver la realidad más allá de mi expresión. La estoy mirando de la misma manera en que la mira la mayoría de la gente: con lástima. Hay una pizca de sorpresa en sus ojos azules por el hecho de que le haya hablado, aunque no dice nada. Sigue inexpresiva cuando vuelve a mirar su reflejo en el espejo y se apoya con las manos en el borde del lavabo.

Su silencio es peor que cualquier otra reacción posible, porque ahora me siento insegura sobre cómo manejar la situación. Ya hice lo que debía: le dije que me alegraba de verla por aquí. Es lo que se supone que debía decirle, pero no parece que me lo agradezca. Su expresión es tan pasiva, tan vacía, que resulta imposible interpretarla.

Ha sido un año muy duro para los Hunter, y todo el pueblo de Windsor lo sabe. He sido testigo del cambio drástico que ha sufrido Danielle, de cómo se ha roto, de lo grande que ha sido el impacto que la muerte de sus padres le ha producido. Recuerdo cuando llevaba el pelo tres veces más largo y las ondas rubias le caían por la espalda, cuando sus mejillas estaban siempre encendidas, cuando era conocida por tener la risa más agradable de su clase. No es la misma chica que era hace un año, pero ¿quién puede culparla por ello? Nadie ha olvidado la tragedia de los Hunter, y nadie sabe cómo sobrellevar esta pérdida. Sobre todo yo.

Lo cierto es que no sólo he estado evitando a Danielle durante este año. También a su hermano. Jaden, el otro miembro de los mellizos Hunter, quien todavía me sonríe siempre que me ve. Jaden, a quien no tengo la valentía suficiente para parar y decirle algo. Jaden, con quien ya no sé cómo comportarme. Jaden, cuyo cambio drástico me horroriza tanto como el de su hermana. No me atrevo a acercarme a ninguno de los dos. No soy capaz de vivir con el miedo constante de decir algo inapropiado. No puedo hacer frente a los efectos que una pérdida tan devastadora debe de haber causado en ellos. No es que no quiera. Dios, claro que quiero. Es sólo que... no puedo.

Con el agua goteando por mis manos, cierro la llave y me las seco rápidamente en los *jeans*. Intento volver a mirar a Danielle, pero no encuentro sus ojos. Se parecen mucho a los de su hermano. Sigue callada, y ya pasó el tiempo suficiente para que me contestara, así que sé que tengo que decir algo más. Me pongo nerviosa sólo de nombrarlo, pero me trago el miedo y susurro en voz baja:

—¿Cómo está Jaden?

No sé cómo le va porque nunca se lo he preguntado, aunque sé que debería hacerlo. Me asusta que la respuesta no sea otra que «bien» o «va mejorando». Por eso espero conteniendo el aliento, juntando las cejas para mostrar compasión.

De inmediato, Danielle inclina la cabeza y el flequillo le cae sobre los ojos.

—¿Por qué lo preguntas? —responde en voz baja, y yo me quedo de piedra ante su tono a la defensiva—. Tampoco te importa.

Me le quedo mirando, aturdida por sus palabras. Hace un año, Danielle y yo éramos amigas. Solía decirme en broma que si algún día Jaden y yo nos casábamos seríamos casi hermanas, y que ella siempre había querido tener una hermana. Lo que nunca llegué a decirle es que yo sentía lo mismo.

—Dani...

—Porque si de verdad te importara —me interrumpe hablando despacio, volviéndose hacia mí—, me lo habrías preguntado hace un año, cuando... —Su frase se apaga pero ya sé lo que iba a decir. Iba a decir que si de verdad me importara les habría preguntado cómo estaban hace un año, cuando sus padres murieron.

—Dani... —Niego con la cabeza y doy un paso hacia ella. La última cosa que esperaba hacer esta noche era enfrentarme a Danielle Hunter en los baños del Dairy Queen—. Sabes que sí me importa.

—Pues tienes una manera muy curiosa de demostrarlo, MacKenzie —dice. Su tono es más apagado. Se voltea hacia el espejo, se aparta el flequillo de los ojos, y luego se dirige hacia la puerta. Pero entonces se detiene y me mira por encima del hombro antes de murmurar—: Le diré a Jaden que preguntaste por él.

En este momento, mientras miro a Dani marcharse, con sus palabras flotando a mi alrededor, me siento como la persona más pequeña del mundo. No sé por qué me sorprendo tanto. No es que esperara que me tratara como solía hacerlo, porque yo tampoco lo hago con ella, pero supongo que este es el motivo por el cual durante mucho tiempo he temido que llegara este momento. Desde el primer instante en que me alejé de los Hunter supe que las cosas iban a cambiar para siempre, pero no tuve elección.

No quiero que Holden y Will se pregunten por qué tardo tanto, así que después de respirar hondo salgo del baño y voy directo al gabinete. Veo que casi todo el mundo se ha ido, a excepción de nosotros y el grupo de Dani, aunque parece que están a punto de hacerlo. Le doy un codazo a Holden en cuanto llego a su lado y lo empujo para que me haga lugar. Me arde la cara.

Mi disgusto debe de ser evidente porque Will se pone en guardia al momento.

—¿Qué te pasa? —me pregunta.

—Acabo de hablar con Danielle —les digo. Mi voz es un suspiro—. Es la primera vez que lo hago desde que... —Ni siquiera soy capaz de decirlo en voz alta. Rápidamente, miro a uno y al otro intentando captar sus reacciones. Holden frunce el ceño y se aparta de mí para acercarse a la ventana y mirar hacia el estacionamiento, mientras que Will parece sentir curiosidad.

—¿Hablaste con ella? —pregunta para aclarar que me escuchó bien.

—No tuve más remedio. Estaba allí mismo. —Apoyo los codos en la mesa y pongo la cabeza entre las manos, cierro los ojos y suelto un gemido ahogado. La última persona con quien esperaba encontrarme esta noche era Danielle Hunter, y la verdad es que tampoco creía que los lavabos del Dairy Queen fueran el lugar donde volviera a hablar con ella. Ojalá le hubiera dicho algo más, o algo diferente—. Me odia, se lo puedo asegurar —mascullo contra las palmas de mis manos.

—Bueno —murmura Will. Sus palabras salen lentas, su expresión es cautelosa, y poco a poco levanto la cabeza para mirarlo—. No podías esperar otra cosa... Al fin y al cabo, Danielle no sabe por qué la evitaste.

—Eso no ayuda mucho —interfiere Holden, volviendo de golpe la cabeza para mirarnos—. Puede que la haya estado evitando, pero es que todo el mundo lo ha hecho de una manera u otra. No es que lo haya hecho para ser cruel. —Me mira de lado como buscando mi aprobación—. A veces uno no tiene más remedio que hacer lo que tiene que hacer. ¿Verdad, Kenzie?

Sólo soy capaz de asentir.

Antes de que Holden o Will puedan decir nada más, la encargada aparece de la nada delante de nuestro gabinete y nos pide con gran amabilidad que nos vayamos porque quieren empezar a limpiar antes de cerrar, en diez minutos. Cuando miro a mi alrededor, me doy cuenta de que somos los últimos.

Recogemos nuestra basura y nos dirigimos al estacionamiento donde nos espera el flamante Jeep Renegade de color rojo de Will. Se lo limpiaron a fondo esta mañana, así que la pintura reluce bajo la luz de los faros, y Holden frunce el ceño mientras avanzamos por el estacionamiento hacia el coche. Los padres de Will son bastante ricos, mientras que los de Holden tienen deudas. Vendieron su coche el otoño pasado, así que ahora se ve forzado a depender de Will, igual que yo. Mamá me deja el suyo de vez en cuando, pero no es lo mismo.

Pido ir adelante, y avanzo rápidamente para sentarme en el asiento del copiloto; subo y cierro la puerta a toda prisa antes de que Holden me lo arrebate. Frunce el ceño todavía más, así que le saco la lengua mientras Will se sienta en el asiento del conductor. Automáticamente manipulo los controles para encender la calefacción. Ahora que es septiembre, y a medida que el otoño se acerca, las noches empiezan a ser más frías. Holden se sube al asiento de atrás, pero mide más de metro ochenta, así que incluso en este coche, que es enorme, tiene que agacharse un poco. Siempre me ha parecido divertida la manera en que su cabeza toca el techo.

No hay mucho que hacer en Windsor un domingo a estas horas. La mayoría de los lugares están cerrados y la gente ya está en casa. Las noches son más oscuras, más frías. Hay escuela por la mañana. Hay trabajo al que acudir. De todos modos, vamos a dar una vuelta por el pueblo, pasando por delante de las tiendas y los puestos de comida rápida de Main Street hasta los descampados de las afueras de Windsor, antes de que Will nos pregunte si está bien que nos deje ya en casa.

Me deja a mí primero, justo antes de las once, y les digo a los dos que los veré por la mañana cuando Will pase a recogernos para ir al colegio. No arrancan inmediatamente después de bajarme del coche, sino que esperan hasta que abro la puerta de casa y me despido con la mano, como hago habitualmente, entonces se alejan y enseguida dejo de oír el sonido de la música de Holden.

Lo que oigo ahora es el sonido de mis padres. Sobre todo la voz de papá. Están discutiendo pausada y suavemente, de la manera en que lo hacen cuando no están enojados sino más bien preocupados por algo. Una discusión tranquila, algo que es demasiado habitual en esta casa.

Lanzo los zapatos al lado de la puerta y la cierro. Avanzo por la alfombra del recibidor hasta la sala, donde por la tele van pasando las mejores jugadas de la Liga de Futbol Americano de esta noche a volumen bajo. Mamá está sentada en el borde del sillón, tiene los ojos hundidos y cansados y aprieta sus finos labios con firmeza. Lleva *pants* y sudadera y el pelo recogido, y ya se quitó el maquillaje, nada raro para un domingo a estas horas. Papá está al otro lado, en la parte más alejada de la sala. En la mesita de café que hay entre los dos descansa una copa vacía de vino con la marca de labial en el borde. Me acuerdo de que mamá se estaba sirviendo una copa de Chardonnay de una botella acabada de abrir antes de que me marchara. Prometió que sería la primera y la última del día. Pero siempre dice eso, y papá tiene una botella vacía en la mano para demostrarlo.

—Vaya, MacKenzie —dice suspirando. Como si yo no hubiera visto la botella, se lleva la mano a la espalda para esconderla. Frunce el ceño—. No te oí entrar.

Le sonrío con la boca cerrada pero no digo nada porque estoy más concentrada en mamá. Tengo la estatura de mi padre, pero todo lo demás lo heredé de mi madre. Tenemos los mismos ojos cafés y profundos, los mismos pómulos, altos y prominentes, la misma mandíbula afilada.

—Me voy a la cama, mamá —le digo suavemente mientras me arrodillo en el suelo a su lado, mirándola con expresión cariñosa. No está borracha. No, no después de una botella, eso ya no es suficiente, pero basta con un par de copas para que se le dibuje una fea mueca en la cara—. Tal vez tú también deberías hacerlo —sugiero, buscando su mano.

Mamá mira fijamente al suelo, y se queda quieta por un instante antes de levantar sus pesados párpados hacia papá, para mirarlo como si todo esto fuera culpa suya, como si hubiera sido él quien abrió la botella; entonces se relaja, suspira y asiente al mismo tiempo que sus ojos cafés se encuentran con los míos.

Le tomo la mano y me pongo de pie para llevarla conmigo, nuestros dedos se entrelazan. Tiene las manos calientes, algunas de sus uñas están rotas. Últimamente no se preocupa lo suficiente por arreglárselas. Papá me mira con gratitud, pero sus ojos me cuentan otra historia. Son ojos de disculpa, casi de culpabilidad. Me despido con la mano libre y me llevo a mamá hacia el pasillo y hasta su habitación. Cuando enciendo la luz, rechino los dientes al ver el desorden que reina. Hay una montaña de ropa recién lavada tirada por todo el suelo, la cama está destendida desde esta mañana, las cortinas cerradas como si no se hubieran abierto durante todo el día. Acostumbro a considerar que es un buen día cuando esta habitación ve la luz del sol.

Mamá se sienta en la cama, pero la sonrisa aguada y tranquila que me dirige contribuye poco a apaciguar mi irritación.

—Sólo me tomé un par de copas —dice poniendo los ojos en blanco—. Tu padre exagera.

No creo que exagere, y tampoco creo que fueran sólo un par de copas, pero no se lo digo, sólo recojo las prendas de ropa desperdigadas por el suelo, las doblo, las vuelvo a doblar y las guardo. Encima de la cómoda (al lado del retrato enmarcado de papá y yo de hace muchos años, cuando él todavía tenía pelo y yo no tenía dientes) hay otra copa de vino. Vacía, caída, abandonada desde ayer.

Me muerdo el labio inferior e inclino la cabeza mientras cierro lentamente el cajón del ropero. Mamá vuelve a estar de pie y se desliza por la pequeña habitación tras de mí, así que recojo la copa y me volteo para mirarla, escondiéndola en la espalda. Disimulando la decepción que me oprime el pecho, fuerzo una sonrisa.

—Estoy supercansada, así que ya hablaremos por la mañana —le digo—. Will pasará a buscarme a las siete y media.

Mamá no dice nada más pero frunce el ceño cuando se da cuenta de que tomé la copa de vino de la cómoda. Le tiemblan los labios y los ojos se le entrecierran un poco, pero finge que no se percata de que ha desaparecido. En lugar de eso, ahueca las almohadas con cuidado, y yo salgo de la habitación, cierro la puerta y la dejo sola.

Una vez en el pasillo, levanto la copa para examinarla. La agarro con tanta fuerza que por un momento creo que la voy a hacer estallar en pedazos, pero papá me interrumpe antes de que pueda estrujarla todavía más. Apoyado en el marco de la puerta de la sala, su expresión está llena de culpabilidad cuando dice:

—La llevo yo.

Se endereza y se me acerca, coloca su mano sobre la mía mientras libera la copa de mis manos rígidas. La otra copa, la de la sala, la lleva en la otra mano.

Papá es demasiado joven para ser calvo, y también es demasiado joven para tener tantas arrugas. Pero es calvo y tiene muchas arrugas, y odio esa mirada triste que aparece en sus ojos cada vez que hay otra copa que lavar porque lo hace parecer incluso más viejo. Pasa por delante de mí y se adentra en el pasillo hasta llegar a la oscura cocina, y yo me quedo esperando oír el sonido de la llave.

Cuando el agua corre y papá frota la mancha de labial de la copa de vino, me descubro a mí misma mirando hacia la mesita del pasillo. Hay una foto enmarcada de papá y mamá el día de su boda, y hay una mía del primer día de kínder con unas horribles gomas de pelo rosas en la cabeza, y luego está el marco de en medio (el que es de color rosa pálido y nunca llega a acumular polvo porque mamá lo limpia por lo menos dos veces al día). Dentro del marco hay cinco letras, escritas en cursiva con un trazo delicado. Estas cinco letras son todo lo que nos queda de ella, algo tan simple como las letras de su nombre, nuestro único recuerdo porque no tuvimos tiempo de crear ninguno más.

La pequeña Grace, a quien nunca pudimos llegar a conocer, pero a la que nunca olvidaremos.

Puede que Danielle Hunter piense que no me preocupo por ellos, ni por ella ni por Jaden, pero sí que lo hago, probablemente más que la mayoría de la gente, lo que pasa es que tengo miedo de estar cerca de ellos. Tengo miedo porque conozco el impacto que supone perder a alguien; conozco el efecto negativo que puede provocarle el dolor a alguien; sé cuánto puede cambiar a la gente sufrir una pérdida tan grande.

Lo sé porque he visto cómo nos ha cambiado a nosotros.

2

Quien pensó en poner la clase de física a primera hora del lunes es sin duda un sádico. Me gusta la física, me gusta de verdad, pero no a las ocho de la mañana, y aunque sólo estamos en la cuarta semana del semestre, ya me arrepiento de haber entrado al nivel avanzado. Expresiones como «equilibrio estático» no deberían usarse por la mañana tan temprano, cuando la mitad de la gente de la clase está todavía demasiado cansada para funcionar.

Estoy apoyada sobre mi escritorio con la cabeza reposando en la tarea que Will copió rápidamente esta mañana en el estacionamiento. Para empezar, no sé por qué le cuesta tanto hacerla. Él es mucho más inteligente de lo que yo nunca llegaré a ser, y de los tres, él, Holden y yo, es el único que considera en serio marcharse de Colorado para ir a la universidad. Holden y yo seguramente acabaremos en la Universidad Estatal de Colorado, mientras que los padres de Will tienen suficiente dinero para enviarlo tan lejos de Windsor como él quiera. A veces desearía poder irme yo también.

Abro los ojos pero no levanto la cabeza. En el pupitre contiguo, Kailee Tucker tiene una mano en su laptop, escribiendo un mensaje de texto, y con la otra toma notas, aunque no creo que esté escribiendo nada legible. Justo después, Will está mordiendo la tapa del bolígrafo con la cabeza inclinada hacia un lado como si escuchara con atención al señor Acker disertar sobre la aplicación de las leyes del movimiento de Newton otra vez. Mis labios se arquean en una sonrisa cuando veo la manera en que sus cejas se aproximan cada vez que el señor Acker usa un término nuevo. Creo que mi mirada se quedó fija en él por lo menos durante diez minutos hasta que finalmente se dio cuenta.

—¿Qué diablos es esto? —susurra, señalando la pantalla de la parte delantera de la clase. Yo me encojo de hombros porque durante la última media hora no es que haya estado escuchando, precisamente. Deja la pluma como si también se rindiera, y se aparta el pelo de la cara por enésima vez esta mañana.

Recuerdo que el primer año nadie creía que Will fuera sólo mi amigo, de la misma manera que tampoco creían que Holden lo fuera. Tenía que estar saliendo con uno de los dos, decía la gente. Will era muy guapo, con ese pelo alborotado, siempre luciendo una sonrisa del estilo buena onda y simpático, mientras que Holden era alto y con un cuerpo que impresionaba, algo inquietante, del estilo «chico guapo». Polos opuestos, lo que significaba que uno de los dos tenía que ser sin duda mi tipo. Pero nada de eso. Eran mis mejores amigos, y sólo pensar en verlos como algo más que eso me resultaba divertidísimo. Además, Will, un día del segundo año, después del almuerzo, salió del clóset, y ahí se acabó todo; la posibilidad de que estuviéramos saliendo se esfumó para siempre.

En ese momento, el timbre suena por todo el campus, devolviéndole la vida a la clase. Ni siquiera era consciente de que la primera hora ya casi había pasado. Y ahí van los ruidos de las sillas arrastrándose por la alfombra mientras todos se apresuran para recoger sus libros y salir lo antes posible de clase.

—Creo de verdad que me dormí durante la primera media hora —le digo a Will cuando salimos al pasillo, de camino a nuestros casilleros, maniobrando hábilmente entre la multitud y esquivando a los novatos que van con los ojos bien abiertos.

Cuando llegamos a mi casillero, Holden ya está apoyado contra él, con las manos vacías, sin nada más que un bolígrafo en la oreja. Es uno de esos tipos que actúan como si no pudiera importarles menos el colegio, como si fueran a quedarse cojos por llevar un libro de texto, pero de hecho le importa bastante más aprobar de lo que está dispuesto a admitir. En realidad, quiere que la gente piense que lo único que le importa es el futbol, y nunca he sabido por qué.

—¿Cómo estuvo física? —dice riéndose mientras se aparta de mi casillero para que pueda abrirlo. En cuanto meto los libros, le lanzo una mirada de reojo. Holden sabe que odiamos tener física a primera hora, y por eso ni Will ni yo nos molestamos en contestarle.

Agarro mi libro de español y vuelvo a cerrar el casillero.

—Tengo la última hora libre —les digo—, así que me iré a casa después de la tercera hora.

—Y yo tengo entrenamiento —añade Holden mirando a Will, porque lo que realmente estamos diciéndole es que no necesitamos que nos espere al final de las clases para llevarnos a casa.

Will abre la boca y hace una mueca burlona.

—Un momento. ¿Quieren decir que esta tarde podré irme directamente a casa sin tener que hacerla de chofer, chicos? ¿Qué he hecho para merecer tal honor?

Hacemos una parada rápida en el casillero de Will para que agarre su libro de biología antes de dirigirnos los tres hacia nuestras respectivas clases. Sólo tengo que aguantar una hora y media de español hasta volver a verlos en el almuerzo, pero mientras me dirijo al salón, poniéndome bálsamo en los labios, de repente me asusta la idea de entrar a clase. No comparto esta materia ni con Holden ni con Will, sino con otra persona.

Cuando llego a la clase de la señora Hernández, entro pegada a Caleb, del equipo de futbol, escondiéndome detrás de su enorme masa mientras recorro la clase con la mirada. Para mi alivio, Danielle Hunter no ha llegado. Todavía estoy un poco inquieta por nuestro intercambio de anoche, así que termino sentándome al final de todo en una esquina, con la cabeza agachada mirando fijamente una página cualquiera de mi libro de texto.

El timbre suena unos segundos más tarde y levanto la mirada, sorprendida. Tan pronto como termina el estruendo, entra ella, abrazando el libro de español contra su pecho. El flequillo le tapa los ojos y me pregunto si siquiera puede ver a través de él, pero en cuanto el resto de los compañeros de clase se sientan rápidamente, ella se desliza hacia las mesas para sentarse en la suya, justo en la esquina contraria a la mía. Estoy mirándola sin ser consciente de ello, justo hasta el instante en que sus ojos azules parpadean para mirarme directamente.

Aparto la mirada de golpe y casi tiro la botella de agua sobre la mesa, pero la agarro a tiempo. La señora Hernández se levanta para darnos la bienvenida y preguntarnos en español cómo nos fue el fin de semana, pero yo tengo la mirada puesta en la cabeza de Caleb, demasiado distraída para escuchar nada de lo que dice a partir de este momento. Siento cómo me palpita el pulso justo por debajo de la mandíbula mientras intento con todas mis fuerzas ignorar los ojos de Danielle sobre mí, pero me resulta imposible. Es demasiado incómodo y su mirada me está poniendo nerviosa. Puedo sentirlo.

Odio tenerles miedo a los Hunter. No acostumbro a ser tan débil. A lo largo de los años, me he enfrentado a mucha gente en este colegio, desde los chicos que se metían con mi estatura en primero, hasta los profesores que calificaban mal mis exámenes y estaban convencidos de que no era así, pasando por todas las chicas con las que he discutido. Pero cuando se trata de Danielle y Jaden Hunter no puedo hacerlo. No puedo enfrentarme a ellos. Son la suma de todas mis debilidades; son la encarnación de la tristeza.

Durante el resto de la clase no soy capaz de concentrarme. Soy bastante buena en español y normalmente disfruto la clase de la señora Hernández, pero todo lo que dice hoy me resulta incomprensible porque sólo puedo pensar en Danielle. Al principio pienso que quizá debería hablar con ella después de clase, pero no creo que haya nada que pueda decirle para rebajar la tensión que existe entre nosotras después de lo de anoche, así que descarto la idea y me paso el resto de la clase preguntándome si le habrá comentado a Jaden lo que hablamos. Todavía no tengo claro si espero que no lo haya hecho, o si, por el contrario, deseo que sí.

Cuando suena el timbre para anunciar el final de la segunda hora, soy la primera en levantarme; lo meto todo dentro de la mochila tan rápido como puedo y empujo a Caleb para adelantarlo, con la mirada fija en la puerta y el corazón golpeándome el pecho. Tengo clase de literatura inglesa después del almuerzo, y luego me voy a casa, así que debería tener el camino despejado.

Ya casi estoy fuera de clase, tanto que noto el olor a sudor que impregna los pasillos, cuando alguien se me acerca poco a poco por detrás y me propina un empujón que me hace trastabillar hacia delante. Me detengo para ver quién fue y no sé por qué me sorprende descubrir que es Dani. Me rebasa y empieza a caminar por el pasillo antes de detenerse, volver la cabeza y mirarme por encima del hombro, a sólo unos metros.

Su rostro carece de expresión, los brazos cruzados abrazando el libro de texto contra su pecho. Sus labios se mueven como si fuera a decir algo. No lo hace, sino que se da la vuelta y se une al torrente de gente que se dirige a almorzar y desaparece entre la multitud de cuerpos. Está realmente furiosa conmigo. Puedo verlo en sus ojos azules, un enojo profundo y vigoroso. Trato de recordarme a mí misma que sin duda está molesta por muchas cosas, no sólo conmigo, pero eso no hace que me sienta mejor. De hecho, todo lo contrario, porque sé que está desconectada de todo, enojada con el mundo, y yo no he estado a su lado.

Hace un año, nos rizábamos el pelo juntas y nos probábamos el maquillaje de ojos en su habitación; y nos sentábamos juntas en la clase de español en lugar de estar cada una en una punta. Éramos amigas. Ya no.

Mientras voy hacia la cafetería para reunirme con Holden y Will, decido que haré todo lo posible por evitar a Danielle, no solamente durante lo que queda de día, sino durante toda la semana. No puedo soportar el sentimiento de culpabilidad que crece en mi pecho cada vez que me mira. Pero Windsor es un colegio pequeño de un pueblo pequeño, y evitar a alguien en estos pasillos puede suponer una estrategia que requiere mucho esfuerzo. Me quedo con la cabeza baja durante el almuerzo, ni siquiera escucho lo que dicen Holden y Will, y me concentro en literatura inglesa, que es bastante fácil porque es la única clase en la que realmente no conozco a nadie, y en cuanto el timbre me deja sorda al final de la tercera hora, suelto un suspiro de alivio porque ya falta menos para el final del día.

La cuarta hora ya ha empezado cuando me dirijo a mi casillero, así que los pasillos están vacíos, silenciosos, el único sonido es el eco fantasmal de las voces de los profesores. Abro mi casillero y meto la mitad de las cosas en la mochila, temiendo la cantidad de tareas que me quedan por hacer todavía esta semana. Hay un espejo pequeño en la parte interior de la puerta del casillero, así que me cepillo rápidamente el pelo antes de marcharme a casa, pero cuando me miro por última vez en el espejo veo que alguien se acerca.

Y en serio que ojalá no hubiera mirado, porque es él.

Con las manos en los bolsillos y la mochila colgándole de un hombro, camina por el pasillo hacia mí. Reconozco inmediatamente su pelo rubio, afeitado por los lados pero bastante largo por la parte de arriba. Tiene los hombros anchos y el pecho musculoso. Por algo es el defensa central en el equipo de futbol. Me encantaba pasarle los dedos por el espeso pelo; me encantaba lo segura que me sentía cuando me abrazaba fuerte contra él. Estoy empezando a olvidarme de cómo me sentía.

Me cruzo con él a menudo por estos pasillos, aunque normalmente estamos rodeados de toda la gente que intenta llegar a clase, y me gusta porque eso marca una distancia. Siempre puedo mirar al suelo, quedarme con la cabeza baja y caminar un poco más rápido hasta que esté fuera de mi vista.

Pero ahora mismo, sin nadie alrededor, sin nada más que el silencio que nos consume, no hay distancia, no hay estudiantes para esconderme detrás de ellos, y mi cuerpo se tensa mientras lucho para desviar la mirada hacia otro lado. Se humedece los labios en el preciso momento en que una de las comisuras de su boca se curva para formar su inconfundible sonrisa, y entonces sus ojos parpadean y se encuentran con los míos directamente en el espejo. Son tan azules como los de su hermana, incluso más brillantes. Empieza a andar más despacio, casi como si por una centésima de segundo quisiera pararse a decirme algo. Pero no lo hace. Sus pasos vuelven a la velocidad normal y continúa caminando, con la mirada alejada de mí.

Cierro el casillero y aprieto los ojos con fuerza, apoyo la frente contra el frío metal. La respiración se me queda atrapada en la garganta. Lo único que soy capaz de ver en mi cabeza es su sonrisa. La misma sonrisa de la que me enamoré el año pasado. El corazón me golpea con fuerza cuando vuelvo a abrir los ojos. Me quedo mirando cómo Jaden se va y desaparece por el final del pasillo. Camina lento pero seguro. Su nuca es suave y limpia allí donde su pelo termina, y me doy cuenta de que mi mirada se desplaza por sus anchas espaldas hasta la curva de la columna, donde la camiseta se le ajusta dejando entrever su buena forma física. Y entonces da la vuelta en la esquina y desaparece casi tan rápido como ha aparecido. El pasillo vuelve a estar vacío y mis hombros se hunden con alivio.

Porque hubo un tiempo en que, cuando Jaden Hunter me sonreía de ese modo, yo le devolvía la sonrisa.

3

Los quince minutos de camino a casa desde el colegio hoy son especialmente fastidiosos, no sólo por la cantidad de libros de texto que llevo encima, sino porque no me puedo concentrar. Ya fui fuertemente amonestada por un anciano por cruzar la calle sin mirar (por lo visto estoy tan distraída pensando en los Hunter que soy un peligro andante).

La mirada vacía de emoción de Dani ayer, y la sonrisa de Jaden hoy... No puedo apartar mi pensamiento de ellos. Son dos personas a las que estaba muy unida. Eran mis amigos, y Jaden era algo más que eso. Hace un año, estaba enamorada de él. Lo supe desde el momento en que me sonrió por el pasillo después de haberme besado la noche anterior. No sé por qué pensé que bloquear ese sentimiento sería fácil si lo intentaba con todas mis fuerzas. No sé por qué creí que sería capaz de alejarme de los Hunter, que podría apartarlos del todo de mi vida. Porque no puedo, y quizá ha llegado el momento de dejar de intentarlo. Todavía pienso en cómo me sonrió Jaden esta mañana y lo cerca que estuvo mi corazón de salirse de mi pecho. Todavía pienso en cómo sentía sus labios contra los míos, y en cómo sería volver a sentirlos de nuevo sólo una vez más.

Jaden y yo éramos como cualquiera de esos aspirantes a ser pareja de segundo año. No había nada destacable en cómo empezamos a gustarnos. Nuestra historia era tan normal como la de cualquiera. Nos conocíamos de haber coincidido en algunas clases y ambos disfrutábamos de la compañía del otro. A mí me parecía dulce y genial a la vez, divertido pero serio, y supe que me gustaba más que como amigo el día que me di cuenta de que sentía vértigo cada vez que lo veía. Habíamos empezado a salir después del colegio cada vez más sólo los dos, hasta que poco a poco, durante el verano pasado, nuestra amistad creció hasta que ya no éramos sólo amigos. Fue simple en el sentido de que fluyó de manera natural a lo largo de los meses; yo disfrutaba de cada momento que pasaba con él, y todavía recuerdo esa primera vez que me besó en mi habitación mientras me ayudaba con las tareas, y yo estaba preparada para hablar con él sobre lo que iba a ocurrir después. Estaba preparada para pasar al siguiente nivel. Estaba preparada para estar con él. Pero todo cambió en agosto pasado, cuando recibí una llamada de Will una mañana, y lo primero que dijo fue: «¿Ya te enteraste?».

Jaden y yo no volvimos a hablar después de ese día. Los mellizos Hunter estuvieron los primeros seis meses sin venir a clase, y cuando regresaron yo no podía soportar mirarlos a la cara. No sabía qué decirles ni cómo comportarme, y odiaba pensar en ellos porque sentía náuseas. Lo único que me preguntaba era si lo estarían superando o no, y si lo estaban haciendo, cómo lo conseguían. Sé lo desgarrador que puede llegar a ser el dolor.

Tengo la respiración agitada cuando doblo la esquina de casa, y mi ritmo se acelera, desesperada por llegar a mi habitación y despejarme la cabeza.

Nada más abrir la puerta y meter un pie, lanzo la mochila en medio del recibidor. La casa está en silencio, aburrida y fría. Papá trabaja hasta tarde, tiene un horario descontrolado y seguramente no llegará a casa antes de las siete, por muy temprano; y mamá estará en casa alrededor de las cuatro, después de su turno en la clínica dental del pueblo. Trabaja allí como recepcionista un par de días a la semana. Hace años trabajaba en una guardería, pero ya no. Lo dejó y ya nunca regresó.

Con los dos en el trabajo tengo la casa para mí sola durante un par de horas hasta que empieza mi turno, a las cinco, en el Summit, un complejo de entretenimiento que está en las afueras de Windsor. Me gusta trabajar allí. Conseguí el empleo hace un año. Necesito ahorrar para comprarme un coche. Y para la universidad. Uf.

La cocina no se ha limpiado desde el desayuno, así que antes de sentarme a hacer otra cosa, despejo la mesa y, en cuestión de minutos, lo meto todo en el lavaplatos de cualquier manera. Soy una profesional poniendo la casa en orden, aunque no por gusto. Cuando tengo un momento, como ahora, hago un esfuerzo por limpiar, porque si no, ¿quién va a hacerlo? Papá está siempre trabajando y mamá no tiene la cabeza para esto ahora mismo. No tiene la cabeza para nada desde hace un tiempo, así que es mejor quitarle presión ayudándola siempre que puedo. A veces pienso si alguna vez se pregunta si la ropa limpia se dobló sola, o si los platos se lavaron por sí mismos, o si ni siquiera se da cuenta, porque nunca lo menciona. Llevo haciéndolo tantos años que ya lo hago sin pensar. Paso la aspiradora rápidamente por la entrada antes de sentarme en el sillón con mis tareas de español y una caja de fresas de donde voy picando mientras mi atención se divide entre las tareas y la tele. Me gusta tener la casa para mí sola. Eso quiere decir que mamá está fuera haciendo algo, y cuando está haciendo algo no está arrastrándose por aquí con una copa de vino en la mano. Es lo único que puede hacer cuando está entre cuatro paredes.

 Me concentro en lo que hago y espero hasta las tres y media para darle tiempo a Will de llegar a casa antes de llamarle. Holden está entrenando, pero aunque no lo estuviera, dudo que respondiera a mi llamada. Es de esas personas que sólo funcionan con mensajes y nada más, así que no me sirve cuando tengo algún chisme para contar, o cuando algo es demasiado fuerte para escribirlo. Will, en cambio, responde al segundo tono.

—Estaba a punto de llamarte —me dice inmediatamente al tomar el teléfono—. Iba camino a casa y caí en cuenta... Todavía no me has dicho de qué color es tu vestido.

—¿Qué? —digo masticando una fresa y apretando el botón de pausa en la tele.

—La fiesta de alumnos de inicio de año —me aclara—. Mi moño. ¿De qué color tiene que ser?

Ah, sí. Es la fiesta de inicio de año el próximo fin de semana, y aunque Holden está como loco por el partido del viernes por la noche, Will y yo lo estamos más por el baile de la noche siguiente. Siempre vamos juntos, mientras que Holden acostumbra pedírselo a la chica por quien pierde la cabeza en ese momento. Creo que este año llevará a una de la banda de música. Me trago la fresa y le digo a Will:

—Azul.

—¿Puedes concretar un poco más?

—Azul oscuro —le contesto, y pienso en el vestido que está en mi habitación, colgado en el fondo del clóset, protegido por una funda de plástico. Es de gasa, me llega a las rodillas y el corpiño tiene un acabado en plata y brillantes todo alrededor. A mamá no le gustó cuando lo traje a casa. «Demasiado escotado», dijo con desdén mientras desfilaba por el pasillo con él puesto, pero pensé que era el vino quien hablaba y no ella—. Azul cobalto o algo así.

—¿Azul cobalto? —repite Will. Se queda callado un segundo y luego pregunta—: ¿Y qué azul es ese?

—Pues... —Parpadeo unas cuantas veces y rápidamente salgo del aturdimiento, sacudiendo la cabeza antes de confirmárselo—: Cobalto.

—Bien —dice Will, pero vuelve a hacer otra pausa—. ¿Estás bien? Pareces un poco... ausente.

—Sí, estoy bien —le aseguro, aunque la verdad es que no lo estoy. He estado distraída todo el día, más de lo habitual.

—De acuerdo —acepta Will—. ¿Para qué me llamaste?

Cuando me pregunta esto, comprendo que no tengo otra respuesta más que estaba aburrida de escribir párrafos en español y cansada de los dramas del programa de la tele, y que estaba harta de imaginarme la sonrisa de Jaden una y otra vez. Es en lo único que pensaba mientras caminaba hacia casa, en lo único que pensaba mientras me ocupaba de la limpieza, y en lo único que estoy pensando ahora. Jaden Hunter y su maldita sonrisa. No sé cómo se las arregla para sonreír, después de todo. No sé cómo puede hacerlo, pero siempre lo hace. Sonríe mientras sale corriendo al campo de futbol en los partidos. Sonríe cuando sus amigos hacen bromas a su alrededor a la hora del almuerzo. Sonríe cuando me ve aunque no tiene ningún motivo para hacerlo.

—Para nada —le digo a Will.

Acaban de dar las cuatro y media de la tarde cuando mamá llega por fin a casa del trabajo, y yo la estoy esperando sentada en la cocina, lista para salir. El suéter rojo que tengo que ponerme no es el uniforme más atractivo del mundo, ni siquiera me va bien el color, pero podría ser peor. Podría trabajar en cualquier otro lugar donde te hacen usar un sombrero ridículo. Me maquillé, me eché media botella de perfume encima y me recogí el pelo en una cola de caballo, sólo por si esta noche me ponen en el restaurante. Prefiero trabajar en la sección de pistolas láser porque no puedo soportar tener que recoger y limpiar mesas, pero lo hago si tengo que hacerlo, porque necesito el dinero. Y por eso estoy entrenada para cualquier tarea, y trabajo cinco turnos a la semana.

—Aquí las tienes —me dice mamá mientras me lanza las llaves del coche al entrar en la cocina. Las agarro con una sola mano y sigo sentada viendo cómo se quita la chamarra y se prepara un café—. ¿Quieres una taza antes de irte?

Niego con la cabeza y estudio sus lentos movimientos mientras el aroma del café llena la cocina. Abre el refrigerador para mirar qué hay dentro. Luego inspecciona el congelador, luego lo demás, y entonces suspira.

—¿Crees que a papá le importará si pedimos comida?

—No —le miento. Mamá es buena cocinera y hace una lasaña de muerte que nos encanta a todos. Lo que pasa es que a veces no tiene energía. Cuando sugiere que pidamos comida, normalmente es porque el día se le ha hecho muy difícil.

—Está bien, entonces pediré algo —dice, y entonces se voltea hacia la cafetera y se sirve una taza mientras se queda con la mirada perdida hacia nuestro pequeño patio trasero. El pasto, que cada día tiene más huecos, está demasiado alto porque papá ya no tiene tiempo de cuidarlo.

Aprieto dentro del puño las llaves del coche de mamá y me levanto. No puedo entretenerme a hablar con ella o llegaré tarde.

—Estaré de vuelta a las once —digo tomando la chamarra del respaldo de la silla de la cocina. Mamá no me dice nada más, pero sólo poner los pies en los escalones del porche oigo el chorro del café cuando lo tira por el desagüe, y me lleno de decepción porque sé perfectamente con qué lo va a reemplazar. Pero no puedo volver y discutir con ella, así que hago como que no escuché nada. Papá hace lo mismo, la mayoría de las veces ignora todo aquello con lo que no quiere enfrentarse, así que lo aprendí de él.

El viejo Prius de mamá está estacionado en la entrada; me subo al asiento del conductor y salgo en reversa hasta la rotonda en la que termina nuestra calle. Windsor es un pueblo pequeño, y sus veinte mil habitantes están esparcidos por los vecindarios de las afueras. El Summit está a quince minutos por carretera a través de campos abiertos. No hay nada que ver más que un sinfín de hierba que se extiende en la distancia, pero disfruto conduciendo hacia el trabajo cuando todavía no ha oscurecido, sobre todo porque en los días claros se ven las montañas Rocosas en el horizonte, un decorado que se extiende a lo largo de todo el estado y que hace que Colorado tenga algo especial.

Dejo el coche de mamá en el estacionamiento de atrás del Summit y checo justo antes de las cinco de la tarde, luego busco a mi supervisora, Lynsey, que me asignó para estar en el mostrador del boliche. Las noches entre semana normalmente son mucho más tranquilas que las del fin de semana, pero esta noche viene un grupo de niños para celebrar parte de una fiesta de cumpleaños, así que es frenética.

Estoy echando espray quitaolores en los zapatos (con la barbilla pegada al pecho, tapándome la boca y la nariz con el cuello del suéter para evitar la peste) cuando alguien golpea con la mano en el mostrador para captar mi atención.

—Talla doce —bromea, y reconozco su voz inmediatamente, sobre todo por el tono arrogante y desagradable.

Me aparto el suéter de la boca y me volteo para mirarlo. Está apoyado con la cadera en el mostrador y muestra una sonrisa de satisfacción mientras espera mi reacción.

—Vaya, hola, Darren —exclamó sonriéndole mientras empiezo a hacer una fila con los zapatos cerca de donde está él, para volver a ponerlos luego en los estantes que tengo a mi espalda. Me cae bien Darren, me cae bien de verdad. Nos llevamos bien, pero a veces no tengo suficiente energía para tratarlo. Su actitud despreocupada ya no me parece tan atractiva como me pareció en su momento, y a veces resulta un poco agobiante.

—¿Qué haces de vuelta en el pueblo?

—¿A quién no le gusta regresar al entrañable Windsor? —dice con una amplia sonrisa y una buena carga de sarcasmo. Se apoya en el mostrador, acercándose más a mí en un intento de obtener toda mi atención en lugar de sólo la mitad, y dice—: Quería verte. Imaginé que había una posibilidad de que estuvieras aquí.

—Pues sí, siempre estoy aquí —bromeo poniendo los ojos en blanco mientras coloco el último par de zapatos en el estante, y me volteo despacio para quedar cara a cara. Apoyo las manos en el borde del mostrador y lo miro—. Ya sabes que no puedes aparecerte por aquí así nada más mientras estoy trabajando...

—Es que te extraño, Kenz, es sólo eso —admite Darren pausadamente, y parece decepcionado de que su aparición sorpresa no haya sido bien recibida por mi parte. ¿Por qué insiste en aparecer así, sin avisar? Es raro, y no estoy muy segura de qué decirle, así que me doy la vuelta para seguir ordenando los zapatos.

A principios de este año, Darren y yo salíamos. Salimos durante más de seis meses. Él estaba en el primer año en la Universidad Estatal de Colorado y yo cursaba primero de bachillerato, y me encantaba su seguridad y el hoyuelo de su mejilla izquierda y los mensajes de buenos días que se aseguraba de enviarme cada día. Es un estúpido arrogante casi todo el tiempo, pero nunca conmigo, y mis padres incluso me dejaban pasar los fines de semana con él en su pequeña habitación de la residencia de estudiantes en Fort Collins. Me encantaba estar con Darren y nos reíamos mucho juntos, y también hacía que me fuera más fácil estar lejos de Jaden. Tenía otra cosa en la que concentrarme y dejar al lado mi culpabilidad. Pero después de seis meses de salir con él, comprendí que sólo le hacía perder el tiempo. No estaba enamorada de él de la misma manera en que él lo estaba de mí, ni podía estarlo. Allí, en el fondo, estaban mis sentimientos hacia Jaden. Darren no se parecía a Jaden, no sonreía como Jaden. Yo no dejaba de imaginarme a cada momento que estaba con él cómo sería si estuviera con Jaden. Así que en mayo rompí con Darren porque era lo mejor para los dos. Él todavía no ha llegado a esa conclusión por sí mismo.

—Darren —digo con una firmeza cortante en la voz mientras hago una señal a una pareja que espera tras él, y frunciéndole el ceño como disculpa—, ¿podemos hablar de esto más tarde? Hay gente esperando.

Con los hombros caídos y los labios arqueados, Darren suspira y da un paso hacia un lado, pero me molesta cuando veo con el rabillo del ojo que no se ha ido. Por el contrario, está esperando hasta que acabe con la pareja y sus zapatos para jugar boliche, y casi no tengo tiempo de borrar la sonrisa profesional de mi cara cuando se vuelve a plantar delante de mí tan pronto como ellos se marchan.

—Kenz —dice otra vez, ahora con más firmeza, más desesperado—, en serio. Te extraño. De verdad, carajo. —Inclina la cabeza hacia abajo mirando fijamente hacia mis manos y susurra—: Estábamos bien juntos. Sabes que lo estábamos.

Me encojo de hombros. Estábamos bien juntos, pero sólo a veces. En ocasiones era demasiado pegajoso, demasiado obsesivo, hasta el punto de que no podía soportarlo más. No podía darle todo mi tiempo ni todo mi corazón, así que aquello tenía que terminar.

—Lo siento, Darren.

Él gruñe y se pasa la mano por el pelo, da un paso hacia atrás apartándose del mostrador y me mira por última vez. Tiene la nariz un poco desviada de cuando se la rompió en una pelea hace muchos años, cuando todavía estaba en el bachillerato, y me parecía adorable cuando intentaba convencerme a mí misma de que lo quería.

—No dejaré de intentarlo —declara en voz baja, inclinándose sobre el mostrador hacia mí, reduciendo la distancia de seguridad que nos separa. Me mira profundamente a los ojos, su cara está a unos pocos centímetros de la mía, mostrándome una sonrisa tensa. Entonces se da la vuelta y se marcha, desapareciendo por el boliche.

Puede que Darren no deje de intentarlo, pero yo de verdad deseo que lo haga.

4

Es jueves por la noche, ya tarde, cuando mamá llama con suavidad a mi puerta; la abre antes de que le conteste, y se asoma con una expresión de cansancio y fatiga en la cara que hace que parezca diez años mayor de lo que es. Está nerviosa. Lo sé por el hecho de que no ha entrado a mi habitación, por la manera en que usa la puerta como un escudo para esconder su vergüenza cuando despega los labios y dice:

—Kenzie, necesito que me hagas un gran favor.

Son casi las once y media de la noche y estoy tirada encima de la cama, boca abajo, con la laptop delante de mí. Llevo un *pants* y una camiseta de tirantes, el pelo recogido en un chongo que se inclina hacia un lado, y sé que lo que me va a pedir exige un cambio de ropa, maquillaje y una actuación sobresaliente.

—Necesito que... —murmura, frotándose las sienes, nerviosa—... necesito que vayas a la tienda.

«Ya empezamos», pienso. Sabía que iba a decirme eso en cuanto llamó a la puerta. Si papá no hubiera salido por una urgencia de fontanería, sé que no habría tenido el valor de pedírmelo, pero sin su mirada de preocupación para hacerla sentirse culpable, ella se vuelve más valiente de lo habitual.

—Mamá... —Mi voz es tranquila y se apaga lentamente, le estoy rogando en silencio que no me haga hacer esto otra vez. Quiero decirle que no, quiero negarme a ir. Pero es mi madre, así que sé que no puedo. No tengo la fortaleza mental para luchar contra ella.

—Por favor, Kenzie —me suplica, y su mirada y su voz rota son suficientes para hacerme sentir culpable, como si fuera yo quien está equivocada si decido discutir sobre ello. Por eso no lo hago. Por eso ya cerré la laptop, por eso ya me estoy deshaciendo el chongo y agarrando unos *jeans* de mi ropero. Porque no puedo decirle que no.

Mamá empuja lentamente la puerta para abrirla del todo, y finalmente entra a la habitación con una sensación de alivio y gratitud que se hacen evidentes en su sonrojada cara. Me da un billete, su licencia de conducir y las llaves del coche. Ya se huele el vino en el aire.

—Cualquiera que sea barato —añade, como si eso mejorara la situación.

Aparto la mirada de ella y me quedo en silencio. Si abro la boca, cabe la posibilidad de que mi frustración se convierta en agresión, y mamá haría eso tan horroroso de contorsionar las facciones, y se le llenarían los ojos de desesperación, y no quiero verla así, y por eso no digo nada. Es algo que no sé cómo arreglar.

Así que me visto en silencio, me pongo mis *jeans* mientras mamá sale de mi habitación y vuelve al cabo de un momento con una de sus blusas. La agarro y me siento en el tocador, rebusco dentro del estuche de maquillaje. Mamá está de pie, vacilante, mirándome. Aunque no le digo nada, estoy segura de que ve la disconformidad en mi rostro, de que puede sentir mi irritación en el aire que nos rodea, tenso y asfixiante. Estoy cansada. Tengo clase por la mañana. No quiero tener que maquillarme a estas horas, no quiero conducir hasta la tienda cuando está oscuro y hace frío, no quiero tener que usar la identificación de mi madre para conseguir alcohol barato.

—Iría yo misma —me dice con un tono tembloroso por la culpabilidad mientras me estoy poniendo el maquillaje—, pero no debería conducir.

La mayoría de los días de esta semana no la he visto tan mal. Se tomó una copa o dos de vino el lunes, y eso es todo hasta donde yo sé. No es que esté tan mal en general. No bebe constantemente cada día ni nada por el estilo, pero la cantidad que consume depende de su estado de ánimo. Esta noche parece que no se encuentra demasiado bien. Desaparece otra vez y vuelve con una bufanda de flores que de mala gana me envuelvo alrededor del cuello después de haber tomado una chamarra. Mi apariencia es ridícula, y soy muy consciente de ello, pero no hay nada que pueda hacer al respecto aparte de completar el *look* poniéndome un sombrero. Agradezco mi estatura porque me gusta pensar que me hace parecer mayor, y cuando mamá echa su perfume sobre mí con cinco pulverizaciones asfixiantes, estoy lista para ir a violar la ley.

Ya lo he hecho antes, sólo unas pocas veces, en realidad, y únicamente en una de ellas el tipo de la caja se partió de la risa de mí, y me dio treinta segundos para salir antes de llamar a la policía. Nunca he vuelto a ir a esa tienda, y desde entonces, en lugar de parecer una madre de mediana edad segura de sí misma, ahora parezco una madre de mediana edad al borde de un ataque de nervios.

Mamá me mira desde la ventana del comedor mientras corro hacia su coche, y luego pierdo unos minutos intentando poner la calefacción. En Windsor hace mucho frío por la noche durante esta época del año, y hoy no es una excepción. Me tiemblan las rodillas mientras conduzco, inclino el cuerpo hacia el volante, en las calles no se ve nadie. La mayoría de las casas están a oscuras. Sólo algunas tienen las luces encendidas, y me dirijo directamente a la calle principal y entro en el pequeño estacionamiento del 7-Eleven. Es el lugar más cercano que sigue abierto a estas horas y que todavía no he probado. Nunca voy a la misma tienda dos veces, muy pronto me quedaré sin opciones y tendré que conducir hasta la ciudad.

No hay nadie alrededor, nada aparte del sonido de un coche que pasa, pero puedo sentir los ojos del encargado sobre mí mientras me dirijo hacia la puerta. Mis dotes de actriz se ponen inmediatamente a prueba, y simulo un paso seguro con las manos en los bolsillos de la chamarra, caminando como si acabara de salir de un largo turno del trabajo y estuviera allí para comprar unas cervezas antes de irme a casa con mis cuatro niños y mi marido. Al menos espero estar caminando así. Si no, estoy perdida.

Empujo la pesada puerta de cristal y entro, y como soy la única clienta, toda la atención del encargado está puesta sobre mí; lo miro y le dirijo una sonrisa tensa. He aprendido que agachar la cabeza e ir directamente hacia el pasillo de las bebidas alcohólicas no es la mejor manera de hacerlo.

—La temperatura está bajando demasiado, ¿eh? —digo, pero el tono formal que he adoptado no sólo hace que parezca idiota, sino que también suena como si realmente lo fuera.

—Sí —responde el encargado. Es joven, imagino que tiene veinte y pocos, y se echa hacia atrás contra la pantalla que muestra las imágenes de las cámaras de seguridad, con los brazos cruzados sobre el pecho, aburrido. No parece tener ganas de platicar.

Voy hacia el primer pasillo haciendo ver que miro las golosinas como si no tuviera prisa, y me paro en la sección del pan. Sólo queda una barra y está rebajada de precio, así que la tomo porque también he aprendido que comprar algo más que alcohol es otra manera de engañar al encargado para que crea que tengo treinta y ocho. Los niños necesitan pan para el desayuno. Esto va bien.

Con la barra rebajada bajo el brazo, me paseo como si nada hacia la pequeña sección de vinos y cerveza en la esquina de atrás, que examino mientras oigo que la puerta de la tienda se abre otra vez y deja entrar una corriente de aire frío. Repaso rápidamente los precios y agarro la botella más barata del estante.

Mientras voy hacia la caja, mantengo la barbilla alzada y los ojos fijos en el encargado a pesar de la ansiedad que va creciendo en mi pecho. Con fingida confianza, dejo la barra de pan y el vino delante de él y le sonrío con cortesía mientras saco el billete. Noto que hay alguien detrás de mí, pero estoy demasiado concentrada en mantener mi patética actuación para volver la cabeza y mirar por encima del hombro.

La expresión del encargado permanece neutra mientras escanea el código de barras del pan, y pienso que estoy salvada, pienso que lo convencí, pero entonces vuelve a mirarme y pronuncia la maldita pregunta:

—¿Puedo ver su identificación, señora?

—Oh —exclamo, y entonces fuerzo una sonrisa igual que haría mamá si se lo pidieran. Y añado—: ¡Qué halago! —El encargado ni siquiera parpadea, sólo se queda esperando con la misma expresión neutra en la cara, y yo me trago el nudo que tengo en la garganta mientras le paso la licencia de conducir de mamá. De repente me parece que esto no va tan bien como pensaba.

El encargado sostiene la licencia para examinarla, sus ojos sin emoción se desplazan entre la pequeña foto y mi cara, comparándolas. La gente siempre me dice que me parezco a mi madre, pero no somos ni por asomo idénticas. El empleado frunce el ceño.

La persona de la cola que tengo detrás se aclara la garganta y da un paso para ponerse a mi lado, pero estoy tan aterrada ante la posibilidad de que me atrapen que sólo le dirijo una mirada fugaz de reojo. Se me hace un nudo en el estómago. Mis ojos vuelven a mirar hacia la derecha y todo mi cuerpo se paraliza cuando me doy cuenta de que no lo imaginé: es él, es Jaden Hunter.

Estoy clavada en el suelo, incapaz de salir corriendo. No, no, no. Jaden no puede estar aquí ahora; no puede verme así. Estoy completamente horrorizada y me arden las mejillas de humillación, y se vuelven más rojas cada vez bajo la desmesurada cantidad de rubor que llevo. Los labios de Jaden están ladeados, con su peculiar sonrisa, mientras me mira divertido. Lleva el pelo liso y le cae sobre la frente porque no se ha puesto el fijador para que el peinado aguante en su lugar. Va de negro riguroso: *jeans* negros con agujeros en las rodillas, tenis negros, sudadera con capucha negra. En la mano lleva un cartón de leche. Cuando mira por detrás de la botella de vino que tengo delante, sus ojos se encuentran con los míos de nuevo (aunque ahora su sonrisa se ha convertido en una mueca burlona).

—Buen intento —comenta el encargado con una sonrisa amenazadora, y de repente recuerdo dónde estoy. Lanza la licencia de mi madre encima del mostrador y agarra la botella de vino para ponerla fuera de la vista. Niega con la cabeza con reprobación mientras me mira. Siento que me arde toda la cara. El encargado me indica que me largue haciendo un gesto con la mano—. Fuera de aquí —me dice, y luego levanta la barra de pan—. A no ser que todavía quieras esto.

Niego con la cabeza totalmente desconcertada, y luego meto a toda prisa el billete y la licencia de conducir en el bolsillo de la chamarra y empiezo a dar vueltas, desesperada por salir de esta tienda. Mantengo la cabeza agachada cuando paso como un cohete por delante de Jaden, me abalanzo hacia la puerta y recupero el aliento una vez fuera, en el frío. Las lágrimas presionan para salir, pero lucho con todas mis fuerzas para contenerlas, me pido a mí misma no sentirme abrumada por lo patética que me siento en este preciso momento. Corro hacia el coche de mamá, y estoy a punto de dejarme caer en el asiento del conductor cuando oigo cerrarse la puerta de la tienda.

—MacKenzie —dice Jaden en voz baja, y me quedo helada otra vez, ya tengo una pierna dentro del coche, y levanto los ojos para mirarlo mientras él avanza por el pequeño estacionamiento hacia mí, con la cara sombreada por la luz de los faroles—. Por favor, espera.

El tono suplicante de su voz hace que enfrentarse a él sea todavía más insoportable, especialmente en este momento. Parezco una parodia de mamá, y me acaba de atrapar intentando comprar alcohol casi a medianoche de un jueves. Me muero de vergüenza, y lo único que puedo hacer es arrancarme la estúpida bufanda y tirarla al asiento del copiloto.

Jaden se detiene cuando llega hasta donde estoy; sólo nos separa la puerta del coche. Aprieta los labios mientras me observa. Lentamente, se aparta el pelo de los ojos con la mano libre y apunta con la mirada hacia el asiento del copiloto con una expresión cautelosa. Rompiendo el silencio me pregunta:

—¿Puedo subir un segundo?

No me lo esperaba. Siempre supe que tendría que hablar con Jaden en algún momento. Y no es que no quiera hablar con él. Es sólo que siento que no puedo. Asiento tímidamente, y él me sonríe con alivio, como si hubiera pensado que me iría. Parece estar agradecido de que le preste atención por una vez, y eso hace que me sienta fatal por dentro. Culpable y avergonzada, pero también aterrorizada. Estoy paralizada, por el frío y por su presencia, pero sé que no hay ni una sola excusa que pueda darle ahora mismo que justifique decirle que no. Así que asiento otra vez. Un simple y entrecortado gesto que ilumina su expresión. Alivio, creo que es. No sé qué se supone que debo decirle, de la misma manera que no sé qué se supone que debo decirle a Dani, sólo que es mucho más duro tratándose de Jaden. Estoy tensa cuando me hundo en el asiento del conductor y el aire frío de la noche llena el coche de mamá mientras Jaden sube al otro lado. Me trago el nudo de la garganta y pongo la calefacción a tope, aunque ya no la necesito. Noto una sensación de sofoco en el rostro.

—Sobre lo que pasó ahí dentro... —murmuro rápidamente antes de que él pueda decir nada, aunque tampoco sé cómo explicarme. Todavía me siento avergonzada y ni siquiera puedo imaginar lo que debe de pensar de mí ahora mismo. No quiero que Jaden piense que robarle la licencia a mamá y escabullirme para comprar alcohol es algo que hago constantemente.

—No te preocupes —dice Jaden, y reprime una sonrisa—. Y el vino, ¿qué?

Finjo una pequeña sonrisa con la intención de darme unos segundos para pensar una respuesta y me estrujo el cerebro tan rápido como puedo. Decir la verdad no es una opción ahora mismo. Le dirijo una mirada fugaz, y digo con lo que espero que sea un tono neutro:

—Mi madre tiene invitados mañana por la noche. Se estresa muchísimo si no lo tiene todo organizado, y olvidó el vino cuando fue a comprar la despensa, así que me envió a mí. —Y entonces, como me doy cuenta de lo mal que suena que mi propia madre me haya enviado a comprar alcohol siendo una menor, añado bromeando—: Vergonzoso, lo sé.

—Bueno, por lo menos tu abuela no te mandó por leche —dice levantando el cartón. Me río con él, y por un instante me olvido de que hace un año que no hablamos.

No hay una tensión incómoda, no me pregunto qué puedo y qué no puedo decir, sólo reímos relajados, exactamente como lo hacíamos antes. Hasta que la risa de Jaden pierde fuerza para convertirse en un débil suspiro, y el silencio nos rodea.

Aunque he visto a Jaden por el colegio, he evitado encontrármelo en público hasta ahora. Las veces que me he encontrado con él por los pasillos, he bajado la cabeza y él se ha mantenido en la distancia. No ha intentado nunca hablar conmigo, pero no podría culparlo por ello. Tiene todo el derecho del mundo a estar enojado conmigo, y si alguien tenía que dar el primer paso, tendría que haber sido yo. Pero parece que él cedió, y creo que sé por qué.

—¿Te dijo Dani que...?

—¿Que habló contigo? —termina él la frase—. Sí, me lo dijo. —Baja un par de puntos la calefacción para que el aire no haga tanto ruido. Está oscuro, pero sus ojos son tan azules que resaltan en la oscuridad—. Me dijo que preguntaste por mí. Tengo que admitir que estoy sorprendido. No es muy propio de ti últimamente —dice sonriendo, aunque cuando lo miro, al cabo de un momento, puedo ver tristeza en su expresión. El sentimiento de culpa que aparece repentinamente me sacude por dentro.

—¿Estás enojado? —le digo. Sé que debe de estarlo, pero necesito oírselo decir—. ¿Conmigo? —añado.

Jaden se voltea para mirarme; la tristeza que había en su rostro ha desaparecido.

—¿Por qué iba a estar enojado contigo?

Frunzo el ceño cuando lo miro por un segundo, y me pregunto si está haciéndose el tonto para burlarse de mí como castigo por ser la chica que lo dejó tirado cuando más me necesitaba, por ser la chica que se distanció de él, por ser la chica que nunca más le devolvió una sonrisa. Tiene todo el derecho de estar enojado conmigo. Sin embargo, no soy capaz de contestarle, porque entonces tendría que admitir en voz alta que me equivoqué, que fui una cobarde (pero también que no puedo evitarlo, que no puedo estar cerca de Jaden ni de Danielle Hunter porque no puedo estar cerca del dolor).

Lo intenté. Dos semanas después del accidente, me subí en el coche de mamá y conduje hasta su casa. Me había levantado con agallas esa mañana, habiendo sabido durante semanas que debía estar allí con ellos, para consolarlos de alguna manera, y que había llegado el momento. Todavía puedo recordar cómo me sentí cuando me encontré delante de la casa. Completamente aterrorizada. Me temblaban las manos en el volante. Me sentí casi como si flotara mientras caminaba hacia la puerta; ida, como si hubiera perdido el control de mi cuerpo. Recuerdo haber estado allí delante, intentando con todas mis fuerzas llamar al timbre, pero no podía. No podía enfrentarme a lo que había al otro lado de esa puerta. Ya sabía, sin necesidad de verlos, ni a Jaden ni a Danielle, cómo debían de sentirse. Lo sabía demasiado bien. Así que me di la vuelta y corrí hacia el coche.

Jaden se remueve en el asiento, y me doy cuenta de que me quedé callada. Como no respondo, inclina el cuerpo hacia mí, acercando la rodilla a la palanca de velocidades que nos separa.

—Está bien, sí, estaba un poco enojado. Bueno..., mucho, al principio —dice, y entonces apaga la calefacción del todo, dejando el coche en un completo silencio—. Pero más que nada estoy decepcionado. Cuando ocurrió aquello todos dieron un paso atrás, no sólo tú.

—Su mirada cae sobre la piel desnuda de su rodilla y con el dedo índice recorre la costura de los *jeans*. No hace falta que lo diga porque los dos sabemos exactamente a qué se refiere—. Y entonces, cuando supe que estabas con ese tipo, Darren Sullivan, imaginé que no era sólo que habías dado un paso atrás, sino que yo ya no te interesaba. —Levanta la mirada, los ojos le brillan bajo las pestañas, pero puedo ver en ellos la decepción de la que habla—. Así que esta es la verdad. No fue como yo quería que fuera.

Puede que Jaden piense que me ha descubierto, y en parte lo ha hecho. Sólo que yo me alejé de ellos más que la mayoría de la gente, y nunca más me he acercado otra vez por razones que todavía no soy capaz de reconocer. Dejar que Jaden crea que me distancié porque ya no me interesaba es una excusa que estoy dispuesta a admitir, aunque está lejos de la verdad. Me alejé porque me importaba demasiado.

—Jaden...

—MacKenzie —responde, levantando un poco la voz y en un tono desenfadado—. No me metí a tu coche a medianoche para hablar de cosas pasadas. Me metí a tu coche a medianoche porque probablemente no había otra manera de que te pararas a hablar conmigo, y llevo un tiempo pensando en hacerlo.

Ojalá hubiera tenido el valor para haberle hablado yo primero, antes de que él lo hiciera. Pero no lo tuve.

—¿Sobre qué?

—Sobre cualquier cosa —responde Jaden, y entonces pasa la mano por el tablero del coche de mamá, y sus ojos siguen la nubecilla de polvo que se eleva por los aires—. ¿De qué hablábamos antes?

Hablábamos de nosotros mismos y hablábamos el uno del otro. Él hablaba de las pecas de mis mejillas y yo hablaba de su sonrisa, y hablábamos de nuestros planes para la universidad y de los objetivos que teníamos en la vida, y de las clases que nos costaban más y las que nos interesaban, y de las cosas que más nos gustaban y de las que odiábamos. Por eso sé que Jaden no está seguro de a qué universidad quiere ir, más allá de que quiere que sea en Colorado. Por eso sé que quiere vivir en una casa en Water Valley y tener dos hijos, tres a lo mucho, y un trabajo que no lo tenga mirando el reloj todo el día. Por eso sé que reprobaba español pero que aprobaba historia. Por eso sé que le encanta conducir en la oscuridad cuando las carreteras están vacías, y que odia la crema de cacahuate.

Por lo menos así era hace un año.

Ya no sé qué quiere hacer Jaden en el futuro, o cuáles son sus objetivos en la vida, o qué le gusta. Quizá ahora quiere irse lo más lejos posible de Colorado, lejos de lo que pasó aquí. Quizá está reprobando todo últimamente, o puede que esté aprobando, pero lo dudo. Todo lo que sé sobre Jaden Hunter últimamente es que no sé nada de él en absoluto.

Así que le pregunto lo que se supone que tengo que preguntarle, una pregunta segura:

—¿Cómo estás, Jaden?

Y me mira como si le acabara de hacer la pregunta más ofensiva e invasiva que jamás le hayan hecho.

—¿En serio, Kenzie?

—¿Qué?

—Pregúntame algo que no sea ¿cómo estás?, ¿estás bien?, ¿cómo está tu hermana?, ¿están bien tus abuelos?... Porque me hacen estas preguntas constantemente y preferiría que no me las hicieran —responde. Su voz es una mezcla de firmeza y de exasperación a la vez. Cierra los ojos, se pinza el puente de la nariz con el índice y el pulgar y se queda quieto durante unos segundos—. Pregúntame algo que me hubieras preguntado hace un año. Pregúntame algo normal. De verdad que no cuesta tanto.

Su petición me pone en evidencia y me siento desconcertada; me esfuerzo para pensar en algo. No entiendo qué está haciendo, qué quiere de mí. Pensé que se suponía que debía preguntarle cómo estaba. Habría sido una falta de sensibilidad no hacerlo, ¿no?

Todavía intento encontrar algo normal que preguntarle cuando vuelve a abrir los ojos y me dirige una mirada expectante, y rápidamente escupo lo primero que me viene a la cabeza que es realmente relevante.

—¿Estás nervioso por el partido contra Broomfield de mañana?

—Eso está mucho mejor —dice Jaden. Su cara se ilumina de satisfacción y los rasgos se le relajan, la frustración es reemplazada por una sonrisa de alivio—. Y sí, la verdad, lo estoy. ¿Irás?

—Claro —respondo, intentando relajarme en mi asiento—. Holden espera que vayamos a todos los partidos.

—Bien. Después del último fin de semana necesitamos todo el apoyo que podamos tener.

—Eso es cierto —digo—. Ahí metieron la pata.

Jaden pone los ojos en blanco e intercambiamos una sonrisa como si nada hubiera cambiado, como si hubiéramos rebobinado hasta el año pasado cuando podíamos bromear el uno con el otro como ahora, porque esto es lo que se hace cuando estás enamorado de alguien. Tonteas metiéndote con el otro, y Jaden y yo no éramos distintos a los demás. Siempre estábamos tonteando. Siempre jugábamos. Siempre nos reíamos.

—Deberías volver a casa —dice Jaden al cabo de un momento. Golpea con el dedo en la pantalla de la hora. Son casi las doce y cuarto, pero ese reloj está un poco adelantado—. Tenemos clase en siete horas. Estadística a primera hora me hace polvo.

—Estoy segura. —Le sonrío. Recorro con la mirada el estacionamiento y me doy cuenta de que no hay más coches. Miro a Jaden, y aunque me siento fuera de lugar, le pregunto—: ¿Quieres... quieres que te acerque? —Estoy agarrando con fuerza el volante.

—Gracias, pero no hace falta. No me importa caminar. —Entonces sonríe, pero es diferente de lo habitual. No es el tipo de sonrisa que se forma en su boca cuando algo le hace gracia, o la sonrisa ladeada que me dirige en el pasillo del colegio. Es una pequeña y prolongada sonrisa llena de sinceridad. Su mirada se desliza lentamente sobre mi cara y me atrapa. Entonces busca la manija de la puerta y la abre, alejando su cuerpo de mí.

—Te buscaré en el partido mañana —dice en voz baja. Su voz suena suave mientras saca la pierna del coche. Una vez fuera, se pone la capucha y la cara se le ensombrece aún más—. Siempre lo hago.

5

Son casi las siete de la tarde y estoy sentada con Will, a un par de filas del final de las gradas, luciendo mi sudadera del Windsor Wizards. Es el partido que jugamos en casa contra el Broomfield, y hay muchas esperanzas puestas en que el Wizards logre una victoria esta noche después de su mediocre actuación del fin de semana pasado contra el Pine Creek.

Somos una masa colectiva de grana y dorado aquí arriba, con la mirada puesta en los estudiantes de Broomfield al otro lado del campo, un mar de azul y blanco en las gradas pequeñas. Los jugadores del Broomfield Eagles ya están en la banda. Todavía hay luz natural pero el sol ya ha desaparecido y el cielo se va apagando gradualmente mientras llega la noche. Me encanta el otoño sólo por el futbol. No hay nada más que hacer en este pueblo, así que los viernes por la noche los ocupo animando a los chicos. Especialmente a Holden.

Las animadoras ya empezaron con sus cantos y bailes en el campo. Las gradas tiemblan de la emoción cuando un grupo de estudiantes de primer año que están sentados un poco más abajo golpean el suelo con los pies. El ambiente es electrizante.

—Si Holden no cacha ni un sólo pase otra vez, voy a fingir que no lo conozco —me murmura Will al oído. Me volteo para mirarlo mientras se mete un puñado de papas fritas en la boca y sus ojos se pasean por la multitud que nos rodea.

—Creo que va a jugar bien esta noche —digo. Hace un rato, Holden estaba de buen humor, animado de antemano por el partido y dispuesto a hacer unas carreras asesinas. Yo sólo rezo para que pueda cumplir las promesas que se ha hecho a sí mismo; si no, Will y yo tendremos que estar consolándolo durante el resto del fin de semana.

El equipo de animadoras termina su número y se desplaza hacia la posición del final del campo cerca de los vestidores. Las chicas se suben unas a los hombros de las otras. Aparece la enorme pancarta que hicieron para el partido, una sábana gigante de papel donde dice: «Adelante, Wizards» escrito en un café tosco. La emoción en las gradas empieza a crecer a medida que nuestros jugadores salen corriendo de los vestidores. Se arremolinan detrás de la pancarta mientras empiezan a cantar, aunque desde aquí arriba es difícil oír claramente lo que dicen. Entonces, tras un instante, el estruendo se amplifica y las gradas explotan en un alboroto de gritos de ánimo, silbidos y aplausos mientras los jugadores del Wizards se lanzan al campo rompiendo la pancarta. Will hace que me ponga de pie, levanto las manos al aire y animo tan alto como puedo llevada por la ola de emoción que rodea el terreno de juego.

A medida que los jugadores se dirigen corriendo hacia las gradas para encontrarse con los entrenadores en la banda, busco a Holden entre ellos hasta que encuentro su número: el diecinueve. Puede que antes estuviera superemocionado, pero cuando consigo localizarlo me parece que ahora está nervioso. Camina en círculos pequeños, el casco baila entre sus dedos, la cabeza baja.

—Yyyyy toda la esperanza está perdida —remarca Will. Le doy un codazo en las costillas cuando de nuevo nos sentamos. Pongo los ojos en blanco pero rápidamente centro mi atención en los jugadores del Wizards. Ya no busco a Holden. Busco a Jaden.

Mis ojos escrutan a cada jugador mientras se desplazan por el campo, unos estirando las piernas, otros saltando arriba y abajo, y los mejores hablando con el entrenador. No puedo recordar qué número lleva Jaden en la camiseta, todo lo que sé es que juega en la defensa, que es un defensa central. Algunos jugadores se han quitado el casco, otros todavía lo llevan puesto, y eso hace más difícil todavía ver quién es quién. Sigo buscando hasta que por fin lo localizo.

Está de frente a las gradas, tiene el casco debajo del brazo y los ojos entrecerrados mirando hacia la multitud. Después de anoche, estoy bastante segura de que espera encontrarme, y sus ojos azules se desplazan por las filas hasta que se detienen en mí. Después de un momento, antes de que sus labios formen esa sonrisa ladeada que enseña los dientes, me saluda con un guiño tan sutil que es casi imperceptible. En parte, espero que me salude con la mano, pero no lo hace. En lugar de eso, se pone el casco, sus facciones se ocultan bajo la máscara, oscuras y competitivas, mientras se voltea dando la espalda a la multitud. Había olvidado lo guapo que se ve con su equipo, con todo ese relleno, y cómo la camiseta se le pega al cuerpo, realzando la curva de su columna. Está muy guapo con esos pantalones ajustados, pero nunca se lo diría. Lleva el número cincuenta y uno estampado en la espalda.

Meto las manos en el enorme bolsillo frontal de mi sudadera y me inclino hacia Will.

—Me voy a fijar en el cincuenta y uno esta noche —le digo. Los árbitros y capitanes de cada equipo están juntos en el centro del campo para echar la moneda de rigor antes de comenzar el juego, pero yo sigo mirando a los números diecinueve y cincuenta y uno más allá en la banda.

—¿Te refieres a Jaden Hunter? —me pregunta sorprendido.

—Pues sí.

Suenan los silbatos, así que rápidamente empieza el partido. Le robo la mitad de las papas a Will mientras miramos a Holden en el campo, dando lo mejor. Tiene el físico de un gran receptor: es alto y delgado, y cuenta con un esprint increíble. Es rápido y fuerte, y puede correr mucho cuando tiene la oportunidad. Algunos de los pases que le llegan son incompletos, otros los atrapa justo antes de ser tacleado y caer al suelo. De momento, nada destacable, pero al menos está jugando mejor de lo que lo hizo el fin de semana pasado. Me pongo de pie cuando le lanzan una pelota, la atrapa y se lanza a la carrera. Gritamos para animarlo mientras él va avanzando yardas, se acerca a la línea de *touchdown* y... le hacen una tacleada. No pasa nada. Me vuelvo a sentar mientras Holden golpea el suelo con el puño. Va a acabar mallugado después del partido, pero no le importa.

Jaden, por otro lado, juega de un modo completamente diferente. Su papel es taclear y bloquear, y cada vez que es el turno de la defensa lo observo de cerca. Nunca me había percatado, pero es bueno. Bloquea con sentido y tiene una tacleada terrorífica. Un receptor de los Eagles atrapa un lanzamiento y empieza a correr, pero Jaden le va pisando los talones. Hay una razón principal por la que Jaden está en este equipo: es rápido. Nunca ha sido un gran atacante, pero atrapa a su rival en un instante y lo derriba rápidamente. Me sorprendo a mí misma animando en voz alta, demasiado, para confusión de Will. Cada vez que aplaudo, lo pillo mirándome de arriba abajo.

A pesar de ser los primeros en anotar un *touchdown* y subir algunos puntos en el marcador, en el descanso vamos perdiendo 19 a 7. Holden sale caminando del campo hacia los vestidores, pateando la hierba y apretando los puños. Creo que no he conocido a nadie tan competitivo como él en toda mi vida. No sabría decir si eso es bueno, o si es algo que lo destruye poco a poco.

—Una pregunta —dice Will, y se separa de mí unos centímetros en el banco—. ¿Por qué este repentino interés en Jaden Hunter? Pensaba que ya no tenías nada que ver con él. —La gente se está desplazando por las gradas para bajar hacia los puestos de comida, y la banda de música toca en el centro del campo mientras la mascota de los Wizards va dando brincos por todos lados.

—Ni lo tengo —respondo automáticamente por la fuerza de la costumbre. Aunque no es cierto. Por supuesto que quiero que Jaden forme parte de mi vida, pero es que no sé dónde encaja ahora mismo. Todavía me queda mucho que pensar sobre este tema, y hasta que no sepa cómo vencer mis propios miedos, no habrá un lugar para él.

Will me mira con una expresión extraña.

—Eres muy rara, Kenzie. —Se pasa la mano por el pelo y se levanta, apoyándose en mi hombro con la otra mano para ayudarse. Está muy guapo esta noche con sus *jeans* claros y sus Converse blancos. Will nunca ha sido de llevar ropa del colegio, sólo una vez al año, cuando el equipo juega en casa, se pone una camiseta de los Wizards—. Vuelvo en un segundo. Voy por agua. No quiero que te sofoques viendo a Jaden con los pantalones ajustados.

Sacudo la cabeza sin dejar de mirarlo y me río por dentro mientras observo cómo desaparece de mi vista entre el río de gente. Echo un vistazo a mi alrededor durante unos minutos, examinando a la multitud para ver quién vino y quién no. Ya saludé a un par de amigos antes de ver a Danielle, que está sentada en la parte delantera de las gradas. No estoy segura de si lleva aquí todo el partido o si llegó al medio tiempo.

Es la primera vez que la veo en un partido este año. Tanto ella como Jaden se perdieron toda la temporada pasada. Está mirándose el regazo, y juega a entrelazar sus dedos una y otra vez. Las chicas que están a su lado ríen, enredadas en una conversación, pero no sabría decir si Dani va con ellas o no. Sea como sea, se ve sola allí abajo, sentada en silencio, jugueteando con sus manos. Me alegra ver que vuelve a salir, pero parece estar desconectada de todo el mundo, y no estoy segura de si eso va a cambiar algún día.

No me he dado cuenta de que Will ha regresado hasta que se sienta a mi lado y me alcanza una botella de agua. Parpadeo un par de veces para quitarme a Danielle de la cabeza, y entonces Will saca su *hot dog* y me lo ofrece.

—¿Quieres un bocado?

Aparto la cabeza con repulsión nada más ver esa salsa amarilla encima del pan. Hay más salsa que carne, lo juro.

—Will, ya sabes que odio la mostaza —me quejo, haciendo un puchero.

—Precisamente por eso pedí —replica él.

Con una sonrisa maliciosa le da un bocado y lo golpeo con el hombro deseando en secreto que se le caiga. Pero eso no ocurre.

Mientras Will consume el resto de su *hot dog* bañado en mostaza, mi atención vuelve a dirigirse a Dani.

No puedo dejar de pensar en ella. Sigue allí sentada, con la cabeza agachada, todavía callada. Nadie le habla, pero me pregunto si es consciente de que nadie sabe cómo hacerlo. Después de preguntarle cómo está, no sabemos qué más decir.

Pero Jaden sí lo sabe, porque me lo dijo él mismo anoche.

Decido en ese preciso momento, en el preciso instante en que las palabras de Jaden resuenan en mi cabeza, que voy a hablar con Danielle Hunter. No le voy a preguntar cómo está, porque es evidente que ninguno de los Hunter quiere volver a oír esa pregunta. No, le voy a preguntar algo normal, que es lo que debería haberle preguntado hace un año, cuando todavía éramos amigas.

Me levanto rápidamente y Will me mira, confundido, con la boca llena.

—Danielle Hunter está aquí abajo —le digo, señalando hacia las primeras líneas de las gradas con la barbilla—. Voy a hablar con ella.

—¿Tú? ¿Vas a hablar con ella? —pregunta sonriendo. Cuando se da cuenta de que va en serio, añade—: Creía que... que no podías acercarte a ellos.

—Y no puedo —le digo en voz baja con un suspiro—, pero a veces hay cosas a las que tenemos que enfrentarnos. —Me doy la vuelta y empiezo mi retahíla de disculpas mientras voy avanzando de lado por nuestra fila. Si quiero ganarme el perdón de los Hunter por no haber estado a su lado cuando me necesitaban, tengo que hacer esto. Y quiero ganármelo.

Y al principio bajo con paso decidido, pero a medida que me acerco, empiezo a aflojar el paso. Tengo a Dani en el punto de mira, los ojos fijos en ella. Hay un lugar vacío a su lado, y torpemente me dejo caer en él. Tan pronto como lo hago, los ojos de Dani se levantan de su regazo para ver quién es su nueva compañera de asiento, y cuando se da cuenta de que soy yo, se queda desconcertada.

—Hola —la saludo, sonriendo a pesar de mis nervios. Puedo sentir la culpabilidad que me invade de nuevo. Pero finjo confianza porque en realidad sé cómo hablar con Dani. Sólo tengo que hablar con ella tal como lo habría hecho hace un año, y espero que lo agradezca más que un empático fruncido de cejas o una pregunta de compromiso—. Jaden está jugando genial, ¿verdad?

Los ojos azules de Dani se relajan y se queda callada por un momento, casi como si buscara en mí alguna intención oculta. Quizá se está preguntando por qué menciono el nombre de Jaden, teniendo en cuenta que no lo he hecho en mucho tiempo. Sin embargo, no debe de haber encontrado nada porque finalmente contesta:

—Sí. Había olvidado lo bueno que es. —Su voz es tranquila y cautelosa.

—¿Lo viste derribar al *quarterback* del Broomfield? El entrenador seguro lo felicitará por esa tacleada.

Veo con sorpresa un amago de sonrisa mientras la comisura de su boca se tuerce. Sus labios están secos y cortados.

—Lo sé —dice, y añade—: Holden también está jugando muy bien.

—¿Verdad que sí? Seguro está muy contento consigo mismo por esa recepción de cuarenta yardas —coincido con ella—. La semana pasada no cachó ni un sólo pase.

—¿En serio?

—En serio —asiento, y me río. Estoy sorprendida cuando Dani casi se ríe conmigo. Casi, pero no del todo. No la he oído reír desde el año pasado.

Cuando nos quedamos en silencio, me inclino un poco hacia atrás para mirar a las chicas que están a su lado. Enseguida me doy cuenta de que son las mismas con las que estaba el pasado fin de semana en el Dairy Queen. Las tres siguen enredadas en la misma conversación, excluyendo a Dani igual que lo hacían el domingo. Está bien que le propongan salir, pero es triste que no sepan cómo incluirla cuando va con ellas.

Vuelvo a mi posición y me encuentro con la mirada expectante de Dani.

—¿Quieres sentarte con nosotros? —le propongo—. Estoy cerca de la parte trasera con Will.

De repente, su expresión se distorsiona y se pone a la defensiva, se aleja de mí. Me mira con suspicacia y me pregunta con voz carente de emoción:

—¿Por qué?

—Porque me gustaría que lo hicieras. —Y es cierto: me gustaría. Después de hablar con Jaden la noche pasada y ver que no iba tan mal como había imaginado, ahora hago un esfuerzo consciente para hablar también con Dani. Quizá los Hunter no me perdonen, pero tengo que intentarlo. Es lo mínimo que puedo hacer.

Dani suelta un largo suspiro y mira hacia otro lado. Su pelo negro le cubre ahora media cara porque no tiene la energía para echárselo hacia atrás.

—No, gracias, Mackenzie —murmura mirando al suelo.

—Está bien. Vamos a ir al Cane's Chicken en Fort Collins después del partido, así que si lo prefieres, ¿qué te parece venir con nosotros? —le insisto, intentando mantener la voz de manera que no suene ansiosa. Sé que no debo presionar a Dani para hacer algo que no desea, pero quiero que se dé cuenta de que estoy esforzándome por primera vez, y que me está costando mucho hacerlo. En serio, es fácil preguntar algo normal, hablar como solíamos hacerlo, pero es difícil ignorar el hecho de que ella todavía está sufriendo. Aún tengo preguntas que sé que no puedo hacer, como: «¿Cómo puedes soportarlo?», «¿Cómo puedes seguir respirando?».

—Te digo luego —responde Dani, y yo pestañeo varias veces, sorprendida de que no me haya dicho directamente que no. La verdad es que creo que lo único que quiere es deshacerse de mí.

—Por favor, hazlo —digo levantándome. Las chicas que están a su lado dejan de hablar para mirarme. No me habían visto hasta ahora—. Si quieres ir con nosotros, Will tiene lugar en el coche.

—De acuerdo —responde, y cuando le digo adiós con la mano y me volteo para regresar a mi asiento, oigo a las chicas que finalmente empiezan a hablar con ella. Probablemente para preguntarle por qué estaba yo allí. Pero aunque sólo sea porque por fin le están hablando, no me importa.

El descanso termina y el partido empieza de nuevo cuando los jugadores de los dos equipos vuelven al campo, motivados y listos para seguir jugando. Todo el mundo parece correr hacia sus asientos, y mientras voy subiendo hacia donde está Will, él no deja de mirarme agitando lentamente la cabeza, como si no pudiera creer que realmente haya hecho un intento de comunicarme con uno de los Hunter.

—¿Y qué? —pregunta cuando me siento, esperando ansioso mi respuesta—. ¿Qué le dijiste?

Agarro la botella de agua del suelo, miro a Will de reojo, y le sonrío.

—La invité a venir con nosotros al Cane's.

6

El Windsor pierde el partido. El resultado final es de 37 a 25 a favor del Broomfield, así que la emoción que llenaba las gradas al principio pasa a ser un anticlímax cuando el encuentro se acaba. Holden patalea en el campo, enojado, y tira el casco al suelo, pero Will y yo miramos hacia otro lado y fingimos que no lo conocemos mientras abandonamos las gradas. El resto de los Wizards tienen la cabeza agachada, aunque les dan la mano a los jugadores del Broomfield antes de desaparecer hacia los vestidores tan rápido como pueden. No lo estamos haciendo muy bien esta temporada. Busco a Jaden, pero no puedo encontrarlo en el campo, así que imagino que es uno de los que intenta huir rápidamente.

Sigo a Will en dirección al estacionamiento de estudiantes, hacia su flamante coche rojo. Destaca desde un kilómetro a la redonda entre todo el resto de los vehículos, sólo porque todo el mundo está más que agradecido de poder conducir un Honda de diez años hecho polvo que no se preocupan por lavar. Will dice que tener un coche bonito no es algo que le importe demasiado, pero el esfuerzo que pone en mantener la carrocería de su Jeep reluciente desmiente sus palabras.

Se oye un sonido de fondo en el estacionamiento mientras la multitud se dispersa y los coches van saliendo. No hace mucho frío, así que Will y yo nos quedamos fuera del coche, apoyados en el cofre, mientras esperamos a Holden. Siempre nos reunimos con él en el estacionamiento, y normalmente aparece unos veinte minutos después del final del partido, así que ya no tendremos que esperarlo mucho más. Busqué a Danielle cuando salíamos de las gradas, pero había demasiada gente yendo arriba y abajo y no la vi. No sé si ya se fue, pero a estas alturas supongo que decidió no aceptar mi propuesta de ir a Fort Collins con nosotros.

Mientras el estacionamiento se va vaciando y ya sólo quedan algunos coches, aparece Holden y se encamina hacia nosotros pisando el asfalto con ímpetu. Lleva unos *jeans* y una camiseta blanca y huele a colonia fresca después de haberse bañado. Ni a mí ni a Will nos sorprende que esté furioso.

—¡Vaya broma! —mascula, con la mandíbula apretada cuando pasa a nuestro lado. Abre la cajuela del coche y tira la maleta deportiva dentro. Luego la cierra de un portazo y se voltea, enfurecido, y lanza su botella de agua al aire—. ¿Saben cuántas veces ese tipo del Broomfield debió haber sido amonestado por agarrarme? Por lo menos cinco. ¡Ese tipo casi me arranca la camiseta!

—Pero esa recepción de cuarenta yardas estuvo genial, si quieres mi opinión —dice Will.

—No fue tan buena —murmura Holden, sacudiendo la cabeza. A veces me gustaría que no fuera tan duro consigo mismo. Jugó genial esta noche, pero sólo se fija en lo negativo. Supongo que es por la presión a la que se siente sometido para obtener una beca de futbol. Un montón de chicos del equipo ya tienen múltiples ofertas de universidades de todo el país para ir a jugar. Muchos de ellos aceptan las ofertas durante el verano, y creo que Holden sabe que el tiempo pasa y que, si iba a recibir alguna oferta, ya tendría que haberlo hecho. Ahora no deja de culparse por ello, porque a causa de la situación económica de sus padres necesita como el aire que respira una beca de deporte como boleto para ir a la universidad. Se apoya en el Jeep de Will y toma un trago largo de agua mientras mira hacia el cielo oscuro.

—Todavía hay tiempo, no te preocupes —le digo, acercándome a él y jalándole el borde de la camiseta. Mira hacia abajo con las mejillas encendidas de rabia—. Eres un gran jugador, Holden. Cualquier universidad tendría suerte de tenerte en su equipo, así que vamos, ánimo. —Le doy una palmadita en el pecho y le dirijo una sonrisa juguetona para animarlo—. Ten un poco de fe, ¿sí?

—Yo ya sé lo que va a animarte —nos corta Will, que rodeó el Jeep para ir a abrir la puerta del conductor y está de puntillas mirándonos por encima del techo—. Pollo. Ahora métanse en el coche, chicos. —Está a punto de sentarse cuando se queda quieto, con la mano en la parte de arriba de la puerta, mirando fijamente hacia algo en la distancia.

Lentamente, sigo la dirección de su mirada y tuerzo el cuello para mirar por encima de mis hombros. Jaden y Danielle Hunter se acercan, caminando uno al lado del otro. Ya puedo notar la sorpresa de Will al ver a Dani, y no tengo ni idea de lo que Holden debe de estar pensando, aunque no veo sus expresiones porque soy incapaz de apartar la mirada de los Hunter.

Me doy la vuelta y se detienen a unos pasos delante de mí. Dani parece incómoda, como si la situación la superara, mientras que Jaden se ve un poco más relajado, sus ojos brillantes están puestos en mí, como si de alguna manera me desafiaran.

—Nos apuntamos al Cane's —dice Dani.

La miro.

—¿Se apuntan? —repito.

Es raro verlos juntos después de tanto tiempo. Ya no es tan obvio que son mellizos por el drástico cambio de color del pelo de Dani, aunque todavía guardan similitudes, como los penetrantes ojos azules y las barbillas afiladas.

—Sí —asiente Jaden. Puede que hayan perdido el partido, pero no parece tan enojado como lo está Holden. Todavía tiene el pelo mojado del baño, y sigue vistiendo todo de negro. Pantalones cortos negros, tenis negros y la misma sudadera Nike que llevaba la noche pasada. Lleva la maleta deportiva colgada de un hombro. Con una mano sujeta la correa y lleva la otra en el bolsillo. Mira a Will y sonríe—. ¿Todavía tienes sitio atrás, Will?

Holden mira a Jaden y acto seguido otra vez a mí.

Intercambio miradas con Will y veo cómo su sorpresa se vuelve confusión. Me doy cuenta de que no le he contado muy bien cómo está la situación, y ahora parece que no tenga ni idea de qué hacer. Y finalmente dice:

—Claro. Suban.

—Genial —dice Jaden—. Gracias. —Empuja a Dani hacia delante y ella se dirige hacia el Jeep con aprensión, jugando inquieta con las manos. Él le abre la puerta y los dos se deslizan sobre los asientos traseros mientras Will se sube al asiento del conductor.

Antes de que nosotros también nos metamos en el coche, Holden me dirige una mirada interrogativa, confuso e incrédulo, probablemente porque esto es totalmente repentino y muy raro. No sabe que hablé con Dani durante el partido, ni que fui yo quien la invitó a venir, y ni siquiera les he contado a él ni a Will de mi encuentro con Jaden anoche. Todo lo que soy capaz de hacer es encogerme de hombros, porque sinceramente, todavía no sé qué estoy haciendo o qué espero conseguir con esto. Dejo que Holden se siente en el asiento del copiloto y subo al asiento de atrás junto a Dani y Jaden. Nada más cerrar la puerta me doy cuenta de lo apretados que estamos.

Jaden va en medio, entre Dani y yo, y no hay ni una pizca de espacio aquí atrás. Tengo los brazos pegados al cuerpo, nuestros codos se tocan. No esperaba que Jaden también viniera. Cierro los ojos y me digo para tranquilizarme que puedo hacer esto, puedo estar al lado de los Hunter. Aun así me siento cohibida, sobre todo con Jaden tan cerca de mí después de tanto tiempo. Su rodilla toca la mía, pero no me aparto, e inhalo la fragancia de su colonia. Me pregunto si se habrá percatado de que nuestras piernas se tocan, o si está sentado tan cerca a propósito. Holden cierra con un portazo y mis ojos vuelven a parpadear. Pone el codo en la ventanilla y apoya la cabeza en la mano, callado mientras mira por la ventanilla.

—Hace meses que no voy al Cane's —dice Jaden, y no sé si se da cuenta o no, pero su piel cálida está frotando la mía. El estómago se me encoge. Nunca olvidé cómo me sentía cuando me tocaba, cómo sentía su mano agarrada a la mía, el modo en que mueve los labios. Estoy tensa a su lado, intento ignorar estos pensamientos que me rondan por la cabeza, pero es casi imposible.

—Yo no he ido desde el año pasado —añade Dani, y aunque lo dice sin pensar, el ambiente se vuelve denso, porque sé exactamente en qué estamos pensando todos. Nos preguntamos si lo que está intentando decir es que no ha ido desde que sus padres murieron. Por si acaso, ninguno de nosotros dice nada por miedo a meter la pata, y la intención de actuar con normalidad que me había propuesto se escapa por la ventanilla.

Por suerte, Jaden empieza a hablar para romper el silencio cuando Will pone el coche en marcha.

—A pesar de todo, jugamos mejor que la semana pasada, ¿eh, Holden?

Cierro los ojos y apoyo la cabeza en el cristal de la ventanilla mientras pienso que ojalá Jaden no hubiera sacado el tema. No es una conversación que se tome a la ligera en este coche. Holden apenas le echa una mirada por encima del hombro a Jaden, y murmura:

—No del todo. —Y a continuación procede a enchufar su teléfono al cable auxiliar.

—¿No lo crees? —pregunta Jaden, ajeno a la frustración de Holden por toda la situación. Podría entrometerme y cambiar de tema, pero lo cierto es que no sé de qué otra cosa hablar. Prefiero que se hable del partido a que se haga un silencio incómodo.

—Anotamos muchos más puntos que el fin de semana pasado.

—¿Y qué importa eso? —suelta Holden como respuesta mientras mira su teléfono, rebuscando entre su música favorita. Entre la frustración de haber perdido el partido y que está confundido por no saber por qué los Hunter están con nosotros, su actitud es distante y fría—. Perdimos, y a este paso vamos a perder el partido de la semana que viene. —Selecciona una canción y lanza el teléfono al centro del tablero mientras la música invade el coche. La música dance electrónica nos martillea los oídos. La mitad de la música que escucha no tiene letra, y aunque Will y yo ya estamos acostumbrados, Jaden y Danielle no lo están. Incluso veo a Dani estremecerse.

Will tiene bastantes mejores modales, y se apresura a bajar un poco el volumen a pesar de las protestas de Holden. Mientras Will conduce a lo largo de Main Street, noto que nos mira por el retrovisor. Su mirada se desplaza por los Hunter; su expresión es de curiosidad pero también cautelosa.

—¿Irán al baile de inicio de año del colegio?

El año pasado no fueron, pero a nadie le sorprendió. Jaden y yo teníamos que ir juntos, y yo estaba muy emocionada porque era nuestro primer baile oficial, pero nunca llegó a suceder. Por suerte, Will agradeció poder acompañarme en su lugar, de la misma manera que lo había estado haciendo cada año hasta entonces, pero no disfruté de la fiesta como pensé que lo haría.

—Claro. Lo estoy deseando —dice Jaden, y se le ilumina la cara, y parece casi ruborizado cuando se ríe en voz baja entre dientes—. Mi abuela ya me planchó la camisa por lo menos tres veces. Es ridículo.

Me pregunto cómo debe de ser eso de tener a tus abuelos como responsables, como figuras paternas. Cuando era niña me encantaba quedarme a dormir en casa de mis abuelos con mis primos. Antes de acostarnos, mi abuela nos preparaba chocolate caliente con bombones que compraba especialmente para nosotros, y mi abuelo nos metía a todos en una enorme cama doble en la habitación de invitados y nos daba un beso de buenas noches. Aunque nos encantaba estar con ellos, también nos encantaba cuando nuestros padres venían a recogernos por la mañana. No me puedo ni imaginar cómo debe de ser saber que tus padres no van a regresar.

Uf. Ya lo estoy haciendo otra vez.

Estoy pensando en la muerte de Bradley y Kate Hunter, y en los hijos que se quedaron solos, las dos personas que están ahora sentadas a mi lado hablando de pollo y futbol y bailes del colegio, y pienso si voy a dejar de preguntarme algún día cómo se las arreglan para sobrellevarlo. Es algo que me impresiona. Deben de sentir mucho dolor, y sin embargo aquí están, en los asientos traseros del Jeep de Will, camino de Fort Collins para tomar algo después del partido.

No oigo lo que Will responde porque estoy absorta en mis pensamientos, así que sacudo la cabeza rápidamente para forzarme a regresar a la realidad. «Deja ya de pensar en eso.»

—Yo no iré —murmura Dani, y yo la miro de reojo. Está inclinada hacia atrás, con los brazos cruzados sobre el pecho, y me doy cuenta de que quizá ella no quiere estar aquí. Quizá Jaden la hizo venir en contra de su voluntad, dándole un empujón brusco para volver al mundo de la interacción social.

—¿Por qué no? —insiste Will, y le lanzo una mirada por el retrovisor. Mi expresión se suaviza inmediatamente cuando comprendo que en realidad puede que Dani agradezca esta falta de tacto.

—Porque nadie me ha pedido que vaya —dice encogiéndose de hombros, y me sorprende la respuesta. Daba por supuesto que no iría porque no quería estar rodeada de gente, pero resulta que no irá porque parece que la gente no quiere estar a su alrededor.

—¿No puedes ir sólo con tus amigos? —prosigue Will.

—La verdad es que no tengo —admite ella, lo que es triste, porque antes tenía un gran círculo de amigos. Pero al igual que las amigas con las que estaba sentada en el partido, la mayoría ya no la trata de la misma manera. Se ha distanciado de mucha gente desde el año pasado.

—Oh —dice Will, con los ojos puestos de nuevo en la carretera. No está seguro de qué más decir, así que en lugar de soltar cualquier cosa inoportuna, regresa su atención hacia su hermano, y yo le agradezco enormemente que esté tratando de mantener viva la conversación—. ¿Y tú, Jaden? ¿Con quién vas a ir?

Esta pregunta despierta mi interés, así que me incorporo un poco cuando él dice:

—¿Conocen a Ellie? ¿La de primero? ¿Eleanor Boosey? Voy a ir con ella.

—Es muy simpática —me fuerzo a decir, aunque me sale con un tono de voz muy alto. Eleanor es una chica muy dulce, aunque ahora tengo más preguntas: ¿están saliendo? ¿Son sólo amigos? «Por favor, que sean sólo amigos.»

—Sí, lo es. Harrison, del equipo, llevará a la amiga de Ellie, así que voy a hacer de chaperón —explica Jaden, mirándome. Sus ojos se encuentran con los míos, su boca ya sonríe, y yo siento que mi pecho se relaja. Así que no están saliendo. «Bien», pienso—. ¿Con quién irás tú este año? —me pregunta.

—Seré yo otra vez —dice Will levantando la mano mientras con la otra sujeta el volante.

La sonrisa de Jaden se desdibuja y pienso si él también recuerda que hace un año se suponía que teníamos que ir juntos.

—Bien —dice él, apartando la mirada.

Ya son más de las diez de la noche y estamos a veinte minutos en coche de Fort Collins; quince si Will pisa un poco más el acelerador. Denver está demasiado lejos, a más de una hora en coche, así que Fort Collins es la ciudad más cercana que tenemos y que es claramente mejor que Windsor. Está bien salir del pueblo de vez en cuando, aunque sólo sea para comprar una caja de tiras de pollo frito.

A estas horas de la noche la carretera está oscura y casi del todo vacía, sólo de vez en cuando pasa algún coche en sentido contrario mientras avanzamos a lo largo de los extensos campos. Colorado es conocido por su belleza natural, pero a veces los campos, las montañas y la vegetación se vuelven un poco pesados cuando has vivido aquí toda tu vida. Me reclino hacia atrás, cierro los ojos, y escucho la música de Holden mientras se hace el silencio en el Jeep. No es un silencio incómodo, por suerte, pero tampoco estamos relajados del todo. Will está concentrado en la conducción nocturna, cosa que sé que odia, y Holden está de nuevo ocupado con su teléfono, aunque creo que sólo finge que envía mensajes.

A medida que avanzamos a través de Fort Collins, en dirección al norte hacia el centro, las calles se vuelven mucho más concurridas. Al fin y al cabo, es viernes por la noche en la ciudad, y Fort Collins alberga la Universidad Estatal de Colorado, así que todos los estudiantes universitarios deben de estar aquí, saliendo con los amigos o yendo a los bares. El Cane's está al final de la calle desde el campus universitario, y a medida que nos acercamos vemos que está abarrotado de gente, a pesar de que cierran dentro de cuarenta y cinco minutos. Will se estaciona en una plaza y apaga el motor mientras nos incorporamos, y no soy la única que se siente aliviada por poder salir por fin del coche. Un minuto más con el cuerpo de Jaden pegado al mío y puede que me hubiera arrancado la parte interior de la mejilla a mordiscos.

Abro la puerta de golpe y salgo del coche; me ajusto la sudadera de los Wizards y meto las manos en el bolsillo delantero. Las noches van volviéndose más y más frías, y ahora hay una brisa que parece que va en aumento, aunque el aire frío me sienta genial. Jaden sale detrás de mí, pero me concentro en revisar el estacionamiento. Puedo ver el coche de Kailee en la otra punta, y tengo por seguro que ella y Jess se van a quedar paradas cuando me vean entrar por la puerta no sólo con Dani a mi lado, sino también con Jaden. Todo el mundo sabía que era amiga de Dani, y todo el mundo sabía que sentía algo por Jaden, y que no había hablado con ellos desde el año pasado, así que esto va a ser interesante.

Nerviosa, juego con las puntas de mi cabello mientras Holden sale del Jeep y cierra de un portazo, pero no nos espera, sino que se va derecho y entra por su cuenta en el restaurante. Will y yo intercambiamos una mirada. Holden y Jaden nunca han sido grandes amigos, pero siempre se habían llevado bien. Además, están juntos en el equipo, pero ya desde el año pasado, Holden se ha sentido tan incómodo con Jaden como yo. Mucha gente se siente incómoda cerca de los mellizos.

—¿Le pasa algo? —pregunta Jaden, dirigiéndome una mirada de reojo.

—No —digo, y finjo una sonrisa mientras Will cierra el Jeep—. Es sólo que le encanta la comida casera cada vez que pierden un partido.

Will se adelanta unos pasos para ponerse a mi lado mientras los cuatro nos dirigimos hacia la entrada. Jaden y Dani van detrás de nosotros. Mientras caminamos, se me acerca y me susurra:

—¿Estás bien?

Y yo realmente no sé si lo estoy o no, así que me encojo de hombros y sigo andando.

Dejo que Will empuje la puerta. El olor de la grasa y del pollo frito es tan abrumador que casi marea, en el buen sentido. El restaurante está lleno y hay un ruido ensordecedor, la gente está sentada alrededor de las mesas, riendo y platicando. Trato de encontrar a Holden, pero veo a Jess y Kailee primero, sentadas con sus novios, Tanner y Anthony, en un gabinete cerca del mostrador. Ellas también me ven, y mientras la puerta se cierra a nuestra espalda, dejando fuera el frío, noto que Jaden y Dani se detienen detrás de mí.

Jess nos mira fijamente durante un momento antes de susurrarle algo a Kailee. Se voltea y se encuentra con mis ojos, sin que esa fuera su intención, supongo, pero me dirige una sonrisa descarada y emocionada al mismo tiempo. Pues sí, definitivamente están hablando de nosotros. Pero la verdad es que la explicación es bastante simple: estoy haciendo esto porque no tengo otra opción, porque se lo debo a Jaden y a Dani. Pero no puedo decírselo a Jess y a Kailee en estos momentos, así que les dirijo una sonrisa discreta.

Pero no sólo son ellas las que se han percatado de mi llegada.

En un gabinete cerca de la ventana, con un montón de universitarios abalanzándose el uno sobre el otro y sin demasiado espacio, Darren está de pie, con el brazo apoyado contra la divisoria del gabinete, y tiene los ojos clavados en mí.

7

«No —pienso—. Ahora no, por favor.»

Poco a poco, sus labios dibujan una sonrisa y se le forma un hoyuelo en la mejilla izquierda. Se endereza como si estuviera a punto de venir hacia mí y yo rápidamente me pongo alerta y me preparo. Darren es la última persona a quien quiero ver ahora mismo. Incluso en el mejor de sus momentos, es un imbécil siempre que sus amigos están alrededor, así que de ninguna manera puedo estar con él ahora mismo (no aquí, en medio del Cane's, cuando estoy con Jaden Hunter).

Will empieza a moverse y me pego a él como un parásito, lo sigo tan de cerca que casi puedo pisarle los talones, desesperada por escabullirme de Darren. Holden nos encontró un gabinete vacío en la otra punta del restaurante, por lo que no puedo estar más aliviada. Él ya se sentó, está apoyado en la ventana y cuenta los billetes que lleva en la cartera mientras nosotros cuatro nos aproximamos.

Will se desliza hacia él y, en mi carrera para evitar a Darren, yo me deslizo rápidamente en el lado opuesto. Dani y Jaden me siguen, y los tres nos alineamos frente a Holden y Will. En este punto, todos los nervios de estar al lado de los Hunter desaparecen. Lo que me preocupa ahora es Darren. Me inclino hacia atrás y lanzo una mirada más allá de Dani, y mis ojos deambulan entre el bullicioso restaurante en su búsqueda. Cuando me doy cuenta de que no se ha movido de donde estaba, apoyado contra el separador del gabinete, me relajo sólo un poco. Ya no me mira, tan sólo sonríe mientras su grupo de amigos se parte de la risa. Suspiro y regreso la cara hacia mis amigos.

—¿Y si pedimos una bandeja para compartir? —sugiere Will, y todos estamos de acuerdo con una de veinticinco, y cada uno ponemos encima de la mesa lo que llevamos suelto. Will lo recoge mientras se levanta ofreciéndose para ir a buscar la comida. Puedo ver en la cara de Holden que desearía haberse ofrecido él.

—¿Soy yo o Kailee Tucker y Jess López nos están mirando? —pregunta Dani, que se ha decidido a decir algo por primera vez. Mantiene la voz baja y me mira, y no parece muy contenta. Echo un vistazo por encima de Jaden más allá de donde está ella y encuentro su mesa otra vez. Estoy bastante segura de que sus miradas curiosas disparan directamente a nuestro gabinete, pero en el preciso instante en que mis ojos se encuentran con los suyos, desvían la mirada, avergonzadas.

—Creo que sólo están sorprendidas de verte otra vez —admito, mirando de nuevo a Dani. No voy a mentir, porque no es una verdad cruel. Están sorprendidas de verla. La gente está sorprendida en positivo. Lo que no añado es que están probablemente más sorprendidas por verla a ella y a Jaden conmigo.

—Sabes que vives en un pueblo pequeño cuando la gente se sorprende al verte fuera de tu casa —murmura Dani, cubriéndose las manos con las mangas de la camiseta negra y cruzando los brazos a la altura del pecho mientras suspira.

—Dani —dice Jaden, dándole un codazo suave. Frunce el ceño, y hay algo en sus ojos azules cuando la mira que no acabo de entender, algo entre ellos que no requiere palabras, casi como una advertencia.

—Ojalá la gente lo superara de una vez —añade tranquilamente. Su expresión es triste mientras se reclina contra el acolchado del gabinete—. La gente espera que lo superemos y volvamos a la vida normal, y sin embargo no nos hacen sentir normales.

Jaden nos mira a Holden y a mí con una especie de sonrisa de disculpa, le parece mal que Dani haya hecho de la conversación algo imposible. Ahora volvemos a estar en el punto de partida, donde ni Holden ni yo tenemos idea de cómo responder.

—Como pueden imaginarse —dice Jaden, forzando una sonrisa en un intento de suavizar el ambiente—, estamos ansiosos por graduarnos.

La expresión de Holden es neutra mientras estudia a los mellizos, tratando de entenderlos, y con un ápice de interés pregunta:

—¿Por qué? ¿Van a dejar Windsor?

—Ojalá —responde Jaden asintiendo, mientras que Dani pone los ojos en blanco, como molesta. Pero lo comprendo; puedo entender por qué querrían marcharse. El año que viene, cuando empiecen la universidad en otra parte, nadie conocerá su historia; nadie sabrá nada acerca de «la tragedia de los Hunter»; nadie pasará de puntillas por su lado como hace la gente de Windsor.

En ese preciso momento, antes de que podamos decir nada, alguien se cuela en el gabinete al lado de Holden. Es Darren. Holden inmediatamente intercambia una mirada de preocupación conmigo, y yo muevo los labios en silencio para decirle a Darren que ahora no es el momento y que nos deje tranquilos. El chico por el cual lo dejé está sentado a mi lado.

—Hola, chicos —dice con ese molesto tono arrogante tan propio de él. Hay una sonrisa condescendiente en su cara mientras apoya los codos en la mesa y se inclina hacia delante. Si sólo estuviéramos nosotros dos aquí, se mostraría divertido, dulce y cariñoso. Pero cuando tiene público cambia—. ¿Dónde estuvieron esta noche? —pregunta, mirando de reojo a Holden.

—Tuvimos partido —dice este brevemente. No le sigue la conversación, sino que saca el teléfono y vuelve a fingir que envía mensajes. No es el admirador número uno de Darren, y de lo último que quiere hablar ahora mismo es del partido.

Los ojos oscuros de Darren parpadean para encontrarse con los míos y sonríe.

—¿Estabas tú también allí, Kenz?

Sólo de ver su expresión arrogante me crece la irritación en el pecho. Es muy frustrante ver cambiar su personalidad tan drásticamente en función de quién tenga a su alrededor. Yo sé que es una buena persona, en serio, pero para el resto de la gente no es nada más que Darren Sullivan, el estúpido. No puedo soportar el papel tan ridículo que hace.

—Sí, Darren, estaba allí —digo muy lentamente y con firmeza, enfatizando mi malestar por haber pensado que era una buena idea haber venido hasta aquí. Noto a Jaden moverse incómodo al final del gabinete. Sabe que Darren y yo salimos. De todas maneras, Darren no sabe que Jaden es la persona por la que todavía siento algo. Y no quiero que se entere.

—¿Has vuelto a pensar sobre lo que hablamos? —me pregunta. No me gusta la manera como lo hace. Como si hubiera sido una conversación relajada y deseada por mi parte, cuando en realidad me acorraló en el trabajo el lunes. Definitivamente no lo fue.

Holden me mira con los ojos entrecerrados de manera sospechosa. No les he dicho ni a él ni a Will que hablé con Darren el lunes, porque ni siquiera pensé que fuera importante. Los encuentros con Darren son algo que ocurre con regularidad. Él aparece de la nada, afirma que me extraña y entonces trata de que volvamos a estar juntos. No sé cuánto tiempo más va a seguir intentándolo hasta que al final se dé cuenta de que eso nunca pasará.

—No, no lo he hecho —respondo, mirándolo directamente a los ojos. Estoy suplicándole en silencio que se marche, y sólo puedo esperar que mi frialdad sea suficiente para convencerlo de que, a pesar de que seamos amigos, no quiero que esté cerca de mí en ese momento.

Ladea la cabeza y lee mi expresión. Todavía mantiene esa estúpida sonrisa en la cara sin dejar de examinarme intensamente, su cabeza gira a toda velocidad mientras piensa en lo que va a decir a continuación.

Pero no tiene la oportunidad de decir nada porque Will regresa, inquieto, mientras deja la bandeja de pollo sobre la mesa. Frunce el ceño al ver que alguien le robó su lugar en el gabinete, y en el instante en que se da cuenta de que es Darren me lanza la misma mirada de preocupación que hace unos instantes me dirigió Holden.

—¿Qué haces aquí? —pregunta Will, como si intentara protegerme. A él tampoco le caía bien Darren.

—Sólo vine a ponerme al día con mis viejos amigos —dice Darren con una amplia sonrisa mientras se levanta. Pone la mano en el hombro de Will y de la manera más condescendiente del mundo le pregunta—: ¿Alguna novedad, chico de Water Valley? ¿Ya pagó tu papá para que entres en Harvard? ¿Ya tienes novio?

—Gracioso como siempre, ¿eh? —replica Will con sarcasmo, quitándose la mano de Darren de encima y dando un paso atrás. Se mete las manos en los bolsillos delanteros de los *jeans* y continúa aguantándole la mirada, desafiante, a Darren, sin apartar los ojos, sin mirar hacia abajo. Darren está siendo más estúpido de lo que normalmente es, y estoy bastante segura de que sólo está actuando así porque le di largas el lunes. Se está vengando enfrentándose a mis amigos y atormentándonos con comentarios fuera de tono, cosa que nunca hubiera hecho hace unos meses.

—Darren —digo, sacudiendo la cabeza sin dejar de mirarlo. No se merece ni siquiera que me esfuerce, así que le hago un gesto con la mano para indicarle que se vaya—. Vamos. Regresa con tus amigos.

Los ojos de Darren parpadean de nuevo para encontrarse con los míos.

—Pero si todavía no me has presentado a tus nuevos amigos.

Miro a Dani y a Jaden. Están los dos callados. Dani parece muy incómoda, mira a la mesa, inexpresiva, haciendo un esfuerzo para no intervenir. Jaden, sin embargo, mira a Darren con los ojos entrecerrados y con curiosidad. Apuesto a que sé lo que piensa. Intenta entender qué habré visto en Darren para salir con él. Yo a veces también me lo pregunto.

—Jaden Hunter —dice, y luego golpea con suavidad su hombro contra el de Dani mientras la señala—. Y esta es mi hermana, Danielle.

La expresión de Darren se suaviza por un instante cuando cae en la cuenta. Me vuelve a mirar, pero esta vez parece que busca una respuesta.

—¿Hunter? —repite, y yo asiento mínimamente para confirmar sus sospechas.

—Sí —responde Jaden con una sonrisa que ilumina toda su cara. Enseguida reconozco que es falsa. No es su sonrisa de verdad, la que me hace a mí, la ladeada.

—Muy bien —murmura Darren. Se quedó confundido y se rasca la nuca, sin saber qué decir a continuación. De repente, echa una mirada por encima del hombro hacia sus amigos, que siguen siendo el grupo más ruidoso de todo el local—. Tengo que irme.

Ni siquiera vuelvo a mirarlo. Lo que hago es acercarme la bandeja de pollo frito y centrar mi atención en encontrar el más jugoso, y entonces le digo:

—Eso. —Hago un gesto de desdén—. Ya nos veremos.

Nadie dice una palabra mientras Darren se da la vuelta y regresa cruzando todo el restaurante hacia la seguridad de su círculo de amigos que, sólo para que conste, son todos bastante idiotas. Antes pensaba que eran geniales, pero la verdad es que no lo son.

—No te ofendas, MacKenzie —dice Dani, levantando por fin la mirada. Su voz parece más segura que antes—, pero si no me equivoco al deducir que ese es tu ex, quiero que sepas que estabas saliendo con un imbécil.

—Has deducido bien —manifiesta Will, asintiendo y mostrando que está de acuerdo.

Jaden no dice nada, pero me mira. El calor de su expresión contrasta con el frío color azul hielo de sus ojos, y me pregunto qué pensará exactamente de mí en este momento. Quizá piensa que soy una idiota por haber salido con Darren. Quizá piensa que soy lista por haber acabado con esa relación. Quizá le alegra que lo haya hecho.

8

El camino de vuelta a Windsor es bastante más agradable que el de ida. Holden se calmó un poco y se desplomó en el asiento del copiloto con la cabeza hacia un lado mirando por la ventanilla hacia la oscuridad. Todavía está escuchando, sin embargo, y lo oigo reírse entre dientes cada vez que alguno de nosotros dice algo remotamente divertido. Will está cansado; lo sé por lo callado que está, concentrado en la carretera con los ojos tensos. Yo me encuentro otra vez en el asiento de atrás, pero ahora es Dani quien está en el medio, separándonos a Jaden y a mí.

Justo cuando recorremos Main Street, Will lanza una mirada nerviosa a los Hunter por el espejo retrovisor. Sus ojos brillan por el reflejo de los destellos de los faroles de la calle que entran por el parabrisas.

—¿Dónde viven? —pregunta lentamente. Su voz casi es inaudible. Es una pregunta incómoda de hacer, y me doy cuenta tan pronto como lo dice de que yo tampoco sé la respuesta. Hace un año, Will hubiera dejado a los Hunter en su casa de la parte norte de Main Street, en una calle pequeña y tranquila con vistas al lago. Pero ahora allí vive una nueva familia.

—En Ponderosa Drive —responde Jaden, que sigue atento—. Cerca de los campos de beisbol.

—Bueno —asiente Will después de pensarlo un instante—. Ya sé dónde es.

Aunque mi casa y la de Holden están cerca, Will no gira por Main Street para dejarnos, y sé que es porque no quiere quedarse a solas con Jaden y Dani. Prefiere gastar gasolina volviendo atrás que dejarnos a nosotros primero, pero tampoco me importa. No tengo prisa por llegar a casa.

Holden bosteza; lo más probable es que esté cansado después del partido. Entierra todavía más la cabeza en el asiento del copiloto, se pasa la mano por la cara, y se frota los ojos.

—Me muero de ganas de dormir hasta mañana al mediodía —murmura. Perdió interés por buscar música, así que hemos estado escuchando remezclas de su terrible lista de reproducción los últimos diez minutos. La calefacción está encendida y mantiene el coche a una temperatura ideal.

—Qué suerte tienes —le digo. Tengo el hombro apoyado en la puerta y no es la más cómoda de las posiciones. Me llevo la mano al pelo y me masajeo lentamente la parte de atrás de la cabeza. Ha sido una semana larga, y la noche de hoy me dejó con un montón de preguntas, como: «¿Qué piensa de mí Jaden ahora?»—. Yo tengo que estar en el trabajo a las diez.

Con el rabillo del ojo veo a Jaden que se inclina un poco hacia delante para mirarme. Dani tiene los ojos cerrados pero está despierta.

—¿Todavía trabajas en el Summit? —me pregunta.

Levanto mis ojos cansados para mirarlo. Parece tener verdadera curiosidad por si todavía hago cinco turnos a la semana. «¿Todavía siente lo mismo por mí que hace un año?». Probablemente no, y no puedo esperar que lo haga, después de cómo lo decepcioné, pero aun así duele ser consciente de ello.

—Sí.

—¿Turno largo mañana?

—Hasta las seis. O sea que sí.

Jaden hace una mueca y se reclina hacia atrás otra vez, fuera del alcance de mi vista, oculto por Dani, así que yo también me recuesto contra el respaldo y sigo removiéndome el pelo. Miro hacia fuera, a las tranquilas calles de Windsor. No es tan tarde para ser viernes por la noche, sin embargo la mayoría de las calles están bastante vacías. Pasamos los campos de beisbol de Chimney Park, a los que no he ido nunca en los diecisiete años que llevo viviendo aquí, y entonces Will gira hacia Ponderosa Drive. Es una parte bonita de la ciudad. No es una zona tan acomodada como Water Valley, pero aun así las casas son de gran tamaño y están más cuidadas que las de la zona donde vivo yo. Jaden se incorpora rápidamente, desplazándose hacia el borde de su asiento y pasando el brazo alrededor de la cabecera del asiento de enfrente. Se inclina hacia delante, entre Will y Holden, y señala a través del parabrisas con su mano libre.

—Justo aquí arriba —le dice a Will—. La de la barca.

Will aprieta un poco el acelerador y conduce hacia la casa en la esquina del cruce. Se arrima a la banqueta y detiene el Jeep delante de la casa de los abuelos de Jaden y Dani. Las luces del porche permanecen encendidas, pero el resto de la casa parece estar a oscuras. El pasto parece descuidado, pero es difícil de asegurar, y el límite exterior está bordeado por pequeños arbustos. La casa es mucho más grande y mucho más bonita que la mía, aunque más pequeña y menos lujosa que la antigua casa de los Hunter. Veo el Toyota Corolla negro en la entrada, el que Jaden conduce a veces. Justo detrás, escondida en una esquina, sobre un montón de grava, hay una pequeña barca camuflada debajo de una funda protectora de color azul chillón.

Recuerdo esa barca.

Pertenecía al padre de Jaden y Dani, Bradley. Él y Kate solían sacarla al lago. Fui con ellos una vez, pero ahora me parece como si hubiera sido hace mucho tiempo, ese primer día de agosto en el agua con el sol tostándonos, Brad y Kate delante, Jaden y yo detrás, disfrutando de las refrescantes salpicaduras del agua mientras navegábamos durante lo que me parecieron horas.

Dos semanas después, Brad y Kate murieron.

Nunca se llegó a confirmar qué fue exactamente lo que causó el accidente. Mi tío Matt fue uno de los primeros policías en llegar al lugar del accidente esa noche. Él me dijo una vez que fue uno de los peores accidentes que jamás había visto. Sabían con seguridad que Brad y Kate regresaban a casa después de una larga noche en la oficina. Ambos trabajaban en el *Fort Collins Press*. Kate era periodista y Brad editor. Aparentemente así es como se conocieron. Solían quedarse hasta el final del día para acabar los reportajes, así que el hecho de que condujeran tarde de noche no era algo inusual. Pero aquel día, un poco antes de la medianoche, su coche volaba en la oscuridad por la carretera desierta. Chocaron contra un árbol a tanta velocidad que la parte delantera del coche se aplastó completamente. No tuvieron ni una oportunidad de salvarse.

No hubo testigos del accidente, así que la causa se determinó por eliminación. No había hielo en la carretera en esa época del año, no hubo fallo mecánico del coche, no encontraron restos de alcohol en el organismo de Brad, todo lo que la policía sabe es que algo hizo que Brad diera un volantazo, seguramente un animal. Esos campos están llenos de ciervos suicidas.

—Kenzie —le oigo decir a Jaden con voz alta y poderosa, e inmediatamente vuelvo a la realidad.

Ni siquiera me había dado cuenta de que estaba en las nubes, tengo la cabeza en otro lugar, y en cuanto parpadeo para espabilarme, me doy cuenta de que Dani y Jaden ya están fuera del coche. Él está al lado de la puerta, aguantándola, mientras me mira perplejo.

—Dije «¿hasta luego?».

¿Ah, sí? Ni siquiera lo oí, y ahora estoy un poco confundida mientras murmuro un tímido «sí» y asiento.

¿Era una pregunta porque quiere salir conmigo luego? ¿O sólo una manera de despedirse?

Detrás de él, Dani se abraza para protegerse del frío; sus ojos azules se encuentran con los míos, y por una fracción de segundo sonríe. No sé si todavía estoy en las nubes o no, pero estoy bastante segura de que era una sonrisa de agradecimiento, y entonces Jaden cierra de un portazo que me devuelve del todo a la realidad.

Will espera unos segundos mientras miramos a Jaden y Dani pasar por delante de la barca de sus padres en dirección al porche iluminado. Se entretienen durante unos instantes mientras Jaden busca las llaves en su maleta deportiva, pero tan pronto como las encuentra y las introduce en la cerradura, Will arranca.

—Muy bien —dice Holden en un tono neutro incorporándose en su asiento, más tenso que antes. Se voltea para mirar por el lado de la cabecera, y no parece muy contento—. ¡Vaya manera de agarrarnos desprevenidos! Algún tipo de aviso por tu parte hubiera estado bien, ¿no?

—Nadie los invita nunca a ninguna parte —protesto en mi defensa. Sé que no le dije a Holden que quizá los Hunter nos acompañarían, pero no es para tanto. Soy yo la que tiene un problema con los Hunter, no él, así que si yo puedo estar a su lado sin sentirme tan extraña también puede hacerlo él. Invité a Dani a ir al Cane's con nosotros porque pensé que le gustaría algo de compañía, y juzgando por la sonrisa que creo que me acaba de dirigir, estoy bastante segura de que agradece el gesto, así que ahora me siento un poco mejor conmigo misma.

—A ver, nadie los invita a ninguna parte porque Dani parece como si fuera a estallar en lágrimas en cualquier momento —replica Holden pausadamente—, y Jaden me pone los nervios de punta porque actúa como si nada hubiera pasado, así que no sé cuál es peor de los dos. Algo de tiempo para prepararnos habría sido genial. Pensaba que no querías relacionarte con ellos.

Will aparta una mano del volante y le da un puñetazo suave a Holden en el brazo.

—Amigo, te estás comportando como si Kenzie te hubiera lanzado al maldito lago —dice, poniendo los ojos en blanco—. Deja ya de estar de mala onda y relájate. Kenzie sólo trataba de ser amable.

Holden rechina los dientes, se voltea hacia delante y se acomoda de nuevo en su asiento. No es muy bueno guardándose lo que piensa para sí mismo, sobre todo cuando está de mal humor después de haber perdido un partido. Sin hacer caso de sus palabras, miro por la ventana y cierro los ojos. Puede que esta noche haya sido un poco desconcertante; puede que Jaden haya aparecido y que Darren se haya comportado como un idiota, pero aun así no puedo evitar sentir que hice algo bueno.

Will me lleva a casa a mí primero, en dirección contraria por donde vinimos. Son las once y media, pero sé que mis padres todavía están despiertos. Suelen quedarse hasta tarde los fines de semana viendo el programa de los viernes por la noche en la tele hasta que los dos se quedan dormidos en el sillón. Por eso no me sorprende cuando llegamos hasta el final de mi calle y veo parpadear la luz de la tele por la ventana de la sala.

—Vamos a ir a jugar golf mañana, por cierto —me dice Will. Su mirada se encuentra con la mía en el espejo retrovisor y se aparta el pelo rubio de los ojos—. ¿Nos vemos por la noche después de tu turno?

—Ya les diré —respondo, luego abro la puerta del coche—. Gracias por traerme.

Will se ríe cuando la cierro tras de mí. Holden no se digna despedirme, así que yo tampoco le digo nada. En todos los años que llevamos siendo amigos, he tenido más discusiones con Holden que con Will. Nunca por nada serio, y normalmente no resulta ser un gran problema. Acabamos fingiendo que no pasó nada al día siguiente, así que aunque ahora está enojado conmigo, sé que en cuanto nos sentemos otra vez en el Dairy Queen el domingo volveremos a la normalidad.

Oigo el sonido del motor del coche de Will alejarse en el silencio mientras corro a través del pasto. Casi nunca uso el caminito de la entrada, y nada más llegar a la puerta principal, que dejaron sin cerrar con llave para cuando yo llegara, noto un fuerte aroma a especias que flota sobre mí en el aire. También oigo carcajadas que resuenan por toda la casa y que provienen de la sala. Me quito los zapatos, avanzo hacia el pasillo y me detengo delante de la mesita. El marco de fotos de Grace está desplazado hacia delante, colocado exactamente en el centro, y recién abrillantado. Paso las yemas de los dedos por el borde de la mesa con cuidado para no tocarlo. Hace unos años lo tiré al suelo sin querer y mamá dio tal grito que pensé que se había hecho daño. Ya no lo toco nunca.

Las risas aminoran cuando cruzo la puerta y entro en la sala. Papá está sentado en uno de los sillones, lleva sus mejores *jeans* y una camisa decente; tiene una cerveza en la mano. Mamá está en el suelo, al lado de la mesita del café, con una copa de vino; la botella vacía de Chardonnay está casi enterrada entre los contenedores de comida india y los platos con las sobras que ocupan casi toda la mesa. Mamá lleva joyas que combinan con su blusa, por una vez se hizo un peinado bonito, y se puso demasiado rubor en las mejillas.

—Kenzie —dice con una amplia sonrisa mientras levanta la copa de vino para saludarme—. Regresaste temprano.

La miro con desconfianza, intentando averiguar si todavía está serena.

—Es casi medianoche, mamá —replico. Mi expresión es neutral y sé que debo parecer arisca, pero es que no puedo ocultar mi enojo. Con mirada acusadora, desplazo los ojos entrecerrados hasta papá.

Por una vez, no parece agotado y exhausto. Está echado en el sillón, relajado y despreocupado. Una gota de sudor le resbala por la sien. Normalmente, siempre que mamá se sirve una copa de vino, él frunce el ceño y se va de la sala diciendo que necesita bañarse, o que tiene que llamar a alguien, o que le encargaron un nuevo trabajo. A veces creo que le gusta que lo llamen por una urgencia porque así no tiene que estar aquí viendo cómo mamá ahoga sus penas. A él no le parece bien, no le parece bien en absoluto, pero a lo largo del último año, desde que mamá empezó a incrementar el número de botellas que bebía semana tras semana, he comprendido que es más fácil para él ignorar el problema. Creo que entiende por qué mamá bebe, así que no va a enfrentársele por esto. Aun así, no me parece nada bien que se tome unas copas con ella.

—¿Medianoche? —repite mamá—. Vaya, definitivamente perdimos la noción del tiempo.

—¡Pues sí! —coincide papá riendo.

Están pasando una película de serie B de esas hechas para la televisión, aunque dudo que realmente la estuvieran viendo. Parece que se la pasaron muy bien pidiendo comida y bebiendo. Para cualquiera, esto es una noche de viernes común y corriente: unas cervezas y un par de copas de vino para relajarse después de una semana atareada. Pero en esta casa, una botella de vino vacía en la mesita del café es motivo de preocupación.

—Papá —digo, cruzando los brazos sobre el pecho. Probablemente haya notado la frustración en mi voz, porque ni siquiera traté de disimularla. Lo miro entrecerrando los ojos—. ¿Puedo hablar contigo un segundo? ¿En la cocina?

La sonrisa de su cara desaparece de inmediato y se me queda mirando. Mamá ni siquiera se da cuenta de que dije algo porque toma el control de la tele y navega por los canales. Papá la mira de reojo y se apoya para levantarse, con la cerveza en la mano. Ahora mismo estoy enojada con él, pero intento mantener la calma mientras me sigue hasta la cocina. Las luces están apagadas y no me molesto siquiera en encenderlas.

—¿Qué estás haciendo? —le suelto, con los brazos todavía cruzados sobre el pecho. Lo miro esperando una respuesta. Últimamente, tengo la sensación de que cada vez que llego a casa encuentro a mamá bebiendo o ya borracha. No sé por qué me sorprendo. Debería estar acostumbrada, pero cada día que pasa me preocupa más.

—Sólo estamos tomando una copa, MacKenzie —dice papá suspirando. No le gusta hablar de mamá. No hablamos de nada en esta casa, y no soporto ser la única que parece darse cuenta de lo que pasa. ¡Y sólo soy la maldita hija!

—Sí, claro, sólo estás tomando una copa —mascullo. ¿Acaso no se da cuenta? ¿No lo ve?—. Pero mamá no. Ya sabes que es más que eso. Y tú la estás animando.

—MacKenzie... —Papá se apoya en la barra y se frota las sienes, la cerveza todavía en mano—. Esta noche no, por favor.

«No ahora, no nunca», pienso.

—Me voy a la cama —digo secamente, y niego con la cabeza sin dejar de mirarlo. No tengo la energía suficiente para quedarme aquí discutiendo con él por este tema a estas horas. Estoy cansada, y lo más probable es que pierda esta batalla igual como siempre. Salgo de la cocina lentamente, dirigiéndole una última mirada. También debe de ser duro para él. No hay nada que pueda decir ahora para arreglar las cosas, así que en lugar de eso, embotello mis pensamientos y me limito a decirle—: Buenas noches.

—Buenas noches, Kenzie —responde él.

Un minuto más tarde, cuando estoy subiendo la escalera para ir a mi habitación, los oigo reír de nuevo, y decido que no me voy a enojar con papá esta noche, porque aunque mamá ha estado bebiendo, por lo menos parece feliz.

9

Durante la primera mitad de mi turno, Lynsey me deja trabajar en la sección de pistolas láser. El Summit está siempre repleto los sábados. Por las mañanas se llena de familias y los niños gastan una barbaridad de monedas jugando a las máquinas de videojuegos, antes de enfrentarse en una intensa partida de boliche con protecciones laterales infantiles, para finalmente acabar el día en el restaurante. Luego, por la tarde, cuando ya oscurece, los niños son reemplazados por parejas jóvenes que tienen una cita y adolescentes más o menos de mi edad. Por suerte, termino antes de que lleguen. Mi turno acaba en quince minutos, y sé por seguro que voy a salir a mi hora. No me importa quedarme un poco más trabajando si es necesario, pero ¿en el turno de fin de semana? Ni hablar. Me largo de aquí.

La segunda mitad de mi turno me tocó estar en el boliche, detrás del mostrador, poniendo espray en los zapatos otra vez. Esto hizo que las cuatro últimas horas hayan sido insoportablemente lentas.

Justo en la parte opuesta del mostrador, Adam se encarga del registro y de asignar las pistas. El boliche está tan lleno que los clientes tienen que esperar diez minutos para tener una pista, así que hay una pequeña multitud de gente que hace cola a lo largo del mostrador, sólo esperando. Es muy divertido trabajar con Adam, en el sentido de que todo le importa un pepino. Dejó la universidad y lleva aquí unas semanas, aunque no creo que vaya a quedarse mucho más. Se niega a llevar su nombre en la etiqueta porque dice que a nadie le importa cómo se llama.

—Dios —masculla mientras cierra el registro. Hay un hueco en el flujo de gente que él aprovecha para abandonar su puesto tras el mostrador, y viene directo hacia mí con el ceño fruncido. Sé que está enojado, pero Lynsey no estaría nada satisfecha si viera su falta de entusiasmo al atender a los clientes—. Los de la pista veinte no se van a ir nunca.

Dejo de poner espray en los zapatos que están alineados en el mostrador y echo una mirada a las pistas. Parece un ambiente frenético desde aquí, las veinticuatro pistas están llenas mientras las bolas chocan contra el suelo y los pinos caen con estrépito a cada segundo. Hay mucho ruido. En la pista veinte, una pareja está enseñando a sus dos hijos a lanzar. Chasqueo la lengua ante su desesperación.

—Los niños deben de tener unos cinco años. ¿Qué esperas?

—No lo sé, ¿que jueguen más rápido, quizá? —Adam sacude la cabeza, sus ojos se entrecierran mientras se rasca la cabeza rapada—. Toda esa gente se va a volver loca si estas pistas no empiezan a quedarse libres pronto.

—Así es el turno de los sábados —digo, y le sonrío con burla mientras lanzo el bote vacío de quitaolores a la basura; luego coloco tres pares de zapatos de un tirón y me volteo dándole la espalda. Afortunadamente, Adam regresa al registro, así que entro en el cuarto de empleados.

Me encanta el cuarto de empleados. Creo que a todo el mundo le encanta el cuarto de empleados, sea donde sea que trabaje. Es un lugar agradable donde puedo pasar cinco minutos de mi turno sin que nadie se dé cuenta. Espero que la puerta se cierre para tomar el taburete de debajo del escritorio y saco el celular del bolsillo. Tengo un mensaje de mamá preguntándome si quiero cenar después de mi turno, y si es que sí, qué quiero que me prepare. Está bien que me lo pregunte, ya que si tiene ganas de cocinar será que no ha estado bebiendo. En el grupo de chat que tengo con Will y Holden no hay nada interesante aparte de una discusión entre ellos de hace horas sobre cuándo se organizaban para ir a jugar golf. Will paga una cuota de socio anual, y no sé por qué, pues sólo va un par de veces al año. Los veré cuando salga del trabajo, pero no tengo ganas de pasarme la noche escuchándolos discutir sobre cuál de los dos es mejor jugando golf.

La puerta del cuarto de empleados se abre y me levanto tan de golpe que casi se me cae el teléfono cuando me lo voy a meter de nuevo en el bolsillo. Agarro lo primero que tengo a la mano, que es una caja de cartón, y la levanto simulando que realmente estoy haciendo algo productivo con ella. Suspiro de alivio cuando veo que es Adam quien asoma la cabeza por la puerta y no nuestra jefa.

—No disimulas muy bien —me dice con una pizca de pedantería en la voz por haberme atrapado distrayéndome. Pero no pasa nada, porque yo lo cacho a él bastante más a menudo de lo que él a mí—. Aunque no me importa. Sólo vine a decirte que necesito que regreses al mostrador. Hay gente a la que tienes que darle zapatos. —Se encoge de hombros y se va, así que inmediatamente dejo caer la caja de cartón al suelo y salgo después de él.

Cierro la puerta y la última persona a quien espero ver en el momento preciso en que pongo los pies detrás del mostrador es a Jaden. «¿Qué está haciendo aquí?».

—¿Jaden? —digo—. ¿Viniste a... jugar boliche?

Está en el otro lado del mostrador, con sus ojos azules brillantes y ardientes como siempre.

—Pensé en llevar a mis abuelos a hacer algo divertido para variar —me dice, su voz es suave y profunda. Poco a poco, señala por encima de los hombros en dirección a la pareja de ancianos que están sentados en los bancos acolchados que tiene detrás.

No conozco a los abuelos de Jaden. Parecen bastante jóvenes, quizá unos sesenta y cinco. Su abuelo todavía conserva todo el pelo, blanco y sedoso, y muestra una sonrisa amistosa mientras me mira. La abuela de Jaden es mucho más baja que él y exageradamente delgada, pero sus mejillas son cálidas gracias al colorete, los ojos le brillan detrás de los lentes, y lleva el cabello canoso peinado con esmero. Les dirijo también una sonrisa y levanto la mano para saludarlos.

—Eso está muy bien de tu parte —le digo, volteando mi atención hacia Jaden. ¿Por qué sus malditos ojos son tan azules? Me cautivan con sólo mirarme—. ¿Dónde está Dani?

—No quiso venir —contesta, encogiéndose de hombros bajo la chamarra de piel café. Debajo lleva una camiseta negra con unos *jeans* negros y unos tenis también negros. Jaden siempre viste de negro, y lo ha hecho desde que yo me acuerdo. Es muy radical el contraste con su palidez y su pelo rubio, pero de alguna manera le sienta bien. O quizá es simplemente que estoy acostumbrada—. Jugar boliche es aburrido, según ella. ¿Por qué... por qué no nos acompañas tú en su lugar?

Parpadeo mientras sutilmente se inclina en el mostrador hacia mí, aunque parece nervioso. Su propuesta fue muy repentina y me dejó inmóvil. Hace una semana ni siquiera nos hablábamos, ¿y ahora me está preguntando si quiero jugar boliche con él? Para empezar, sólo por el hecho de que me lo haya pedido ya estoy agradecida, porque eso significa que quizá quiere darme una segunda oportunidad. Si estuviera enojado y no quisiera pasar tiempo conmigo no se habría subido a mi coche el jueves por la noche, ni estaría aquí ahora preguntándome si quiero acompañarlos; pero aunque me gustaría, no puedo.

—Estoy trabajando —le aclaro con una sonrisa torpe y señalando con el dedo la chapa con mi nombre.

Jaden se sube la manga de la chamarra para dejar al descubierto el reloj plateado que lleva en la muñeca. Se limita a mirarlo durante una centésima de segundo antes de levantar la cara para volver a mirarme.

—Pero sólo durante siete minutos más —dice—. Terminas a las seis, ¿no? Eso es lo que dijiste anoche.

Me le quedo mirando desde el otro lado del mostrador y una pequeña sonrisa poco a poco se dibuja en sus labios. Espero que no intente fingir que es pura coincidencia que haya llegado justo cuando estoy a punto de terminar, porque está bastante claro que lo planeó.

—Pues sí, termino a las seis.

—Genial —dice él dando un paso atrás.

Se dirige a la parte del mostrador donde está Adam, que tamborilea con las yemas de los dedos, impaciente, sobre la máquina registradora, con la vista puesta en el reloj de pared. A él todavía le quedan seis horas, así que mira a Jaden con la misma expresión contrariada de siempre, y estoy segura de que reprime un quejido cuando Jaden le pregunta:

—¿Puedo añadir a Kenzie a nuestra partida? —Saca la cartera del bolsillo y pone un billete de diez sobre el mostrador mientras intercambia una mirada conmigo. Sigue sonriendo, aunque ahora su expresión parece más suplicante que jocosa—. Sólo una partida, Kenzie. Nada más. Será divertido.

—Una partida —le digo, y no tengo que esforzarme para sonreír.

Aunque estar cerca de él todavía me da miedo, no está tan mal como lo había imaginado. A decir verdad, no está nada mal. Lo único que me hace sentir incómoda es mi propia maldita culpabilidad.

Justo cuando Jaden está añadiendo mi nombre a la lista de jugadores, Amanda se acerca al mostrador y pasa por debajo del cordón de seguridad. Está aquí para reemplazarme ahora que mi turno ha terminado, y quiere asegurarse de que puedo salir cinco minutos antes. Le doy las gracias y le digo a Jaden que volveré cuando haya checado, y siento un cosquilleo en el estómago.

—No se te ocurra huir —bromea, señalándome con el bolígrafo, y aunque sonríe, noto una pizca de seriedad en sus palabras. El corazón me golpea con culpabilidad una vez más cuando me alejo, cuestionándome si Jaden cree que realmente huiría otra vez. No me sorprendería que lo pensara. Todo lo que he hecho desde el agosto pasado es huir de él.

Les sonrío a sus abuelos cuando paso por delante de ellos. Están sentados muy pacientemente con las mismas sonrisas cálidas en sus caras, y por un segundo se me rompe el corazón. No estoy segura de si son los padres de Brad o de Kate, pero en cualquier caso han perdido a un hijo, y aun así, igual que Jaden, parecen muy felices, muy normales. En mi casa ha habido de todo menos normalidad, y eso que hemos tenido cuatro años enteros para recuperarnos.

La sala de empleados está vacía a excepción de un chico nuevo que está sentado a la mesa con la silla echada hacia atrás, mirando al techo en silencio y comiendo un sándwich. En circunstancias normales me presentaría a un nuevo compañero, pero ahora mismo sólo puedo pensar en jugar boliche con Jaden y sus abuelos, así que lo único que hago es ignorar al pobre chico. Me limito a agarrar la sudadera de mi casillero para cubrir el horrendo suéter rojo que llevo puesto, y luego, cuando todavía quedan dos minutos para que mi turno termine oficialmente, los dedico a ponerme algo de maquillaje, procurando conseguir el equilibrio justo entre que parezca que no me esforcé mucho y que no se note tanto que salgo de trabajar de un turno de ocho horas. Finalmente, a las seis en punto, checo y estoy lista para reunirme con Jaden.

Lo veo sentado al lado de sus abuelos, todavía esperando que les den una pista. Ahora que el sábado por la noche acaba de empezar, el Summit se está poniendo a rebosar.

—Ya estoy de vuelta —digo, acercándome a Jaden por detrás.

Se voltea para mirarme e inmediatamente la sonrisa más perfecta le ilumina la cara.

—Guau —bromea al levantarse. Extiende el brazo hacia mí y apoya la mano en la parte baja de mi espalda, después se dirige a sus abuelos que siguen mirándome con sus amables sonrisas—. Ella es Kenzie —les dice Jaden; su mano cálida todavía me presiona—. La amiga del colegio que va a jugar con nosotros.

—La amiga del colegio —repite su abuelo, y su voz gutural está llena de sarcasmo mientras le hace un guiño a Jaden.

Todo lo que somos capaces de hacer Jaden y yo es compartir una sonrisa por el malentendido. Tengo suerte de que me haya llamado amiga del colegio, porque lo cierto es que ya no somos realmente amigos. Y tampoco somos algo más.

—Yo soy Nancy —se presenta su abuela.

—Y a mí puedes llamarme Terry —añade su abuelo, levantándose del banco—. Y ahora dinos, Kenzie, ¿cuánto vamos a tardar en tener una pista? Me voy a quedar más tieso que un palo si no empezamos a jugar pronto.

Observo el boliche recorriendo con la mirada las pistas, e intento deducir si alguien está a punto de terminar de jugar, pero mi búsqueda se interrumpe cuando Adam grita desde detrás del mostrador:

—MacKenzie, tienen la pista doce. Ya está todo listo.

—Genial —exclama Terry dando una palmada; el azul brillante de sus venas destaca bajo su piel—. Vayamos a jugar boliche.

Se inclina hacia Nancy y la ayuda a levantarse, entrelazando su brazo con el de ella y acompañándola al mostrador a recoger sus zapatos de boliche. Esta pareja es adorable.

Jaden los sigue con la mirada y mete las manos en los bolsillos de la chamarra mientras vamos tras ellos un poco más despacio, uno al lado del otro.

—Gracias por no mandarme al diablo—murmura mientras su brazo roza el mío por una centésima de segundo. Me aparto ligeramente por inercia incrementando la distancia entre los dos, a pesar de que me gusta sentir su piel contra la mía. Todavía me está mirando, la expresión de sus ojos es de gratitud, y sigue bromeando con lo mismo—: Ya llevamos tres encuentros en tres días. Estamos progresando, ¿no crees?

Me sorprende que hable tan tranquilo sobre cómo lo he estado evitando con la mirada fija en el suelo. Pero tiene razón, vamos progresando. O mejor dicho, yo estoy progresando.

Las últimas tres noches me han mostrado que Jaden no ha cambiado tanto respecto al Jaden Hunter que yo conocía el año pasado. Y eso es a la vez aliviador y terrorífico, porque el que yo conocía el año pasado era el mismo de quien me estaba enamorando.

10

La pista doce está lista para nosotros cuando llegamos. Compartimos un gabinete junto a un grupo de parejas jóvenes de la pista once, y estoy bastante segura de que van un poco bebidos a juzgar por las estrepitosas risas y lo desviado de sus lanzamientos. En nuestra parte del gabinete, Terry ya está situado al lado de la máquina que devuelve las bolas, y comprueba el peso de varias de ellas. Finalmente se queda con dos. Hay una sonrisa competitiva en su cara mientras practica el lanzamiento con su brazo bueno; Nancy pone los ojos en blanco y nos hace gestos a Jaden y a mí para que nos acerquemos, así que nos sentamos con ella, cada uno a un lado, en el sillón.

—¿Podemos confabularnos para dejarlo ganar? —susurra con dulzura—. ¡Lo haremos feliz para toda la semana!

Jaden y yo nos miramos, luego nos reímos antes de confirmar que estamos de acuerdo. Sus abuelos parecen jóvenes de espíritu, y no me importa hacer unos cuantos malos lanzamientos para dejar ganar a Terry. Después de todo, se trata tan sólo de una partida de boliche.

Jaden es el primero en lanzar. Deja la chamarra, agarra la primera bola que le viene a la mano y se posiciona delante de la pista; se ve ridículo con esos zapatos blancos y rojos. Definitivamente no le quedan nada bien, pero decido no mencionarlo porque estoy bastante segura de que ya se dio cuenta. Tampoco soy quien para reírme. Yo misma me veo bastante ridícula con los horribles pantalones de trabajo y la sudadera que todavía llevo puesta. No puedo quitármela porque debajo llevo el suéter del uniforme y los clientes empezarían a pedirme que pusiera los protectores infantiles y les arreglara los pinos atorados. Y mis ocho horas de trabajo aquí ya terminaron.

Jaden balancea el brazo y lanza la bola a la pista, aunque se va directa a la canaleta. Terry lo señala con el dedo y se carcajea.

—Dame un segundo hasta que me caliente —se defiende Jaden, lanzándome una sonrisa. Con un gesto exagerado, gira la cabeza a un lado y al otro hasta que le crujen los huesos del cuello, y entonces aprieta los dientes y vuelve a tomar la bola. Se posiciona de nuevo justo delante de la pista, flexiona las piernas durante unos segundos, y acto seguido lanza la bola. Esta se desvía hacia la izquierda y sólo le da a uno de los pinos.

No me queda claro si Jaden está tratando de perder a propósito o si es realmente malo jugando a esto. No me acuerdo si era bueno o no. Fuimos juntos una vez, los dos solos, durante la primavera del año pasado. Ahora parece que hace mucho tiempo desde que estuvimos aquí; no paramos de reírnos mientras luchábamos por ganar, disfrutando de la competencia de uno contra el otro. No me acuerdo de quién ganó porque estaba más pendiente de Jaden que del marcador.

Cuando Terry pasa por delante de él con una sonrisa socarrona, listo para su lanzamiento, Jaden le da un golpecito en la espalda. No parece que le importe demasiado haber lanzado mal a propósito, y regresa al sillón y se sienta a mi lado. Nancy nos mira, sonríe, y entonces se levanta para ponerse al lado de Terry, dejándonos a los dos solos en el gabinete.

—¿De verdad eres tan malo como parece? —le pregunto a Jaden.

—¡No! —protesta indignado, y entonces intenta reprimir una sonrisa y añade—: Normalmente derribo tres pinos en promedio.

Hago una mueca y lo aparto con un suave golpe en el hombro. Jaden siempre ha sido muy chistoso, y es un alivio ver que su sentido del humor no ha cambiado a pesar de todo por lo que ha tenido que pasar.

—Llegaron aquí justo antes de las seis a propósito, ¿verdad? —le pregunto nerviosa, aunque la respuesta parece obvia.

—Puede ser —dice él lentamente al tiempo que se sonroja. Baja la mirada hacia sus manos, que mantiene apoyadas en el regazo justo en el momento en que Terry derriba todos los pinos excepto uno—. Pensé que tenía que probar mi suerte. Por fin empezaste a hablarme esta semana, así que decidí que tenía que sacarle partido antes de que dejes de hacerlo otra vez.

—Jaden. —Trago saliva y ya no sonrío. Aunque su tono es amistoso, sus palabras suenan afiladas, y todavía es peor porque sé que todo lo que dice es verdad.

—No te preocupes —dice levantando la palma de la mano para detenerme en mi intento de explicarme. Me lanza una sonrisa comedida—. Estoy contento sólo por el hecho de que estés jugando con nosotros; si no, estaría jugando sólo con estos dos. —Señala con la cabeza a sus abuelos, que están celebrando el *spare* de Terry chocando las manos entre sí. Nancy es la siguiente y Terry la ayuda a encontrar la bola del tamaño y el peso adecuados. De repente, siento un ataque de envidia por su complicidad, por lo bien que parecen estar el uno con el otro. Me pregunto si mis padres regresarán algún día a ese punto.

Mis ojos se dirigen otra vez hacia Jaden. Está mirando fijamente hacia delante, viendo cómo Nancy lanza su primera bola con una expresión radiante en la cara; le brillan los ojos, se la está pasando bien, y Terry está detrás de ella ayudándole a lanzar. Aprovecho la oportunidad para estudiar a Jaden mientras está sentado a mi lado. Se pone fijador en el pelo, y aunque lo lleva casi rapado del todo por los lados, arriba se lo peina alborotado para darle un aspecto descuidado. Puedo ver su cara con claridad. Lo que siempre me pareció atractivo de él no eran sólo sus largas y oscuras pestañas en contraste con el azul cielo de sus ojos, sino la pequeña y un poco más oscura marca de nacimiento que tiene en el cuello, justo debajo del lado izquierdo de la mandíbula. Me dijo una vez que la odiaba, pero a mí me parece adorable.

Jaden se voltea hacia mí, y no puedo evitar mirar cómo se mueven sus labios cuando dice:

—Kenz, te toca.

Aparto la mirada de su boca y echo un vistazo a la pantalla que está por encima de nuestras cabezas. Nancy sólo derribó cuatro pinos, y ahora mi nombre aparece iluminado en la pantalla mientras los pinos se colocan otra vez, así que me levanto de un salto y me dirijo medio aturdida a la máquina que devuelve las bolas e intento agarrar una con torpeza. No espero a que aparezca la bola de cuatro kilos que me gusta, sino que agarro una de tres, que es demasiado ligera para mí y tan pequeña que mis dedos casi se quedan atrapados dentro de los agujeros cuando la lanzo, sin ganas, directamente al lateral. ¿Me acaba de llamar Kenz? ¿Eso hizo?

Me encanta que la gente me llame Kenz, pero sólo unos pocos lo hacen. Mis padres me llaman así a veces. Darren es de esos pocos, pero me gustaría que dejara de hacerlo. Jaden lo hacía, así que no debería sorprenderme que ahora vuelva a hacerlo, pero por alguna razón me suena raro oírlo de su voz después de tanto tiempo. Raro, y extrañamente íntimo.

Ni por asomo concentrada, lanzo mi segunda bola y le doy a un par de pinos, luego me giro sobre los horrorosos zapatos que he estado limpiando durante las últimas cuatro horas, y me dirijo de vuelta al gabinete sin dejar de preguntarme si escuché correctamente a Jaden.

Este hace su lanzamiento tan deprisa como puede, y luego se reúne de nuevo conmigo, mientras Terry y Nancy se levantan para su turno; los dos se ven animados y disfrutando de esto mucho más que Jaden y yo.

—Así que —dice, encorvándose hacia delante. Hace crujir los dedos (una mala costumbre) y me mira otra vez por debajo de sus largas pestañas— te arruiné los planes de esta noche.

—No tenía ninguno —admito, encogiéndome de hombros—. Y me gusta jugar boliche, la verdad, así que no está tan mal. Mucho mejor que quedarme dormida en el asiento trasero del coche de Will, te lo aseguro.

—¿En serio? —Parece dudoso—. Porque si esto te resulta aburrido y lo que quieres es irte a casa, puedes hacerlo. No te sientas obligada a quedarte.

—No me voy a ir, Jaden —le confirmo con una sonrisa. Parece aliviado de oírlo, y a mí me calma verlo relajado. Inclino la cabeza hacia abajo y me echo el cabello hacia delante para poder recogérmelo en una cola de caballo que ato con una liga para el pelo que llevo en la muñeca. Luego me levanto y camino a buscar mi bola mientras Terry está terminando su turno. Esta vez me siento competitiva y necesito la bola correcta para lanzar mi tiro como es debido—. Y ahora, ¿dónde está la de cuatro kilos?

—Esa es la más parecida —dice Jaden, levantándose para venir a mi lado.

Buscamos entre las bolas, ya sentados en la máquina, pero todas son o más pesadas o más ligeras; incluso miro al grupo de al lado para ver qué bolas están usando, pero no hay ninguna de cuatro kilos. A la mayoría de la gente no le importa el peso y se limitan a agarrar la primera bola que encuentran, pero después de llevar más de un año trabajando aquí, me convertí en una quisquillosa a la hora de elegirlas. Jaden se da la vuelta para mirar en el riel de detrás de nosotros, que contiene varias filas de repuesto, y cuando me dispongo a ayudarlo a buscar, dice:

—Aquí está.

La bola azul neón de cuatro kilos que me encanta está en la fila de abajo del riel; me acerco y me agacho para agarrarla en el mismo momento en que lo hace Jaden. Él la agarra una fracción de segundo antes de que yo lo haga, de manera que mis manos se posan encima de las suyas. Sus manos son grandes, su piel cálida, y la respiración se me bloquea en la garganta. Estoy paralizada durante un segundo, incapaz de apartarlas, y me doy cuenta de que me puse colorada. Todavía me acuerdo de la manera en que él me tomaba de la mano mientras conducía en las largas y tardías noches de verano en dirección a cualquier lugar, moviendo el pulgar en suaves círculos sobre mi piel. Finalmente las aparto, aunque pienso que no quiero hacerlo. Extraño esa época.

Los ojos de Jaden coinciden con los míos y ambos nos ponemos de pie, el uno enfrente del otro, un poco incómodos con únicamente la bola entre nosotros. Despacio y con cuidado, la pone en mis manos.

—Aquí la tienes, Kenz —dice tranquilo. Sus ojos no se apartan de los míos.

Ni siquiera soy capaz de decir gracias. «Me dijo Kenz». Bajo la mirada y agarro fuerte la bola apoyándola contra mi cuerpo y llevándola al sillón justo cuando Nancy acaba su tirada. Puede que seamos cuatro, pero en este momento parece que sólo Terry y Nancy están jugando. Jaden y yo no estamos prestando atención al juego, pero soy la siguiente en tirar, así que rápidamente dirijo mi atención a la partida, y felicito a Nancy por su buena jugada al cruzarme con ella. Ni siquiera sé si derribó algún pino o no.

Me toca y trato de hacerlo lo mejor posible para lograr un buen lanzamiento, porque al fin y al cabo es de lo que se trata. Estoy aquí para jugar boliche y no para tomarme de la mano por accidente con Jaden. Me coloco en posición, hago una buena carrera hacia la pista y lanzo la bola de cuatro kilos, que rueda sobre el suelo brillante. Derribo ocho pinos, y luego acabo tirando los otros dos y así logro un *spare*. Vamos a hacerlo.

Después de esto, Jaden y yo no volvemos a hablar de nada más que no sea la partida, cosa que agradezco porque la verdad es que acaba resultando bastante divertido pasar el rato con él y con sus abuelos. Nos animamos los unos a los otros cuando nos toca tirar. Me siento relajada jugando boliche con ellos, y durante todo el tiempo ni siquiera pienso en el hecho de que los tres han sufrido una pérdida trágica (porque ellos no piensan en eso). Nos reímos de la naturaleza competitiva de Terry, ayudamos a Nancy a escoger una bola de peso adecuado, y Jaden se hace el tonto para entretenernos lanzando con la técnica más ridícula del mundo, que incluye una carrera y lanzar la bola al aire en lugar de al suelo. Estoy contenta de que lo haga a propósito, y me paso el rato riendo y lanzándole miradas de complicidad. Me había olvidado de lo despreocupado que era, tan seguro de sí mismo que no le importa lo que los demás piensen de él. Tiene la suficiente confianza en sí mismo para poder permitirse hacer el ridículo en público, rodeado de toda esa gente, sólo para hacernos reír. Me había olvidado de lo mucho que me gustaba eso de él.

Cuando terminamos la partida ya sólo quedamos Terry y yo. Nancy y Jaden perdieron hace rato, y yo estoy a punto de lanzar el tiro final que determinará quién gana. Sólo necesito derribar cinco bolos para ganar a Terry, pero sé que no voy a dejar que eso pase, porque quiero que gane él. Está detrás de mí, merodeando con impaciencia, mientras me pongo en posición. No soy muy buena actriz, pero simulo que me concentro profundamente mientras me preparo para lanzar. Hago correr la bola desviada a propósito hacia la derecha para golpear un par de bolos en lugar de cinco. Y entonces, con Terry todavía más animado, tiro mi segunda bola directa a la canaleta.

—¡Sí! —exclama Terry, levantando el puño al aire a modo de celebración. Nancy se le acerca para ponerle la mano en el hombro y me dirige una sonrisa amable. Lo mismo le hace a Jaden.

Agarra su chamarra del sillón y se la pone mientras camina hacia mí con su sonrisa ladeada en total efervescencia.

—Gracias por perder a propósito —me dice en voz baja.

—No hay de qué —respondo yo. Encima de nosotros, el nombre de Terry está destellando en la pantalla, y entonces, un segundo más tarde, esta se renueva y aparece otra lista con los nombres del próximo grupo de jugadores.

—Kenzie —me llama Terry con una sonrisa radiante para decirme en broma—: Eres una jugadora genial, pero no lo suficiente para ganarme. ¿Qué me dices de acompañarnos para cenar?

—Muy buena idea —lo secunda Nancy, y se le ilumina la cara—. Tenemos costillas a la barbacoa. ¡Un montón! Suficientes para que todos repitamos. ¿Qué dices?

Jaden da un paso hacia delante para ponerse a mi lado en el círculo que hemos formado, mirándome con atención mientras espera mi respuesta.

—Claro, Kenzie. ¿Te gustaría venir con nosotros? No soy imparcial, pero creo que no te puedes perder las costillas a la barbacoa de mi abuela.

Los tres me están mirando con sonrisas de esperanza y mis mejillas se enrojecen ante tanta presión.

—Gracias, pero no puedo —murmuro, y la cara de Jaden es la primera que cambia de expresión—. Quiero decir que no puedo ir a cenar con ustedes porque mi madre ya preparó la cena en casa. Pero puedo acercarme un poco más tarde si les parece bien.

Con un latido del corazón, la sonrisa de Jaden regresa, sólo que ahora es más amplia y deslumbrante. Les lanza a sus abuelos una mirada fugaz buscando su aprobación.

—Nos parece bien, ¿no?

—¡Pues claro que sí! —asiente Nancy, y el siguiente grupo llega antes de que tengamos la oportunidad de decir nada más.

Por ahora, mi noche del sábado va, sorprendentemente, muy bien, y acabo de hacer planes para ir a casa de los abuelos de Jaden más tarde, no porque me haya sentido obligada a aceptar la propuesta, sino porque realmente quiero ir. Todo este tiempo he estado evitando a Jaden por miedo a que se comportara de forma distinta conmigo, demasiado dominado por el dolor para actuar como siempre solía hacerlo, pero no ha cambiado en absoluto, ni siquiera un poco.

—No olvides que estamos en Ponderosa Drive —me recuerda Jaden mientras salimos y sentimos el aire frío de septiembre en el estacionamiento. Sólo son las siete, pero el sol ya desciende por detrás de las Rocosas, creando trazos naranja y rosa que iluminan el cielo. Los abuelos de Jaden caminan a pocos metros por delante de nosotros, tomados de la mano. Veo su Toyota negro justo delante.

—¿Te acuerdas de qué casa es?

—La de la barca.

Jaden sonríe y asiente.

—La de la barca —repite.

Su mirada se pierde en la distancia y me pregunto si está recordando esa noche de agosto en que salimos al lago. Después de eso mis esperanzas crecieron. Estaba pasando tiempo con sus padres, acompañándolos en sus momentos de familia, y sentí que finalmente, finalmente, Jaden y yo íbamos en serio. Era sólo cuestión de tiempo que lo hiciéramos oficial, la transición entre algo así como salir y estar juntos de verdad. Por desgracia, nunca ocurrió. Dos semanas después, nuestras prioridades habían cambiado. Jaden necesitaba tiempo, y yo, distancia.

Se detiene un momento y se voltea directamente hacia mí. El coche de mamá está a la izquierda y yo busco las llaves en el bolsillo delantero de mi sudadera mientras Jaden me pregunta:

—¿Nos vemos más tarde, entonces?

—Estaré por allí dentro de una hora —le digo, y las palabras suenan raras al deslizarse por mi lengua. No le he dicho eso a Jaden desde hace mucho tiempo—. Te enviaré un mensaje cuando vaya en camino.

Él asiente y se ríe para sus adentros.

—¿Qué te pasa?

—Es que me sorprendió que todavía tengas mi número. —Parece eufórico cuando se da la vuelta para marcharse—. Nos vemos pronto, Kenz.

11

Mamá está sobria cuando llego a casa, lo que es un alivio, aunque no me sorprende que lo haga una hora más tarde de lo previsto. Tanto ella como papá ya se comieron la pasta con queso que preparó, para variar, pero dejaron un plato para que me lo caliente en el microondas, y que me como mientras ella lava los platos en el fregadero, dándome la espalda.

—Voy a salir otra vez —le digo después de contarle que alargué el turno porque Lynsey me pidió que me quedara una hora más. No quiero contarle que me quedé jugando boliche con Jaden y sus abuelos. Me haría demasiadas preguntas.

Se oye el rechinar de una copa de vino mientras mamá la lava con cuidado.

—¿Con Holden y Will?

—No —le digo. Queda un poco de pasta en el plato, que desisto de acabarme, así que la enredo alrededor del tenedor con nerviosismo, mirando al plato fijamente en lugar de a mamá—. Voy a ver a Jaden.

Se hace un silencio. Mamá pone la copa de vino en el escurreplatos y se voltea; el agua jabonosa le gotea de las manos y cae al suelo.

—¿Hunter? —Asiento y ella toma un trapo de cocina para secarse las manos y me analiza durante un instante con una expresión confusa dibujada en la cara—. No sabía que volvías a hablar con él.

—Yo tampoco —digo con una sonrisa forzada y extraña. Mi silla chirría contra el suelo al levantarme, recojo mi plato y lo llevo hacia donde está mamá. Me detengo justo delante de ella y me encojo de hombros—. La verdad es que no sé qué está pasando, pero creo que no tiene nada de malo descubrirlo.

—Mmm —murmura ella, tomando el plato de mis manos y echando las sobras en el cubo de la basura de debajo del fregadero. Lleva el pelo recogido, pero unos mechones sueltos le enmarcan la cara. No hay señales de maquillaje esta noche—. Era un buen chico —reflexiona—. Siempre me cayó mejor que Darren.

—¿Quién es un buen chico? —interrumpe papá, que entró en la cocina y se me acerca por detrás. Abre el refrigerador y rastrea su contenido durante un momento antes de acabar agarrando una lata de Coca-Cola. Cruza los brazos sobre el pecho y me mira fijamente con una expresión burlona.

Papá siempre ha sido muy relajado en cuanto a los chicos. Cuando yo tenía trece, me di mi primer beso con Ethan Bennett (ahora se sienta detrás de mí en clase de estadística y masca chicle haciendo mucho ruido) en el estacionamiento de detrás de la escuela, un día que nuestros padres llegaron tarde para recogernos. Cuando finalmente llegó mamá, le conté lo que había pasado; le estaba confiando un acto crucial y determinante de mi vida. Embarazada de seis meses y con las hormonas por las nubes, mamá estaba tan feliz que hasta le saltaron las lágrimas, y corrió a casa a contárselo a papá. Me sentí humillada y aterrorizada a la frágil edad de trece años, medio esperando que papá se enojara conmigo antes de ir a buscar a Ethan, así que corrí escaleras arriba llorando y me metí debajo de la colcha. Un minuto más tarde, papá llamó a la puerta y se sentó en el borde de la cama.

—Está bien, Kenzie —me dijo, jalando la colcha para poner al descubierto mis ojos hinchados y rojos y mis mejillas empapadas. Todavía recuerdo la sonrisa de tranquilidad que me regaló en aquel entonces, cuando todos éramos tan felices—. Tienes derecho a hacerte mayor, ¡dentro de poco vas a dejar de ser la pequeña de la casa!

Pero tres meses más tarde todavía era su pequeña. Todavía era la única. Yo ya no quería crecer. Quería seguir siendo pequeña e inocente sólo para ellos.

—Kenzie está saliendo con Jaden otra vez —le anuncia mamá, y mis ojos se elevan desde el suelo devolviéndome de nuevo a la conversación que teníamos entre manos.

—Sólo somos amigos —añado enseguida ante la aparente sorpresa de papá—. Si es que lo somos. La verdad es que no lo sé.

Papá toma un sorbo de su Coca-Cola, se endereza y se rasca la nuca de su cabeza rapada.

—Me imagino que deben de estar pasándolo mal.

«¿Y acaso nosotros no?», pienso. Por supuesto que no lo digo en voz alta. En lugar de eso, me limito a encogerme de hombros.

—Supongo, pero eran mis amigos.

Papá me mira intensamente durante un buen rato y aprieta los labios.

—Bueno, está bien —dice, y entonces se da la vuelta y abandona la cocina para dirigirse de nuevo a la sala, desde donde se oye el sonido la tele.

Mamá se voltea para terminar con los platos, mete las manos otra vez en el fregadero y se oyen las copas entrechocando levemente.

—Puedes llevarte mi coche —me dice antes de que se lo pregunte—. Pero no vuelvas muy tarde. Invité a la familia a comer mañana, así que nada de dormir hasta mediodía. Necesito que me ayudes con el asado.

—Bueno. —Me dirijo hacia arriba para cambiarme el uniforme de trabajo, pero antes de que pueda dar un paso, localizo una botella de vino tinto en la barra, al lado de la cafetera, empotrada contra la pared como si así quedara fuera del alcance de la vista. Mamá no se ha tomado ni una copa hoy, lo sé, pero eso no quiere decir que no vaya a hacerlo más tarde.

Le dirijo una mirada rápida por encima del hombro. Todavía está de espaldas a mí, los platos salpicando en el agua. Me inclino hacia delante y tomo la botella sin abrir de la barra y me la meto debajo de la sudadera apretándola contra mi estómago. Salgo corriendo de la cocina y paso por la puerta del comedor sin que mamá ni papá se percaten y corro escaleras arriba hacia mi habitación, tan deprisa que me sorprende no romperme el tobillo por el camino. En cuanto llego al cuarto escondo la botella bajo las almohadas e intento como puedo olvidarlo por completo.

Son casi las ocho, pero no pienso ir a casa de Jaden con la pinta que llevo. Ya fue bastante bochornoso jugar boliche con el uniforme después de que el sudor de todo el día de trabajo se me llevara la mitad del maquillaje, así que me quito el suéter rojo y los pantalones y los lanzo a la esquina detrás de la puerta, que se ha convertido en una montaña permanente de ropa para lavar. Me suelto el pelo y saco mis *jeans* negros rotos favoritos, y a toda prisa me retoco el maquillaje. Odio salir de casa sin maquillarme, no porque quiera impresionar a nadie, sino porque me siento mucho más segura con las pecas de mi nariz y de mis mejillas ocultas y las pestañas más definidas. El corrector y el rímel han sido mis mejores amigos desde el primer año del colegio. Me pongo un par de aretes y un poco de perfume, y justo cuando me estoy poniendo los tenis negros, oigo vibrar el celular. El nombre de Will destella en la pantalla. Así que contesto al primer tono.

—Ey, Will.

—Ey —responde él—. Vamos a dar una vuelta. ¿Quieres que pase a recogerte?

Agarro las llaves del coche de mamá de la cómoda y las cuelgo de mi dedo índice, luego apago la luz de la habitación. Mientras bajo por la escalera murmuro rápidamente:

—Estoy de camino para ir a ver a Jaden.

—¿Bromeas? —Tengo la sensación que no he hecho más que sorprender a Will durante todo el fin de semana—. ¿O es en serio?

—Es en serio —le confirmo. La idea de pasar más tiempo con Jaden me provoca escalofríos a través de todo el cuerpo, y no de los malos.

—Me alegro por ti, Kenzie —dice Will después de un minuto, y parece genuino y sincero, casi como si estuviera orgulloso de mí. Él sabe lo difícil que me resulta esto—. Espero que todo salga bien.

—Yo también —digo, e intercambiamos una despedida rápida antes de colgar.

Una vez abajo, me asomo por la puerta del comedor para decirles a mamá y a papá que salgo, y me desean que pase una buena noche. Aprovecho para echar un discreto vistazo a la habitación, y me siento tranquila al salir por la puerta sabiendo que no hay ni una sola copa de vino a la vista de mamá en toda la habitación.

Me siento en el Prius y me marcho, sintiéndome, para mi sorpresa, relajada. Fuera está oscureciendo y las luces de los faroles vuelven lentamente a la vida, iluminando las calles de Windsor. Conduzco un poco por encima del límite de velocidad, así que me encuentro al otro lado de la ciudad y desplazándome por Ponderosa Drive en cuestión de minutos. Los pueblos pequeños tienen sus ventajas.

Conduzco hasta el cruce inclinándome por encima del volante mientras aparco detrás del Corolla, y estudio la casa a través del parabrisas. Las luces del porche están encendidas otra vez, invitándome a entrar, y también lo están la mayoría de las de dentro de la casa, cosa que crea un cálido resplandor en la oscuridad de la noche. Apago el motor y me echo una mirada final en el retrovisor. Cuando salí para ir a trabajar esta mañana a las nueve y media, lo último que me esperaba era pasar la noche del sábado con Jaden.

Mientras camino hacia el porche, paso por delante de la barca otra vez. Todavía tiene la funda protectora puesta, y me pregunto si ha estado aquí durante todo el año sin que nadie la haya tocado, abandonada. Trato de no pensar en el día en que di un paseo en ella, y acelero el paso hacia el porche. Mientras me acomodo el pelo, hago una profunda exhalación y llamo al timbre. Lo oigo sonar dentro de la casa, doy un paso hacia atrás, y me quedo esperando.

12

La puerta se abre y, cómo no, es Jaden quien está ahí, al otro lado del umbral, para darme la bienvenida. Sonríe aliviado de que realmente haya acudido. Todavía lleva los *jeans* negros y la camiseta, lo único diferente es su pelo. Ahora está liso por arriba y el flequillo le cae sobre la frente.

—Bonitos *jeans* —comenta, asintiendo al mirarlos.

Un poco cohibida, recorro con los dedos la piel de mi muslo, que queda a la vista a través de las rasgaduras deshilachadas del algodón. Mi mirada va a parar a los pantalones de Jaden, rotos por las rodillas.

—Fue casualidad.

—¿O lo hiciste a propósito porque estás copiando mi estilo? —bromea. Entonces modula una sonrisa y da un paso atrás, invitándome a entrar—. Adelante.

Paso por su lado rozándolo sin dejar de mirar al suelo. Me quito los zapatos y los dejo a un lado. Me siento un poco fuera de mi zona de confort.

La casa irradia calidez, tal como deberían hacer todas las casas de los abuelos; las luces de la entrada son suaves y una hilera de velas resplandecen en una estantería a lo largo del pasillo. El intenso aroma a canela que llena el aire es tan delicioso que inhalo profundamente y me tomo unos segundos para disfrutarlo. También puedo oír la tele, que suena desde la parte de atrás de la casa.

—Mi abuelo ha estado preguntando si lo dejaste ganar esta tarde —dice Jaden—. ¿Puedes hacerme un favor y tranquilizarlo diciéndole que en realidad eres malísima jugando boliche pero que tuviste suerte y que él es indiscutiblemente el ganador?

Finjo un jadeo dramático.

—¿Me estás pidiendo que mienta, Jaden?

—Sólo por una buena causa —dice sonriendo y mirándome por encima del hombro mientras camina por el pasillo hacia el lugar de donde proviene el sonido de la tele, y yo lo sigo de cerca. Abre la puerta de la cocina, y mientras entramos anuncia:

—Kenzie está aquí.

La cocina huele a barbacoa y a grasa, y Nancy está delante del fregadero con el agua hasta los codos lavando los platos. Terry está sentado a la mesa con las manos rodeando una taza de café humeante, y sus ojos están fijos en la pequeña pantalla plana de la televisión que cuelga de la pared. Cuando entramos, ambos giran la cabeza para mirarnos.

—¡Hola, Kenzie! —me saludan con alegría. Nancy toma el paño de la barra y se seca las manos mientras camina por la pequeña cocina hacia nosotros. Se quita los lentes, las seca con el delantal, y se las vuelve a colocar sobre el puente de su fina nariz.

—Hola, Nancy —digo, imitando su bienvenida con una sonrisa amistosa. He visto lo suficiente de Nancy y Terry durante la partida de bolos para decidir que me gustan los dos.

—Kenzie —dice Terry. Se inclina hacia delante, apoya los codos en la mesa y aprieta los labios—. ¿Me dejaste ganar hace rato? No confío en estos dos. —Agita la mano en dirección a Nancy y a Jaden.

—¿Que si te dejé ganar? —repito abriendo los ojos como naranjas ante tal acusación, aunque tiene toda la razón. Sé que es importante para Terry y el talante competitivo que posee, así que inmediatamente niego con la cabeza—. Intenté hacerlo lo mejor que pude en el último lanzamiento. Fue una lástima que se me acabara la buena racha; si no, te hubiera ganado. Por lo general no juego tan bien —miento, y luego intercambio miradas con Jaden. No puedo soportar el brillo de sus ojos durante más de una fracción de segundo, así que desvío la mirada hacia Terry de nuevo y añado—: ¡Por eso me tienen detrás del mostrador!

Terry sonríe con una ligera satisfacción y vuelve a apoyarse en la silla de la cocina, agarra la taza de café y concentra su atención de nuevo en la televisión. Está viendo algún programa de cocina.

—Vamos arriba —dice Jaden mientras pasa con delicadeza por el lado de Nancy. Se dirige al refrigerador, abre la puerta y agarra dos latas de refresco—. Avísame si me necesitas.

—¡Muy bien! —dice Nancy con una sonrisa mientras se acerca a Jaden para acariciarle el hombro, aunque me está mirando a mí mientras lo hace. Hago un gesto con la cabeza para despedirme de momento y entonces sigo a Jaden, que sale de la cocina y vuelve al pasillo, donde el intenso aroma a canela me sorprende de nuevo.

—Gracias otra vez —dice con una carcajada mientras me mira por encima del hombro al subir por la escalera—. A ver si mi abuelo deja de hablar de la partida de una vez. Te lo juro, para una vez que los llevo, una sola vez, y de repente se comporta como un niño de cinco años con un subidón de azúcar.

Al final de la escalera hay un baño en la puerta del centro, justo delante de nosotros, y luego dos puertas más a cada lado. Jaden avanza hacia una de las de la derecha, por lo que supongo que es su habitación, pero entonces se detiene unos instantes y me doy cuenta de que no es la suya. Junta las cejas y, con la lata de Pepsi todavía en la mano, golpea la puerta con los nudillos.

—¿Dani?

—¿Qué? —Danielle contesta al instante. Puedo sentir su irritación a través de la distancia que nos separa al otro lado de la puerta.

Aunque no le ha dado permiso para entrar en la habitación, Jaden abre la puerta unos centímetros y se asoma por el umbral.

—Kenzie está aquí —dice en voz baja. Antes de obtener respuesta, abre la puerta de par en par para que nos vea a los dos.

Lo primero que pienso mientras miro alrededor de la habitación es que es un auténtico desastre. Hay ropa esparcida por el suelo, tirada sin ningún tipo de miramiento ni intención de guardar un poco de orden. El tocador está lleno de toallitas de maquillaje y de latas vacías de Sprite, y hay un montón de libros de texto apilados de cualquier manera encima de la silla. En su antigua habitación, Dani tenía pósteres de Zac Efron en todas las paredes. En esta no hay ninguno, sólo el horario de las clases pegado con celo en la ventana y con las puntas rotas.

En la cama matrimonial arrimada a la pared, Dani está sentada con las piernas cruzadas e inclinada sobre unas notas. Nos mira a través de las pestañas, sin apenas molestarse en levantar la cabeza. Lleva una camiseta de tirantes negra, *pants* grises y el pelo recogido en una cola de caballo. Su mirada intensa se queda fija en mí durante lo que me parece una eternidad hasta que sus ojos, por fin, se desplazan de vuelta a Jaden.

—¿Por qué? —pregunta con un punto de sospecha en la voz. Deduzco por su actitud que no tenía ni idea de que iba a venir.

Un suspiro se escapa de los labios de Jaden.

—Porque la invité.

—Sólo vine... para pasar el rato —añado en voz baja. Por lo menos eso es lo que creo. No estoy del todo segura. Todavía tengo que descubrir hacia dónde me lleva todo esto y si deseo obtener algo más que el perdón. Tal vez esta noche lo descubra.

—Bueno —dice Dani—, pero ¿por qué? ¿Por qué ahora? —Se pone el bolígrafo entre los dientes e inclina la cabeza hacia un lado, esperando una respuesta. Siento que me está interrogando. Y, sinceramente, no sé qué decirle, porque lo cierto es que no sé por qué esperé doce meses para hacer esto. Incómoda por sentirme analizada, me quedo mirando el libro de español que está enfrente de ella sin decir nada. Justo la noche pasada estaba segura de que me había sonreído. Pensé que iba a permitirme acercarme otra vez a ella, pero parece que no es así.

—Buenas noches, Dani —masculla Jaden con firmeza, levantando un poco la voz. Le lanza una mirada de decepción y enojo a la vez, y luego me empuja hacia fuera y cierra de un portazo—. Lo siento —murmura, frunciendo el ceño. Por un momento intuyo cierta exasperación, pero entonces vuelve a aparecer su cálida y ladeada sonrisa—. Por cierto, toma. —Alarga el brazo y me pasa una lata de Pepsi Light. La tomo, con cuidado de no rozar sus dedos con los míos otra vez después de haber tocado su mano antes, en el Summit. Estoy convencida de que seguí ruborizada durante por lo menos diez minutos, y a pesar de eso lo disfruté. No estoy segura de cómo se sintió Jaden. Tal vez sólo quiere que seamos amigos y nada más.

—Gracias.

Abre la puerta de su habitación y me hace entrar antes de volver a cerrarla con suavidad una vez dentro.

—Es un poco más pequeña que la de antes —dice. Se queda en la puerta mientras yo echo un vistazo a la habitación.

Sólo estuve un par de veces en la anterior habitación de Jaden en casa de sus padres, pero recuerdo que era bastante grande y el diseño era parecido al de esta. Al contrario de la de Dani, la de Jaden apenas ha cambiado. La misma televisión de pantalla plana encima de la cómoda. El mismo X-Box al lado de la montaña de juegos, incluida una copia de *Grand Theft Auto*, al que una vez jugamos juntos. El mismo minibalón de futbol americano apoyado en la estantería. Los mismos muebles negros. La misma camiseta de Peyton Manning enmarcada colgando de la pared. La misma personalidad. El mismo Jaden. No sé por qué, pero me reconforta.

—Aun así no ha cambiado mucho —comento. Se nota el aroma de colonia fresca en el aire, y mientras continúo examinando la habitación, Jaden pasa por mi lado.

—Sí, traté de mantenerla igual —admite. Agarra el control de la televisión de encima de la cama y la enciende, zapea por algunos canales hasta que encuentra lo que quiere, y entonces baja el volumen hasta que resulta apenas audible. Agradezco el sonido de fondo para aliviar cualquier silencio que se produzca.

—Me molesta mucho que la ventana esté ahora al otro lado —añade cuando se voltea. Lanza el control otra vez encima de la cama y señala la ventana de la izquierda haciendo un gesto de disgusto con la cabeza.

—Claro... —Miro otra vez las estanterías de las paredes. Ahí está el minibalón de futbol otra vez y los libros de cálculo, un par de frascos de colonia y un juego de llaves. Pero también hay una foto, y sé cuál es incluso antes de acercarme para echarle un vistazo.

Por supuesto, son los Hunter. Cuando la familia todavía estaba al completo, cuando eran cuatro y no sólo dos. La foto es de hace bastantes años, de cuando Jaden tenía una melena rubia y alborotada, antes de que le diera por arreglarse el pelo, de cuando Dani todavía era rubia y la melena larga le caía por la espalda. Parece una persona diferente, pero no sólo por su cambio drástico de imagen, parece una persona diferente en la foto porque estaba sonriendo, y ahora rara vez lo hace. En la fotografía eran todavía pequeños, tal vez tuvieran diez u once años, y están sentados en el pasto de lo que parece ser su antiguo jardín. Jaden está tumbado con los ojos entrecerrados a causa de la luz del sol y mirando a la cámara, y Dani está con las piernas cruzadas y una enorme sonrisa.

Detrás de ellos están Brad y Kate. Allí, justo enfrente de mí, descansando en un par de sillas de exterior, con sus perfectas y sinceras sonrisas. Brad era alto y guapo, con facciones marcadas y barba de pocos días arreglada con esmero. Los mellizos heredaron de él la naturaleza cálida y el pelo rubio. Por otro lado, Kate era joven y guapa, y su pelo negro contrastaba con su piel pálida de una manera superelegante. Se parecía mucho a como es Dani ahora. Me obligo a apartar la mirada de ellos. Hay algo que me perturba al ver a Brad y a Kate sabiendo que ya no están, tal vez porque no estoy acostumbrada a ver fotos de alguien a quien he perdido. Sólo estoy acostumbrada a ver su nombre y nada más. No hay nada más.

Hay una nota adhesiva en la parte de arriba del marco. Como es vieja y el pegamento está seco, está fijada con cinta al marco. El borde de abajo se dobló, así que la tomo con cuidado entre el pulgar y el índice. La sujeto y enfoco la mirada a la letra cursiva ya bastante borrosa. Sólo hay tres palabras.

«¡Sé bueno! Papá.»

—Nos dejaban notas cada mañana —me dice Jaden en voz baja.

Rápidamente la suelto como si me hubieran atrapado siendo poco cuidadosa con algo tan precioso y frágil. Casi había olvidado que él estaba allí. Me volteo para mirarlo, él también tiene los ojos fijos en la foto y la nota.

—Las pegaban en el refrigerador cada mañana antes de irse al trabajo —me explica—. Dani solía guardarlas y yo pensaba que era una bobada hacer algo así. —Sus labios se tuercen en una pequeña y triste sonrisa, y sus ojos parpadean para encontrarse con los míos—. Al final le agradecí que lo hubiera hecho —admite—. Me las apañé para robarle esta, pero el resto lo guarda ella.

—Yo... —Las palabras se me escapan. No sé qué decir, así que trago saliva y deslizo mi mirada a la alfombra. Después de un instante de silencio, finalmente digo—: Lo siento.

—Oh, por Dios, otra vez no —gime Jaden. Confundida, vuelvo a levantar la mirada y lo observo perpleja mientras él pone sus preciosos ojos azules en blanco y me da la espalda negando con la cabeza. Se deja caer sobre la cama y se apoya sobre las almohadas para estar más cómodo—. No digas eso. En serio. Puedo hablar de ellos. Me gusta hablar de ellos. Ya lo acepté, así que ya basta de andar de puntillas sobre el tema —explica, ahora tumbado y con los brazos cruzados bajo la cabeza, sus ojos clavados en los míos.

Habla deprisa y en tono cortante; siento que está perdiendo la paciencia conmigo.

—Por favor, Kenzie. Esta es la última vez que te lo voy a pedir.

¿Cómo puede ser tan positivo? Es increíble. Aprender qué debo decir delante de él empieza a ser un proceso duro.

—Bueno —digo asintiendo. Lo intentaré otra vez. Intentaré con todas mis fuerzas hablarle de la misma manera que solía hacerlo. Le hablaré de todas las cosas de las que solíamos hablar cuando estábamos juntos. Eso es lo que él quiere, espero. Es también lo que yo quiero.

Jaden todavía me está mirando, sus ojos perforan los míos como si me estuviera analizando. Poco a poco, me desplazo y me siento en el borde de la cama, cerca de él. Espera con paciencia que yo diga algo. Y yo también tengo algunas preguntas cuya respuesta me gustaría saber. Siento como si ya no lo conociera, aunque en el fondo sé que no es así.

—¿Ya mandaste alguna solicitud para la universidad?

Tan pronto como esas palabras abandonan mi boca, Jaden se incorpora. Estamos cada uno en una esquina de la cama, separados por unos centímetros, aunque aun así me siento muy cerca de él.

—Pues sí —responde después de unos segundos—. Todavía tengo que enviar un par más y ya habré terminado. ¿Y tú?

Niego con la cabeza y me encojo de hombros.

—Tengo que ponerme a hacerlo, pero estoy muy indecisa. Me inclino por la Estatal de Colorado porque es una apuesta segura, pero no lo tengo muy claro. —Lo último que quiero es ir a la misma universidad que Darren, pero esto no se lo menciono—. Probablemente acabe enviando solicitudes a la mitad de las del estado. Visité el campus de Boulder durante el verano y está bastante bien.

—Solicité en un par fuera del estado —dice Jaden. Hace un año, él no quería dejar Colorado. Le gustaba ir al colegio aquí, pero parece que ha cambiado de opinión. Ayer dijo que estaba planeando dejar Windsor, pero no me imaginé que también estuviera deseando dejar Colorado.

—¿A cuáles?

—Notre Dame y la Estatal de Florida —dice, pasándose la mano por el pelo para apartarlo de la frente mientras deja caer la mirada a su regazo. Tiene las piernas estiradas delante de mí—. No creo que me acepten, pero vale la pena intentarlo. No me imagino pasando el resto de mi vida en Colorado. Me entiendes, ¿verdad? —Vuelve a levantar la mirada—. Especialmente en Windsor.

—Sí, te entiendo muy bien. Yo podría soportar vivir en Colorado siempre y cuando no fuera aquí. —Vuelvo a mirar por toda la habitación, atraída por el minibalón de futbol del estante, justo encima de la cabeza de Jaden—. ¿Intentarás conseguir una beca de futbol?

—La verdad es que no. No me interesa mucho el futbol, últimamente. Sólo me apunté porque quería ser *cool* cuando empecé el bachillerato —dice con una sonrisa, tapándose la cara con la mano de vergüenza—. Ni siquiera era tan bueno como defensa —prosigue mientras sus ojos vuelven a fijarse en los míos—, y la única razón por la cual he sido un jugador aceptable esta temporada es porque descubrí que hago tacleadas mucho mejor cuando estoy enojado por algún motivo. Puedo golpear a gente sin ser arrestado, así que ¡genial! —Una sonrisa de satisfacción aparece en su rostro, y entonces vuelve a apartar la mirada y agarra el control de la tele. Sé a lo que se refiere, pero no quiero preguntarle sobre ello.

—Holden probó con una —digo mientras zapea por los canales otra vez—. Necesita una beca desesperadamente, pero sus posibilidades empezaron a disminuir el año pasado. No está jugando tan bien como solía hacerlo, y sus notas han empeorado. Una mierda, pues. Se pone de muy mal humor con este tema, así que no te tomes como algo personal la manera en que se comportó ayer.

—Sí, ya me di cuenta —dice Jaden. Deja de zapear cuando encuentra la repetición del programa de los sábados por la noche de Jonah Hill, y lanza el control remoto otra vez sobre la cama al mismo tiempo que se voltea y me mira. Puedo verle la marca de nacimiento en el cuello otra vez, pero no me atrevo a decirle en voz alta que creo que es adorable—. En los entrenamientos se nota que está estresado. El entrenador está perdiendo la paciencia con él. Se está comportando fatal, ¿verdad? —Pongo los ojos en blanco y asiento, y una pequeña mueca se dibuja en mis labios—. Lo curioso es que solíamos llevarnos muy bien. Dejó de hablarme el año pasado. ¿Tienes algo que ver con eso, MacKenzie?

Inmediatamente se me sube el color a las mejillas y me doy cuenta de que me estoy poniendo roja de la humillación.

—Puede que sí... —murmuro, pero me da demasiada vergüenza admitirlo. Dicho en voz alta, me hace parecer la peor persona del mundo, pero Jaden merece saber la verdad. No toda, no todavía, pero como mínimo tengo que empezar por algo—. Holden y Will se alejaron de ti porque yo se lo pedí —admito—. Lo siento. —Siento que me arde la cara, e inclino la cabeza hacia atrás y me cubro el rostro con ambas manos, incapaz de mirarlo. Aunque sólo esté bromeando conmigo, sigo haciendo todo lo que puedo por esconder la vergüenza que hay en mis ojos.

—Eso no está nada bien —dice suavemente, cambiando el tono.

De pronto noto que el colchón se mueve, y tras un instante siento que sus manos agarran las mías con delicadeza. Con cuidado, me las aparta de la cara; tiene la piel curtida, pero la siento cálida al contacto con la mía. Me quedo sin respiración al mismo tiempo que abro los ojos. Jaden está de rodillas delante de mí, sus ojos azules me queman. Mi mirada se refleja en la suya, contemplo nuestras manos tocándose, y clavo en él los ojos.

—Sólo quiero preguntarte una cosa... —murmura—. ¿Por qué? Yo... te necesitaba, Kenz, y tú no estabas a mi lado. —Sacude la cabeza sin dejar de mirarme y me suelta las manos.

Siento que se me rompe el corazón y que el pecho se me parte en dos cuando dice esto en voz alta. Sabía que me necesitaba, y por eso me sentía tan culpable y tan mal de no poder estar a su lado, pero oírselo decir ahora a él es demoledor. Siento que todo el oxígeno de la habitación desaparece. Sabía que en algún momento tendría que responder esta pregunta, pero todavía me resulta difícil decirlo con palabras.

¿Cómo decirle a Jaden que tenía miedo de que todo fuera diferente? ¿Cómo decirle que el duelo me aterra? ¿Cómo decirle que era más fácil dar un paso atrás que uno hacia delante? ¿Cómo decirle que sé cómo se siente, a mi manera, y que si ni siquiera sabía cómo hacer que mi madre se sintiera mejor, cómo iba a conseguirlo con él?

Se me hace un nudo en la garganta y trago saliva con fuerza. Busco sus manos otra vez, sintiéndome desesperada y entrelazo nuestros dedos con firmeza y los aprieto, buscando tranquilidad. Nuestras miradas siguen fijas, y él no rompe el intenso contacto y acaricia con su dedo pulgar el mío. Finalmente respiro y, temblando, susurro:

—No sabía qué hacer ni qué decir para ayudarte a que estuvieras bien. No sabía cómo hacerte sentir mejor. No sabía si seguirías... si seguirías siendo Jaden. Este Jaden. —Asiento levemente, pero mi voz parece débil. Admitir que estaba equivocada es duro—. Era más fácil mantenerme alejada. Lo siento mucho. No debí haberte evitado durante tanto tiempo.

—Kenzie —murmura Jaden. Pone una mano sobre mi hombro y me acaricia con delicadeza el cuello con el dedo mientras ladea la cabeza hacia mí, mirándome otra vez—. Está bien. Lo entiendo —me asegura, pero no estoy del todo convencida de que me haya perdonado—. Ahora estás aquí, ¿no? Eso es lo que cuenta. Así que, por favor, no vuelvas a desaparecer. Sólo soy capaz de soportar una vez que la chica que me gusta me deje. —Se ríe un poco para relajar el ambiente, luego se aleja y me suelta la mano y el hombro. Dándome la espalda, se desliza por la cama y se dirige hacia la tele—. Bueno, ¿sabes qué? —dice, agarrando uno de los juegos de su X-Box. Se voltea con una sonrisa juguetona, me muestra el juego y me guiña—: ¿Qué te parece si jugamos una partida tradicional de *Grand Theft Auto*, ya que tanto te gusta robar coches de civiles inocentes?

Suelto una carcajada y me siento muy bien riéndome de nuevo con él. Enseguida, asiento y me pongo en posición en su cama mientras él prepara el juego. Es como en los viejos tiempos. Sentados en la habitación de Jaden, mirando la vena que se le hincha en un lado del cuello mientras pone el disco de *GTA* en la consola. Extrañaba lo relajado que era todo con Jaden, lo divertidas, espontáneas y fáciles que resultaban las cosas, y lo único que me pasa por la cabeza mientras lo estoy mirando ahora mismo son las palabras que salieron de sus labios hace sólo un minuto: «Sólo soy capaz de soportar una vez que la chica que me gusta me deje». Suficiente para que mis labios dibujen una sonrisa.

Es pasada la medianoche cuando Jaden y yo bajamos la escalera y me acompaña a la puerta. No pensaba quedarme hasta tan tarde, pero no hemos estado pendientes de la hora precisamente. Un juego llevó a otro, y luego a otro, y otro más. Sólo cuando el celular de Jaden vibró al entrar un mensaje de Dani pidiéndonos que nos calláramos porque intentaba dormir nos dimos cuenta de lo tarde que era, y de que probablemente debía irme.

La casa está a oscuras y las velas de la entrada están apagadas, pero el perfume de canela permanece en el aire. Además hay un completo silencio, y parece que Terry y Nancy se fueron a la cama, así que sigo a Jaden sigilosamente hacia la entrada. Cuando llegamos, se voltea para agarrarme de la muñeca con suavidad, y entonces desliza su mano hasta la mía. El brillo de las luces de la calle entra por los cristales de la puerta y le iluminan la cara mientras lo miro una vez más antes de irme. Me suelta la mano y tengo que esforzarme para que no me importe demasiado.

—Gracias por lo de hoy —le susurro en voz baja mientras me pongo los zapatos—. Por la partida de boliche y por todo lo demás... Me la pasé muy bien.

—De nada —contesta él, y me viene a la memoria lo áspera y atractiva que es su voz cuando susurra, especialmente cuando me sonríe con esa sonrisa ladeada. Puedo apreciarla de nuevo ahora que sé que es tan sincera y real como siempre ha sido, y no una mueca falsa que utiliza para hacer creer a todo el mundo que está bien. Es que está bien.

Nos quedamos uno delante del otro durante un instante. Todo está tan quieto y silencioso que me da miedo moverme, me da miedo romper esta silenciosa conexión entre los dos. Sólo soy capaz de distinguir sus facciones mientras me pregunto qué estoy haciendo aquí, de pie delante de Jaden Hunter en la oscuridad. Pensé que había ido porque me sentía culpable. Porque se lo debía. Porque me había equivocado al pensar que él podría haber cambiado. Porque antes disfrutaba estando cerca de él.

Pero no creo haber venido por ninguna de estas razones. Creo que vine porque en algún lugar del fondo de mi mente me preguntaba: «¿Y si...?». Y me doy cuenta ahora, mientras soy consciente de que no puedo borrar la sonrisa de mi cara sólo porque Jaden me está mirando fijamente con esos malditos ojos azules. Casi puedo sentir el peso de la pregunta cayendo sobre mí: «¿Y si todavía pudiera haber algo más?».

Siento que no quiero marcharme, una ola de confianza me golpea y no puedo contenerme. Acercándome, pongo la mano sobre la piel cálida del cuello de Jaden, acariciando con el dedo su marca de nacimiento.

—Adorable —susurro.

Sintiéndose turbado, me agarra la mano para apartarla, sonrojándose. Inclina la barbilla en un intento de esconder la marca, y luego me mira al tiempo que el silencio se instala a nuestro alrededor. Se me acelera el pulso mientras nuestras miradas se enfrentan con intensidad, trago saliva y separo un poco los labios. Me pregunto si Jaden va a hacer algún movimiento.

Pero no lo hace. Me suelta la mano y da un paso atrás, y entonces susurra: «Buenas noches, Kenz», mientras gira la perilla de la puerta y jala de ella para abrirla. El aire de la noche nos rodea de inmediato y la sensación de frío me hace volver a la realidad.

—Buenas noches, Jaden.

Intercambiamos una última sonrisa y entonces salgo hacia el porche con las llaves del coche de mamá tintineando en la mano. El viento también se ha levantado y me arremolina el pelo sobre la cara, así que mantengo la cabeza hacia abajo y medio voy corriendo hacia el coche, pero me detengo al pasar junto a la barca de Brad. La miro durante un segundo, pero ahora que está oscuro todavía me parece más triste que esté ahí fuera abandonada, y entonces me doy la vuelta para mirar hacia el porche. Jaden sigue en la puerta, bajo el umbral, observándome mientras me alejo.

—¿No sacas nunca la barca? —le digo gritando a través del pasto, con la mano sobre los ojos para protegerme la cara del viento.

Jaden se queda callado durante unos segundos mientras dirige la mirada hacia la embarcación. Su expresión es neutra, la contempla durante varios segundos antes de que sus ojos se vuelvan hacia mí.

—Ya no —dice encogiéndose un poco de hombros.

Asiento una vez y me encamino de nuevo hacia el Prius de mamá, corro por el caminito de la entrada, abro la puerta del coche y me meto en el asiento del conductor. Pongo en marcha el motor, desesperada por encender la calefacción. No llevo chamarra, así que tengo bastante frío. Sólo quiero llegar a casa, de modo que me despido de Jaden por última vez agitando la mano. No quiero irme, pero sé que tengo que hacerlo.

Mientras conduzco hacia casa, no puedo decidir si estoy decepcionada o aliviada de que no haya hecho ningún movimiento, porque no estoy segura de si se lo hubiera permitido. Aunque me inclino a pensar que sí.

13

Me despierto de repente cuando oigo a mamá golpear la puerta de mi habitación con el puño, llamándome y amenazándome con que es la última oportunidad que tengo de levantarme antes de que ella misma me saque de la cama a la fuerza. Al principio me siento confundida al intentar abrir los ojos, pero me doy cuenta de que me dormí con el maquillaje puesto y que el rímel se pegó sellándome los párpados. Me fuerzo a abrirlos y me siento, evitando la luz del sol que se cuela entre las láminas de la persiana. Estoy más cansada de lo habitual, y cuando saco la mano por debajo del edredón para mirar la hora en mi celular, me quedo de piedra al ver que es casi mediodía.

Con un gemido, echo la cabeza hacia atrás y me llevo las manos al pelo, pero inmediatamente siento un tirón en la nuca. Masajeo con cuidado la zona mientras me pregunto qué diablos habré hecho... Me giro sobre mí misma y aparto la almohada para ver la botella de vino tinto que escondí ahí anoche. Uf. Lo bueno es que mamá no la encontró, lo malo es que dormí encima de ella.

Tumbada en la cama, estiro las piernas y luego el cuello en un intento de aliviar la tensión. Ya puedo sentir el olor, que sube por la escalera, de lo que está cocinando mamá, y sé que debería bajar a ayudarla antes de que llegue mi familia, así que rápidamente agarro la botella de vino y la llevo hasta la ventana. Me asomo y empiezo a derramar el líquido por el tejado. Se escurre por las tejas hacia el canalón, cae por la tubería del desagüe y desaparece para siempre. No es algo que haga a menudo, pero sí siempre que puedo. Mamá se pondría furiosa si lo supiera, no sólo por malgastar el vino, sino por tirar el dinero. Pero de momento no me ha cachado nunca.

Cierro la ventana de nuevo y escondo la botella vacía en el fondo de mi ropero, entonces corro hacia la puerta del baño. Intento ir lo más deprisa que puedo, antes de que mamá se enoje de verdad, así que me recojo el pelo en un enmarañado chongo y me meto bajo la regadera.

Acabo estando allí más tiempo de lo que había planeado porque me paso el rato pensando en anoche, pensando en Jaden. Estuvimos la noche juntos, solos los dos, por primera vez en un año, y fue increíble. La incomodidad había desaparecido por fin. Fue exactamente como solía ser, y me siento llena de esperanza ahora que podemos hacerlo otra vez. Ya lo extraño. Me siento contenta cuando finalmente salgo del baño, bajo la escalera, siguiendo el olor a jamón en la cocina, donde mamá revolotea frenéticamente entre platos. También percibo un tenue olor a vino en el aire, pero hago como que no lo noto.

—¿Puedo ayudar en algo? —me ofrezco, sintiéndome un poco avergonzada de aparecer ahora para ayudar. Normalmente le echo una mano con las verduras, pero por lo que puedo ver, parece que ya lo hizo ella misma.

—No hace falta. Ya me las arreglo —responde mirándome por encima del hombro sin perder el ritmo. Como siempre, está un poco estresada, y respira ruidosamente. Se frota la sien mientras echa una ojeada a la cazuela—. Sólo pon la mesa, por favor.

Hago lo que me pide dirigiéndome al ropero para buscar la mantelería que usamos hace un mes cuando tuvimos a la familia en casa. Hasta donde puedo recordar, ha sido una tradición en mi familia reunirnos un domingo al mes. Mamá siempre prepara una buena comilona, así que supone un gran cambio comparado con las hamburguesas habituales o la comida para llevar.

De espaldas una con la otra, pongo la mesa para ocho mientras mamá continúa preparando la carne, y justo cuando estoy colocando los cuchillos, se aclara la garganta y me pregunta:

—¿Cómo te fue ayer con Jaden?

No le respondo de inmediato, y por supuesto que no me volteo para mirarla. La verdad es que anoche estuvo mucho mejor de lo que jamás hubiera esperado.

—Estuvo bien —le digo como si nada. No quiero contárselo todo a mamá, y afortunadamente ella no insiste en el tema, así que termino de poner la mesa en silencio.

Una vez que me siento feliz por haber colocado en el orden correcto todos los cubiertos, abro el mueble para tomar ocho vasos, pero mientras voy dejándolos en la cocineta delante de mí, veo las copas de vino y champán en lo alto del estante. Arrugando las cejas, miro a mamá de reojo, pero está demasiado ocupada controlando el horno para darse cuenta.

—¿Puedo pedirte un favor?

—¿Cuál? —pregunta sin mirarme. Mueve la cabeza de un lado a otro observando la bandeja de los camotes para que no se le quemen como la última vez, pero tengo la impresión de que se balancea un poco.

—Por favor, no bebas hoy —le digo, aunque me parece que ya es demasiado tarde.

En el preciso momento en que las palabras salen de mi boca, mamá suelta un suspiro y cierra con fuerza la puerta del horno, se levanta y se voltea para mirarme. El descontento se refleja en su rostro tenso.

—Puedo tomar una copa de vino con la comida, Kenzie —me explica con una voz seria y objetiva—. Igual que tu padre se va a tomar una cerveza.

—Pero nunca es sólo una, ¿no?

Mamá me observa con los ojos como platos como si la estuviera atacando verbalmente, pero la verdad es que sólo estoy diciendo la verdad. Es una petición simple y para su propio bien. Me enferma verla cómo entra a hurtadillas en la cocina para servirse otra copa cuando ya es tarde, de noche, que me envíe a la tienda a comprar otra botella, y que se crea en serio que no hay nada de malo en beber la cantidad que ella bebe. Y es todavía peor cuando la familia está aquí, porque veo las miradas de lástima que le dirigen a través de la mesa cada vez que agarra la botella para servirse otra copa.

—No tengo tiempo para esto ahora mismo —dice, y haciéndome un gesto de rechazo con la mano se voltea hacia el horno y se agacha para mirar al interior—. Sabes que es sólo algo que me hace sentir bien.

Frustrada por lo inconsciente que es, agarro los ocho vasos y con cuidado los llevo hacia la mesa.

—Pues creo que se está convirtiendo en algo que te hace sentir demasiado bien —mascullo entre dientes.

Por supuesto, mamá me oye.

—¿Qué dijiste?

—Nada. —Dándome por vencida, pongo los vasos en su sitio y salgo de la cocina. Quiero muchísimo a mamá, pero intentar hacerla entrar en razón es casi imposible. Papá lo intentó al principio, pero se rindió hace mucho tiempo, aunque yo no puedo ignorar esta situación de la manera tan descarada como lo hace él. Mientras voy hacia la entrada, le sonrío al marco de Grace y sigo caminando hacia la puerta principal. Oigo el sonido de la podadora que ruge y vibra ahí fuera, así que abro la puerta y salgo al porche descalza. Papá se afana sobre el pasto con nuestra vieja y oxidada máquina mientras se enjuga una gota de sudor de la frente. Hoy hace un poco de calor, así que me quedo y observo a papá durante unos minutos hasta que finalmente él me ve, pero ya terminó y apaga la podadora.

—¡Así que por fin te levantaste! —grita desde donde está.

Encogiéndome de hombros y con cara de inocente, sonrío y le digo en broma:

—¿Arreglos de última hora antes de que llegue la abuela?

—Exactamente —asiente papá riendo mientras empieza a arrastrar la podadora hacia el patio trasero. Justo antes de desaparecer por uno de los laterales de la casa, añade—: ¡No queremos que nos vuelva a llamar pordioseros otra vez por tener el pasto demasiado alto!

Pongo los ojos en blanco y estoy a punto de entrar en casa cuando oigo el sonido de un coche que gira en la rotonda del final de nuestra calle. Avanzo unos pasos más en el porche y veo que se acerca el viejo Corvette de mi tío Matt. Hace un ruido infernal, y aunque por lo menos tiene tres décadas, a él le encanta ese maldito cacharro. Llega a casa y se estaciona detrás del Prius de mamá, abre la puerta y sale saludándome con la mano.

—Hola, tío Matt —digo mientras cruza el fresco y recién cortado pasto y cierra el coche detrás de él con el control remoto. No viste a menudo *jeans* y camisa de franela, siempre me sorprende verlo sin su uniforme. Es mucho menos intimidante cuando no lleva una pistola ni unas esposas sujetas a la cintura.

—¿Qué tal? Pensé en llegar temprano y ver el final del partido de los Panthers —dice cuando está a mi lado.

Es el hermano pequeño de papá, y al contrario que él, todavía tiene pelo. Se pasa la mano por él y sonríe mientras respira de manera exagerada—. Mmm. Huele bien.

Lo sigo cuando entra en casa, cierro la puerta principal y nos dirigimos hacia la cocina al mismo tiempo que lo hace papá, que acaba de entrar por la puerta de atrás, así que durante unos minutos en que los adultos hablan entre ellos me ignoran bastante. Me quedo allí hasta que papá se va a bañar antes de que lleguen los demás y mamá vuelve a afanarse con la comida.

—Vamos, Kenz, vamos a ver el partido —dice Matt echando a andar y pasando el brazo sobre mis hombros. Nos vamos a la sala y me siento en el sillón, pongo los pies encima para estar cómoda, mientras que él permanece de pie delante de la televisión y pone la segunda parte del partido de los Panthers. Están ganando a los 49ers, y el puño de Matt golpea el aire—. ¡Así se juega, diablos!

Camina hacia atrás con los ojos fijos en la pantalla de la televisión y se sienta en el sillón a mi lado. Me cae muy bien Matt, sobre todo porque es sólo nueve años mayor que yo y es fácil bromear con él. Nos llevamos bien, y aunque el partido de los Panthers no me podría interesar menos, no me importa estar aquí tumbada y viéndolo con él mientras hace comentarios. Lo escucho durante unos cinco minutos antes de desconectarme y dirigir mis pensamientos a Jaden. La pasé muy bien ayer con él, pero lo que me pregunto ahora es cuántos buenos momentos nos habremos perdido durante el último año. Si hubiera sido más fuerte, si hubiera sido más valiente, no me habría distanciado durante tanto tiempo de él. No habría tirado por la borda tantas oportunidades, pero no lo fui. Todo lo que sé ahora mismo es que me gusta mucho estar con él, y ahora que soy consciente de ello, quiero estar ahí. Quizá no lleve a nada más. Quizá sólo continuemos siendo amigos, pero no tengo nada que perder. Siento curiosidad por lo que pueda pasar.

Miro a Matt durante unos minutos mientras espero a que empiecen los anuncios, y tan pronto como echan el primero, trago saliva y digo:

—¿Puedo preguntarte algo?

—Claro —dice Matt, mirándome sólo un momento de reojo con un destello de preocupación y volviéndose de nuevo hacia la televisión—. ¿De qué se trata?

—¿Te acuerdas de los Hunter? —le pregunto en voz baja—. Los del accidente del verano pasado.

Matt voltea la cabeza, pero esta vez su mirada se queda clavada en mí. No dice nada durante unos segundos mientras intenta leer mi expresión, confundido por mi pregunta; finalmente responde:

—Claro que me acuerdo. Créeme, no podría olvidarlo. El coche ya no parecía un coche. ¿Por qué?

—Por saberlo —murmuro, entonces me miro las manos, que tengo apoyadas en el regazo y añado—: Vuelvo a verme con los hijos.

—¿En serio? —Matt parece sorprendido—. ¿Cómo están? Dios, ¿cómo se llamaban?

—Jaden y Danielle —respondo. No sé por qué me siento incómoda hablando de ellos, pero todo lo que puedo visualizar en mi cabeza ahora mismo es el coche que ya no parecía un coche y me siento un poco mareada—. Jaden está muy bien, la verdad. Pero Danielle..., bueno, está lidiando con ello.

—Dios mío, pobres chicos. —Matt niega con la cabeza y suelta aire profundamente, mirando más allá de mí, a nada en particular, como si estuviera reflexionando sobre aquella noche fatal de agosto—. Ese accidente me dejó muy desconcertado durante unos días —admite—. Sólo que hubieran salido de la oficina un par de minutos más tarde, o tomado un camino distinto a casa, o evitado lo que fuera esa maldita cosa que les pasó por delante... Es triste, muy triste, la manera en que una simple coincidencia puede hacer que las cosas salgan mal, ¿verdad?

En el momento en que el partido se reanuda y Matt devuelve su atención a la televisión, pienso en sus palabras una y otra vez. Es un pensamiento terrorífico, que tantas pequeñas cosas tuvieran que alinearse perfectamente para que ese accidente ocurriera, y sólo que una de esas cosas hubiera sido diferente, el resultado también lo habría sido. Pero enseguida me doy cuenta de que esto funciona tanto para lo bueno como para lo malo.

Encontrarme con Jaden en el 7-Eleven mientras me hacía pasar por mi madre fue sin duda una mala coincidencia, incluso que nos encontráramos en la caja en el mismo momento. Sin embargo, parece que algo se inició entre nosotros otra vez esa noche por el hecho de haber hablado. La coincidencia perfecta puede hacer que las cosas salgan mal, pero una horrible coincidencia también puede dar como resultado algo positivo.

Me concentro en el partido otra vez y escucho los comentarios de Matt mientras grita y anima a los suyos, a pesar de que es un suplicio concentrarse. Entre sus «¡Vamos!» y «¡Así se juega!», en lo único en que puedo pensar es en Jaden. Jaden Hunter. Incluso el sólo hecho de decir su nombre para mis adentros es suficiente para que se me ponga la piel de gallina.

—Kenzie —dice papá, asomándose por la puerta del comedor diez minutos después. Acaba de salir de bañarse y se puso una camisa de vestir; el resto de la familia llegará en cualquier momento, lo que explica por qué se le ve tan nervioso—. ¿Puedes ayudarme con la comida?

Matt está tan concentrado en el partido de la tele que ni siquiera me presta atención cuando me levanto y me reúno con papá en el pasillo. Parece que está a punto de empezar a sudar en cualquier momento.

—¿Dónde está mamá? —pregunto. Papá nunca cocina. Lo hace fatal, así que me preocupa que me esté pidiendo ayuda.

Me dirige una sonrisa contenida de disculpa y me toma por el hombro para guiarme hacia la cocina. Mamá ya no está.

—Ella sólo... sólo salió a tomar un poco de aire fresco —dice.

Lo sabía. Sabía que mamá estaba entonada, sabía que ya había estado bebiendo esta mañana. Lo hace siempre, y empieza a resultar vergonzoso. Niego con la cabeza mirando al suelo con rabia, y echo un vistazo por la ventana de encima del lavadero. Mamá está sentada fuera, en el jardín, sola, acurrucada sobre nuestra vieja mesa de madera con las dos manos apretándose la frente, y delante de ella hay un vaso de agua. Me duele admitirlo, pero se ve patética ahí fuera. Ojalá pudiera hacerla reaccionar. Ojalá ella pudiera verse a sí misma, ver lo que nosotros vemos.

—Tu madre quizá tenga que ir a acostarse durante unas horas, así que ¡parece que hoy tú y yo tendremos que ocuparnos de la comida! —dice papá con un falso ánimo, abriendo y cerrando las pinzas de cocina y apuntándome con ellas. Me volteo de espaldas a la ventana y aprieto los dientes con fuerza mientras finjo que no vi la botella de vino que asoma por el cubo de la basura.

14

Llegado el jueves por la tarde, lucho por mantenerme despierta y concentrada en clase de literatura. He estado trabajando turnos de ocho horas todas las tardes y noches esta semana para poder salir el viernes y el sábado poder ir a la fiesta de inicio de año, y terminar tan tarde me empieza a pasar factura. El señor Anderson ha estado comentando nuestras respuestas a las preguntas que teníamos que responder sobre las lecturas de verano que nos mandaron, y yo no he parado de cabecear durante la mayor parte del tiempo. Lo único que me salva hoy es que tengo una pausa antes de la próxima clase, lo que significa que dispongo de una hora libre antes de mi turno de las cuatro de la tarde.

Tengo la cabeza apoyada sobre los brazos cruzados encima de la mesa, me cuesta mantener los ojos abiertos, y me pregunto cómo pude estar en esta posición durante tanto tiempo sin que me hayan llamado la atención por ello. Probablemente es porque estoy al final de la clase, escondida detrás de los otros estudiantes, completamente fuera del alcance de la vista del profesor. Justo cuando empiezo a bostezar, el timbre suena y doy un brinco. Las voces suben de volumen y las sillas chirrían contra el suelo cuando todos se levantan para correr hacia la puerta. Es la Semana del Orgullo del colegio, la semana que termina con la fiesta de inicio de año, y la única semana del año en que estar aquí no es vivir el infierno en la Tierra. Hay un montón de actividades cada día para avivar los ánimos para el partido de mañana por la noche. Y por lo general todo el mundo está bastante contento y emocionado, pero yo estoy demasiado cansada para ello.

Como no necesito correr para ir a la siguiente clase, recojo mis cosas con calma y mantengo la cabeza baja al pasar por delante del señor Anderson. Él no dice nada al verme, así que dejo ir un suspiro de alivio tan pronto estoy en el pasillo. Hay mucho ruido y está lleno a rebosar de todos los que van de aquí para allá para cambiar de clase; el pasillo es un mar de colores por el tema de la Semana del Orgullo, y yo trazo mi ruta entre la multitud para dirigirme a mi casillero. Por el camino, veo a Holden y a Will que se me acercan en dirección contraria. No hay espacio para pararse y hablar sin que te tiren al suelo, así que me limito a saludarlos con la mano. Sólo Will me devuelve el saludo a la vez que me saca la lengua. Holden tiene las manos en los bolsillos y los ojos puestos en la multitud, pero levanta la mirada por un segundo y me dirige una sonrisita.

Me da la sensación de no haberlos visto en siglos, porque esta semana sólo coincidimos a la hora del almuerzo. Extraño salir con ellos, así que estoy emocionada por el partido de mañana por la noche y el baile del sábado. Todavía no les he contado todos los detalles de mi noche con Jaden del sábado pasado, más allá de que estuvo bien. Hasta que no sepa exactamente lo que hay entre Jaden y yo, seguiré manteniéndolo en secreto.

Mis pasos son lentos mientras voy directo hacia mi casillero, y a pesar de que hago lo que puedo por quedarme lo más cerca posible de la pared, todo el mundo choca conmigo. Las prisas se acaban después de treinta segundos más o menos, cuando todos empiezan a entrar en sus clases, y cuando por fin llego a mi casillero, sólo quedamos unos pocos rezagados y yo. Los pasillos están casi silenciosos otra vez a excepción de un chico que se maldice a sí mismo mientras pasa corriendo por mi lado ya que llega tarde a clase, pero lo ignoro y abro mi casillero. Empiezo a cambiar unos libros por otros con indiferencia, y a meter los que necesito llevarme a casa en la bolsa.

De repente, alguien pone la mano encima del casillero de metal de al lado de la mía y al instante doy un salto. Ni siquiera necesito mirar quién es para saber que se trata de Jaden. No lo he visto mucho esta semana, aparte del intercambio ocasional de sonrisas cada vez que nos cruzamos por los pasillos, cosa que resulta emocionante cuando ocurre, teniendo en cuenta que hace una semana ni siquiera le devolvía la sonrisa.

Además, la verdad es que no he tenido muchas ocasiones de hablar con él, así que estoy encantada de tenerlo delante de mí ahora mismo.

—Ey —dice con una amplia sonrisa y los ojos ardientes. Sé que está de buen humor por la expresión de su cara, y aunque viste *jeans* negros, como siempre, también lleva una sudadera naranja como apoyo al color de los del último año—. Pensé que te encontraría aquí.

¿Eso quiere decir que vino a buscarme? Después del fin de semana, esto es una buena señal. Siento que me derrito pero intento que no se me note.

—Pues sí, no tengo clase —le digo mientras doy un paso atrás y cierro el casillero colgándome el asa de la bolsa en el hombro. No tengo ni una sola pieza de ropa naranja, así que no estoy comprometida con el tema del día como él—. ¿Y tú?

—Pues no —responde chasqueando los labios al pronunciar la «p». Se apoya en el casillero y se encoge de hombros—. De hecho, tengo clase de cálculo. Ninguno de los profesores va a regañarme por llegar tarde. Antes me molestaba, pero luego empecé a pensar en sacarle partido, como por ejemplo, dar un pequeño rodeo para venir hasta tu casillero y ver si estás aquí. —Como con vergüenza, mira hacia el suelo—. Y por suerte, normalmente es así.

Hasta ahora, siempre había creído que era sólo una coincidencia que Jaden y yo nos acabáramos encontrando cada vez que yo iba a mi casillero después de clase de literatura. Y al parecer no era por casualidad, como yo pensaba, y hay algo adorable cuando pienso que Jaden ha estado pasando por delante de mi casillero para verme, incluso cuando yo agachaba la cabeza y no era capaz de devolverle la sonrisa. Su confidencia me provoca una sonrisa de oreja a oreja y mis mejillas empiezan a arder. Estoy sonrojada, lo sé, pero llegados a este punto, no me importa si Jaden se da cuenta o no.

—Pues sí, siempre aquí —bromeo, y luego miro su atuendo sin dejar de sonreír—. Bonita sudadera. ¿Estás preparándote para el partido de mañana?

—No mientas —dice Jaden negando con la cabeza en señal de desacuerdo mientras se mira la prenda de ropa de color naranja brillante. Pone los ojos en blanco y jala de los cordones—. Es lo más horrendo que me he puesto en la vida, pero uno tiene que hacer lo que tiene que hacer, ¿no? —Vuelve a enderezarse y finge que se sacude algo de los hombros, y me río. Había olvidado que aunque Jaden es increíblemente atractivo, es también superbromista y un poco payaso a veces—. ¡Estoy tan preparado como puedo estar! Será mejor que el equipo de ataque del Greeley West también se prepare bien. ¿Irás?

—¿Al partido de inicio de año? —repito de manera pasiva—. No, creo que paso. —Hago un gesto de menosprecio y la sonrisa de Jaden empieza a desdibujarse, pero antes de que desaparezca por completo, dejo de actuar, suelto una carcajada, y lo miro con incredulidad—. ¡Pues claro que iré!

—Vaya, me lo había creído —admite entre dientes. Sin pensar, se rasca la marca de nacimiento del cuello con el pulgar mientras comprueba la hora en el celular. Me le quedo mirando un poco hipnotizada—. Debo irme a clase —dice frunciendo el ceño. Estoy disfrutando mucho de nuestro breve encuentro, así que preferiría que no tuviera clase ahora mismo, pero desgraciadamente, cálculo lo está reclamando—. Nos vemos mañana por la noche.

—Estaré en las gradas —le digo con una pequeña y torpe señal con la mano. «Dios», pienso. Nunca me he puesto nerviosa al lado de un chico. No me ponía nerviosa al lado de Jaden desde hacía un año, pero por alguna razón ahora me siento torpe y avergonzada cuando estoy con él.

Jaden se da la vuelta para irse a clase, me sonríe por encima del hombro y continúa andando.

—Te buscaré. —Me vuelve a sonreír y la presión crece en mi pecho mientras observo cómo se aleja. No quiero que se vaya.

Ya sólo quedamos dos personas en el pasillo, y con la mano en el asa de la bolsa, disfruto viendo a Jaden caminar pasillo abajo. Justo cuando me fijo en lo perfecta y ancha que es su espalda, él se detiene y gira sobre sí mismo para ponerse de cara a mí. Con esa sonrisa ladeada de la que nunca me canso, y con un brillo malicioso en los ojos grita:

—Tanto si ganamos como si perdemos, ¿me esperarás después del partido?

Muevo los labios para contestarle, pero parece que las palabras no encuentran el camino para salir de mi boca. Así que me limito a sonreír y asentir. Pues claro que lo voy a esperar después del partido. Tengo que esperar a Holden de todas maneras, pero aunque no tuviera que hacerlo, también lo esperaría.

Satisfecho, Jaden también asiente antes de continuar su camino. Lo miro durante unos segundos más hasta que gira por una esquina y desaparece de mi vista, y me siento ansiosa por que llegue la noche de mañana.

Suspirando, decido no quedarme aquí de pie más tiempo, así que me marcho en la dirección opuesta, preparada para el tedioso camino a casa con la bolsa que pesa un montón colgada del hombro. Paso por la oficina principal hacia la puerta de salida, y veo una cara familiar que entra en la biblioteca. Es Dani, que me ha evitado bastante toda la semana en clase de español, a pesar de que yo la he saludado varias veces. Siempre se muestra callada y reservada, pero eso no va a impedir que continúe haciendo un esfuerzo con ella. Sé que está evitando ir al baile del sábado, lo que no significa que vaya a perderse el partido de mañana por la noche. Quiero que vaya al partido, que la pase bien. Quiero que se involucre, que vuelva a salir conmigo otra vez.

Me dirijo a toda prisa hacia la puerta y entro detrás de ella. La biblioteca está en silencio, con unos pocos estudiantes de primero y segundo aquí y allá, algunos están en las computadoras, otros en las mesas, uno buscando un libro en las estanterías. Localizo a Dani instalándose en una mesa del centro de la sala, luego abre un libro y se inclina sobre él.

La señora Bolan, nuestra bibliotecaria, me sonríe cuando paso por delante de su mesa. Nunca voy a la biblioteca, así que dudo mucho que sepa quién soy. Sin embargo, le devuelvo la sonrisa y continúo andando hacia Dani. Ella no parece darse cuenta de que estoy aquí porque no levanta la mirada del libro. O eso, o finge que no me ve.

—Ey —susurro mientras me deslizo en la silla a su lado. Meto la mano en la bolsa y tomo el primer libro que encuentro (el libro de texto de física) y lo pongo en la mesa delante de mí, lo abro por una página al azar para que parezca que estoy aquí con un propósito diferente al de platicar con ella.

Dani me mira de reojo, bufa profundamente y se voltea hacia su libro para continuar leyendo. No dice nada, pero no tiene por qué hacerlo, pues la hostilidad emana de ella. Es imposible entender qué piensa. Dice que está harta de que nadie la trate como antes, pero cuando lo hacemos, parece que da por sentado que nuestros intentos son falsos o regidos por la lástima. No lo son. Me importa.

Me siento incómoda, miro con desinterés mi propio libro, y finjo que leo unas páginas durante un par de minutos en el silencio que nos rodea. Invierto el tiempo animándome a mí misma por dentro antes de intentar hablar con ella de nuevo. Me lo pone muy difícil, y esta tensión incómoda es exactamente lo que me preocupaba. Lo hago lo mejor que puedo para que desaparezca, pero es un reto infernal.

—¿Irás al partido mañana?

—No —dice ella sin levantar la mirada.

—Deberías ir. —La presiono aunque no me presta ninguna atención. Trato de razonar con ella, pongo el codo sobre la mesa y me inclino hacia delante, en un intento de invadir su línea de visión—. Es el inicio de año, Dani. No te lo puedes perder. Estoy segura de que a Jaden le encantaría verte allí otra vez.

De la nada, la señora Bolan aparece a mi lado, dándome un susto de muerte cuando susurra un «shhhh» con cara de pocos amigos.

—Lo siento —mascullo, juntando mis manos a modo de disculpa y dirigiéndole una sonrisa educada hasta que ella se encamina hacia su mesa. Tan pronto como se sienta, vuelvo a encararme con Dani, que sigue con los ojos pegados al libro.

—Por favor, ven con Will y conmigo —susurro, con cuidado de no levantar la voz esta vez—. En serio que quiero que vengas. No quiero que te lo pierdas.

Lanzando un drástico suspiro de derrota, Dani cierra el libro de una manotada y me clava la mirada a la vez que cruza los brazos encima del pecho. Al igual que yo, no lleva ninguna prenda de ropa naranja.

—Kenzie, lo entiendo. Estás intentando hacer las paces, y te lo agradezco, pero me gusta estar sola y no pienso ir al partido. —Pronuncia esas palabras con una firmeza tan contundente que me doy cuenta al instante de que no hay nada que hacer. Cuando abre el libro y sigue leyendo como si yo no estuviera allí, vuelvo a meter el mío en la bolsa.

—En realidad —le digo, poniéndome de pie—, te estoy pidiendo que vengas al partido porque quiero que vengas, no porque intente ser una buena samaritana, o porque sienta que tenga que hacerlo, o porque quiera ganarme tu perdón. Es tan simple como eso —le suelto con sinceridad. Ya no estoy susurrando y me da igual si suena cortante, pero me doy cuenta a marchas forzadas de que un poco de firmeza con buena intención es necesaria a veces cuando alguien te importa—. Tienes amigos, Dani. —Continúo mirándola, aunque ella todavía tiene la vista fija en las páginas de su libro, pero sé que me está escuchando—. Sé que no he estado actuando como tal este pasado año, pero soy tu amiga. Y los amigos hacen cosas juntos, como ir al maldito partido de inicio de año.

Exasperada, me cuelgo la bolsa del hombro, y estoy a punto de desfilar cuando me acuerdo de algo. Dejo caer la mirada de nuevo hacia Dani, y la observo intensamente mientras recuerdo la fotografía de sus padres en la habitación de Jaden.

—Por cierto, no me había percatado antes, pero con el pelo oscuro te pareces mucho a tu madre —le digo suavemente, y a continuación me doy la vuelta y me marcho.

—Kenzie —dice Dani después de unos pasos. Me detengo y la miro, mis labios apretados en una fina línea—. ¿De verdad te lo parece?

—Sí —afirmo, encogiendo un poco los hombros. Espero que no le haya molestado el comentario—. Vi la foto la otra noche en la habitación de Jaden.

—Me quedó un poco más oscuro que el suyo —dice Dani en voz baja, mirándose las puntas del cabello mientras desliza sus dedos por ellas—. No pude encontrar su tono exacto, y lo dejé demasiado corto, así que me salió el tiro por la culata, pero gracias de todos modos. —Sus ojos se encuentran con los míos e inesperadamente me dirige una sonrisa sincera y llena de gratitud. Estoy sorprendida por sus palabras, porque como todos los demás, asumí que el cambio drástico de *look* de Dani era el resultado de un trauma emocional. Y ahora comprendo que había una razón de fondo.

Todavía sonriendo, Dani se coloca un mechón suelto de su pelo negro detrás de la oreja y pone el libro en su regazo, acomodándose en la silla. Justo antes de que me dé la vuelta para marcharme definitivamente, ella levanta la mirada por última vez.

—Nos vemos en el estacionamiento antes del partido.

15

El estacionamiento de estudiantes está casi lleno a las seis y media de la tarde, así que Will y yo nos pasamos casi diez minutos conduciendo poco a poco, circulando entre el flujo de gente que anda por todas partes, hasta que al final encuentra un espacio lo suficientemente grande para meter su Jeep. No podíamos encontrar un lugar más lejos, pero es el partido de inicio de la temporada, así que no nos sorprende. El campus de nuestro colegio está siempre lleno durante el fin de semana del inicio de temporada, hay coches estacionados uno detrás de otro y estudiantes cantando y gritando mientras caminan orgullosos hacia las gradas entre el olor a grasa que desprenden los puestos ambulantes de comida. Es ajetreado y ruidoso, pero me encanta el ambiente.

—Así que ¿dónde quedamos de vernos con Dani exactamente? —pregunta Will mientras cierra la puerta tras salir del coche y le pone el seguro. Luego pasa por delante del cofre para llegar a mi lado. Me mataría si lo dijera en voz alta, pero está superguapo con sus *jeans* desgastados, sus Converse y su camiseta grana de los Windsor Wizards a juego. Sólo se la pone para el inicio de la temporada.

—En la entrada —digo. Ayer, Dani accedió a encontrarse con nosotros aquí, en el estacionamiento, sobre las seis y media de la tarde, y cuando le dije a Will que iba a venir, se puso bastante contento. Yo también estoy contenta de que al final decidiera hacerlo, porque aunque sólo sea por el ambiente, vale la pena.

Uno al lado del otro, Will y yo caminamos por el estacionamiento esquivando coches y siguiendo el torrente de alumnos que se dirigen hacia el terreno de juego. Todo el mundo suele animar en el partido de inicio de temporada, así que no hay casi nadie sin su atuendo de los Wizards. Yo llevo mi sudadera habitual porque la temperatura está bajando rápidamente hoy y me gusta tener las manos calentitas en el bolsillo frontal, mientras que Will se congela hasta los huesos. También hay muchos estudiantes de primer año que van en pequeños grupos, emocionados por su primera experiencia de inicio de temporada y luciendo sonrisas de oreja a oreja. Es uno de los mejores fines de semana del año.

Continuamos navegando entre los coches y la gente durante más o menos un minuto hasta que llegamos a la entrada principal del campo, donde el estacionamiento se estrecha hasta llegar a las gradas. Los estudiantes se van derramando por las filas, ansiosos por conseguir un buen asiento, pero yo le agarro el brazo a Will y lo jalo hacia un lado para intentar encontrar a Dani. No la veo, así que me pongo de puntillas para tener mejor visión mientras escudriño la zona. Al no verla, siento pánico de pensar que quizá se haya echado para atrás en el último momento.

—¿Dónde está? —pregunta Will, pero tan pronto como lo dice, alguien me da un golpecito en la espalda.

Dani está detrás de nosotros. Luce una sonrisa discreta y algo nerviosa. Aunque diría que se siente un tanto incómoda, no se ve tan triste y asustadiza como suele mostrarse habitualmente, y eso me parece un avance.

—Aquí estoy —nos saluda. Hay un tono de orgullo en su voz cuando lo pronuncia, como si hubiera tenido que armarse de valor para acudir. Lleva las puntas del pelo un poco onduladas, para variar, y más maquillaje de lo habitual. Está increíble. Y no sólo eso, sino que también se puso una sudadera grana de los Wizards, aunque le queda grande, le llega hasta los muslos y las mangas le tapan las manos.

—Mírate —digo. Estoy muy contenta de que se haya aparecido y de que esté tan comprometida. No me lo esperaba—. ¡Incluso con ropa para animar al equipo!

—Lo sé —asiente ella, mirándose la holgada sudadera y sonriendo avergonzada. Intenta subirse las mangas, pero al instante le caen otra vez, así que desiste de volver a hacerlo—. La robé de la habitación de Jaden porque mi camiseta de segundo año ya me queda pequeña.

—Llevar la sudadera un par de tallas más grande está muy de moda, te ves genial —comenta Will, y cuando lo miro de reojo veo que no lo dice por quedar bien, sino que realmente lo piensa. Dani se pone colorada y, por una vez, no reprime su sonrisa.

—Bueno, entonces —digo, dando un paso hacia el campo—. ¡Vamos allá!

Los tres nos dirigimos hacia las gradas, yo voy delante abriendo camino y ellos me siguen. La luz del día empieza a atenuarse, y el campo está lleno de actividad con la banda que toca en el terreno de juego y la actuación del grupo de animación. Los tambores y las trompetas suenan en mis oídos mientras intento localizar unos asientos libres en las gradas, pero con tanta gente moviéndose por aquí y tantas cosas pasando a la vez, incluyendo a las animadoras con sus bailes, es prácticamente imposible.

—¡Kenzie! —grita alguien, y los tres levantamos la mirada hacia las gradas. No puedo reconocer quién gritó mi nombre hasta que veo a Jess de pie un par de filas más allá, moviendo los brazos para llamar mi atención—. ¡Aquí arriba! —nos grita por encima del estruendo—. ¡Tenemos lugar!

Está sentada junto a Kailee y los novios de las dos, Tanner y Anthony, y hasta Tanner nos hace señas con la mano para animarnos a que nos sentemos con ellos, así que me dirijo a las escaleras con Dani y Will, que van detrás de mí. No estoy segura de si Dani se sentirá cómoda junto a Jess y Kailee, pero sé que hace un año no le hubiera importado, así que no le doy más vueltas. Si los Hunter quieren que los tratemos con normalidad, eso es lo que voy a hacer.

—¡Hola, chicos! —digo una vez llegamos donde están, pasando a lo largo de toda la cuarta fila y pisándoles los pies a por lo menos media docena de personas. Tanto Jess como Kailee se levantan, y aunque sonríen al saludarnos, puedo percibir las miradas interrogativas que siguen tratando de enviarme. Sé exactamente lo que se están preguntando, pero decido que en realidad no tengo que dar explicaciones de por qué Dani está aquí, porque no me parece que tenga importancia. Ella está aquí por la misma razón que el resto de nosotros, y no creo que haya que añadir nada más.

Jess se inclina hacia delante y me da un fuerte abrazo, pero me hunde la cara en el pelo y murmura a mi oído: «¿Tú la trajiste al partido?», impresionada, como si yo fuera una especie de hacedora de milagros. Echo la cabeza hacia atrás y me aparto de ella mientras Tanner y Anthony se aprietan un poco en el banco para hacernos lugar a los tres. Se produce una serie de susurros mientras nos acomodamos, hasta que al final los tres chicos quedan a la izquierda y las chicas nos sentamos juntas a la derecha. Tengo a Will a un lado, platicando de cosas banales con Tanner y Anthony, y al otro a Dani, callada como nunca, mirándose las mangas de la sudadera.

—¿Irán al Cane's otra vez esta noche, chicos? —pregunta Kailee, inclinándose hacia delante para mirarme mientras se acomoda el pelo rubio detrás de las orejas y muestra una colección entera de pendientes—. Estará a reventar.

Niego con la cabeza. Will, Holden y yo ya decidimos no ir al Cane's esta noche. Creo que Holden tiene miedo de que invite a los Hunter a venir con nosotros otra vez, y yo tengo miedo de que Darren esté allí para intimidarme.

—Esta noche no —respondo, y luego añado en broma—: Decidiremos qué hacer después del partido, cuando sepamos si Holden está de humor o no.

Nos reímos todos y Jess dice:

—Por favor, ¡si tienen el partido más que ganado! —Se inclina hacia delante para dirigirse a Dani y con una sonrisa cálida le pregunta—: ¿Viniste a animar a tu hermano?

Dani levanta los ojos de las manos y se queda callada durante un momento mientras le devuelve la mirada a Jess, como si estuviera intentando averiguar si lo dice con condescendencia o no, y cuando ve que Jess sólo está siendo amigable y pretende darle conversación, le devuelve la sonrisa.

—Más o menos —responde encogiéndose de hombros—. No quería perderme el primer partido de la temporada. Ya me he perdido demasiadas cosas. —Rápidamente me mira y sus brillantes labios se ondulan dibujando una sonrisa burlona antes de volver a dirigirse a Jess—. Bueno, por eso y porque Kenzie no me dejó otra alternativa.

—Por Dios, Kenzie —exclama Jess con fingida incredulidad, moviendo la cabeza en señal de desaprobación—. ¿La amenazaste para que viniera? Y yo que siempre he pensado que eras una chica buena.

Pongo los ojos en blanco y nos reímos todos otra vez. Aunque fue un poco incómodo al principio, Dani se está relajando y se integra en el grupo. La simplicidad de la situación parece ser suficiente para ella, y estoy contenta de que Jess y Kailee se comporten con naturalidad y la traten como a cualquier otra chica.

Hay por lo menos mil personas aquí, y aunque es el partido de inicio de temporada, no tiene nada de espectacular, más allá del hecho de que acude más gente de lo habitual. Todo lo demás es bastante similar a cualquier otro partido, así que no es que sea muy emocionante, aparte de la pausa del descanso, que es cuando se anuncian el rey y la reina de la fiesta de inicio de año. Ahora mismo, sin embargo, es más bien lo de siempre, cuando los jugadores se reúnen detrás de la enorme pancarta de papel animándose durante lo que parece una eternidad, antes de que finalmente la rompan por la mitad y salgan corriendo hacia el campo animados por un coro de cantos, silbidos y aplausos. Nos ponemos de pie todos a la vez, e incluso Dani se levanta y aplaude.

Como en cada partido, intento localizar a Holden. Mis ojos barren el campo buscando la camiseta con el número diecinueve, hasta que finalmente lo encuentro inclinado junto al entrenador. Ya lleva el casco puesto, así que no le veo la cara, pero me da la sensación de que ahora mismo debe de estar bastante nervioso. Después de otra derrota la semana pasada, sería una verdadera tragedia que el equipo perdiera el partido de inicio de temporada, así que va a sentir esa presión.

Ahora intento encontrar a Jaden. Está de pie en el banquillo lateral, con el casco bajo el brazo, la barbilla hacia arriba, y los ojos escudriñando las gradas, así que es bastante fácil de localizar. Sé que me está buscando. Me dijo que lo haría, y exactamente igual que la semana pasada, inspecciona cada fila hasta que da conmigo. Tan pronto como nuestras miradas se encuentran, se le dibuja una sonrisa enorme. Siento mariposas en el estómago cuando nos saludamos con la mano. Él murmura algo, pero es imposible leer sus labios, y entonces sus ojos se abren como platos por la sorpresa cuando ve a Dani a mi lado. La señala con un dedo, y ella se ríe y le envía una señal de ánimo con el pulgar hacia arriba. Parece estar encantado de vernos a las dos aquí, y con la sonrisa todavía en la cara, se da la vuelta y se encamina a reunirse con el resto del equipo. Ya no me importa el partido, sólo quiero ver a Jaden tan pronto como se termine.

—¿Le dijiste que ibas a venir? —le pregunto a Dani, volteándome hacia ella. Me pareció que estaba sorprendido de verla.

—Claro —responde con una sonrisita, y luego añade—: Pero no que iba a venir contigo.

16

El Windsor gana el partido de inicio de temporada. Después de una primera parte patética sin anotar, remontaron en la segunda con cuatro *touchdowns*, incluido uno de Holden, que les dio la victoria que tan desesperadamente necesitaban. Las gradas han enloquecido. Todo el mundo se puso de pie, animando a grito pelado, y se podía sentir el retumbar de las gradas mientras los jugadores del Windsor celebraban la victoria en el campo. La expresión de alivio en la cara de Holden no tenía precio. Jugó genial, y Jaden también.

—Dios, hace mucho frío —murmura Will, con los dientes castañeándole, y se abraza a sí mismo. Ya oscureció y hace un viento fuerte; la temperatura continúa cayendo a medida que avanza la noche, y él, que sólo lleva una camiseta, está temblando mientras esperamos a Holden y a Jaden.

Son casi las diez de la noche y el estacionamiento está casi vacío. La mayoría de la gente ya se fue, pero todavía quedan algunos grupos de gente esperando a sus amigos. Will, Dani y yo estuvimos al lado del coche durante lo que parecen siglos, andando en círculos para pasar el tiempo. Will está congelado, así que pego mi cuerpo contra el suyo y lo envuelvo con los brazos con la intención de traspasarle un poco de calor. Él inmediatamente desliza las manos dentro del bolsillo delantero de mi sudadera.

—La verdad es que esta noche no estuvo tan mal —reflexiona Dani. Está sentada en el suelo, con las piernas cruzadas y envuelta en el calorcillo de la enorme sudadera de Jaden, dibujando figuras con el dedo en el asfalto. Se detiene y levanta la vista—. Gracias, Kenzie. Lo voy a intentar, y trataré de venir a todos los partidos del resto de la temporada.

—¿En serio? Eso es genial.

Justo entonces, a lo lejos alguien suelta un silbido suave, y cuando giro la cabeza veo a Holden caminando con decisión hacia nosotros. Al contrario que las dos últimas semanas, está sonriendo, aunque su expresión es más engreída que la de nadie. Me encanta cuando Holden está de buen humor, y después de su *touchdown* de esta noche, creo que estará feliz y contento durante toda la semana.

—No me digas que ese *touchdown* no estuvo increíble, porque lo estuvo —presume, alimentando su ego mientras se pasa la mano por el pelo—. ¡El chico del Greeley West no estuvo ni cerca de atraparme!

Poniendo los ojos en blanco, me separo un paso de Will y corro a abrazar a Holden.

—¡Bien hecho! —lo felicito, y él también me abraza enseguida, aunque no tan fuerte. El Holden engreído es mucho mejor que el Holden gruñón.

—Jugaste bien —dice Will con menosprecio. Holden da unos pasos a mi lado y le dirige una mirada amenazadora hasta que Will rompe a carcajadas y le dice—: Jugaste genial, amigo.

—Gracias —dice Holden, y haciendo un esfuerzo para responderle, de manera condescendiente le da un golpecito en la cabeza—, ya lo sé. —Se acomoda sobre el hombro el asa de su maleta deportiva, se mete una mano en el bolsillo de los pantalones cortos y pregunta—: Bueno, y ¿qué plan tenemos? —Pero antes de que ninguno de nosotros podamos responder ve a Dani, que todavía está sentada en el suelo, alejada unos pocos metros y observándonos con atención—. ¿Dani? ¿Qué haces aquí?

—Kenzie me invitó a venir al partido con ella —contesta. Se impulsa para levantarse del suelo y viene hacia nosotros; el viento le agita el oscuro pelo por la cara.

Holden se voltea de inmediato para mirarme, sus ojos no pueden estar más abiertos por la incredulidad de que haya invitado a Dani a salir con nosotros otra vez. Entiendo que se sienta confundido, dado que fui yo quien les pidió a él y a Will que se mantuvieran alejados de los Hunter, y baja la mirada a la vez que se mete la otra mano en el bolsillo.

Por suerte no tengo que dar más explicaciones después de la noche del pasado viernes, porque detrás de mí oigo la voz de Jaden, y Dani enseguida echa a correr, como si quisiera alejarse de Holden, y este murmura:

—¿Él también?

Decido ignorarlo por completo, porque su actitud es injustificada. De alguna manera consigue enfriar el ambiente en sólo cuatro segundos, únicamente con la mirada que me dirige. Me esfuerzo para volver a sonreír mientras me doy la vuelta en dirección a Jaden. Lleva unos *jeans* negros y una sudadera grana de los Windsor Wizards exactamente igual que la mía. Tiene centrada toda su atención en Dani, que se le acerca a toda prisa y lo felicita por haber ganado el partido; es adorable lo contento que está de verla. Con esta ya van dos veces en dos semanas que viene a ver el partido.

—¿Esto no es mío? —pregunta con suspicacia, jalando de la sudadera a su hermana. Dani se ríe y él sacude la cabeza como protestando. Es entonces cuando mira por encima del hombro de Dani para posar sus brillantes ojos en mí—. No voy a mentir —dice, señalándonos a las dos—. La verdad es que no me esperaba verlas juntas.

—Yo tampoco —admite Dani en voz baja dirigiéndome una mirada fugaz—. Pero pensé en darle una oportunidad.

Le doy un empujoncito en broma y la abrazo mientras miro a Jaden. La verdad es que quiero abrazarlo a él, pero sé que sería ir demasiado lejos tal y como están las cosas, así que cuando suelto a Dani meto las manos en el bolsillo delantero de mi sudadera para evitar tocarlo involuntariamente.

—Felicidades por la victoria —le digo—. Y esas tacleadas estuvieron fantásticas, si quieres saber mi opinión.

—No son tan fantásticas cuando te lastimas el hombro —puntualiza masajeándose la zona para aliviar el dolor. Su cálida y juguetona mirada no se despega de la mía.

Con el rabillo del ojo puedo ver a Will y a Holden observándome detenidamente. La cabeza de Will está echada a un lado, mientras que Holden tiene el puño contra la boca y no deja de parpadear; sus mejillas todavía están rojas por la adrenalina del partido. Deja caer la mano, da un paso adelante y murmura:

—Kenzie, nos vamos. —Entonces, frenéticamente, le da un toque a Will en las costillas—. Vamos, Will, saca las llaves —dice en voz baja.

—¿Adónde vamos? —pregunto, cruzando los brazos encima del pecho. Hasta donde sé, todavía no hemos hecho planes, pero Holden parece tener prisa por largarse de aquí. Probablemente no quiere que los Hunter vengan con nosotros otra vez, pero yo sí.

—No sé, ¿McDonald's? —responde Holden. Will, dudoso, busca las llaves de su Jeep en el bolsillo mirándonos a los dos, sin tener claro si nos vamos o no.

—Vamos, te invitaré una Big Mac.

Miro a Will en busca de ayuda, pero él se limita a encogerse de hombros y levanta las manos negándose a entrar en la discusión. Entonces miro a Jaden y a

Dani, que parecen incómodos. Odio estar en medio de esta manera, obligada a decidir si me voy con mis amigos o me quedo con Jaden. Le prometí a él que lo esperaría después del partido, y la verdad es que no quiero largarme después de únicamente un par de minutos, no sólo porque cumplo mis promesas, sino porque quiero pasar tiempo con él.

—¿Y por qué no... vamos todos juntos?

—Kenzie —protesta Holden, a punto de meterse en el Jeep—. ¿No podemos ir sólo los tres? —pregunta en voz baja mientras le arrebata las llaves de las manos a Will.

—Holden —dice con voz agria Jaden, y Holden levanta la mirada con un destello de desconcierto al oír a Jaden pronunciar su nombre. Pero este ya no sonríe. Por una vez, parece realmente enojado.

—¿Qué problema tienes?

—Vámonos y ya —murmura Dani, tomándolo y jalando de su brazo. Al contrario de lo relajada y feliz que estaba hace sólo unos minutos, ahora, de golpe, regresó a su receloso y reservado estado de ánimo habitual. Baja un poco la cabeza, con el ceño fruncido, mientras intenta arrastrar a Jaden con ella. Está claro que ya no quiere estar aquí, y no puedo culparla por ello.

Holden aprieta el puño alrededor de las llaves de Will tan fuerte que sus nudillos palidecen de la presión, y entrecierra los ojos mirando a Jaden.

—Sólo quiero estar con Kenzie y Will, amigo —murmura de manera casi inaudible.

Jaden parece todavía más enojado mientras contempla a Holden. Creo que ahora mismo está perdiendo la paciencia.

—Pues simplemente dilo, amigo. Si estás tan desesperado por largarte, entonces lárgate ya. De todas maneras estás acabando con el buen humor que teníamos todos.

Holden lo fulmina con la mirada, parece molesto de que Jaden se haya atrevido a responderle. Dudo que se lo esperara, y por unos segundos parece a punto de contestarle, pero no lo hace. Se queda callado y se voltea hacia mí.

—Kenzie, ¿te vienes con nosotros?

—No. Jaden puede llevarme a casa —replico. No sé por qué Holden está actuando de esta manera. Es capaz de comportarse como un niño cuando quiere, y no pienso ir con ellos si Jaden no es bienvenido. Prefiero que él me lleve a casa. Holden suelta un largo suspiro y luego niega con la cabeza mientras me mira.

—Vámonos —masculla, moviendo la cabeza hacia delante, forzando a Will a irse con él. Will pone los ojos en blanco, me mira y asentimos en señal de estar de acuerdo, y acto seguido él y Holden empiezan a caminar en dirección al Jeep.

—¡Por una vez que marcas un *touchdown* no te creas que tienes permiso para comportarte como un imbécil! —le suelta Jaden, levantando la voz para asegurarse de que Holden lo oiga. Es evidente que está molesto. No lo culpo: Holden no fue precisamente sutil en cuanto al hecho de que no quiere a Jaden ni a Dani cerca.

Holden parece tener la intención de voltearse, pero Will lo agarra del brazo y lo obliga a seguir adelante hasta que desaparecen por la esquina del edificio de la escuela. Me quedo sola con Jaden y Dani, y si hubiera sido hace un mes, llegados a este punto habría echado a correr hacia el pueblo. Pero ya no.

—¿Qué problema tiene? —pregunta Dani. Parece dolida y enojada mientras espera que les dé una explicación por el comportamiento errático de Holden.

Por desgracia no la tengo, así que todo lo que puedo hacer es disculparme por él.

—Lo siento. No sé qué le pasa, pero hablaré con él más tarde. —Empieza a hacer frío de verdad, así que me envuelvo en la sudadera y me pongo la capucha. Mis ojos se encuentran con los de Jaden, y él todavía parece estar lleno de ira—. ¿En serio no te importa llevarme a casa?

—Kenzie —es todo lo que dice mientras mira hacia arriba, y entonces mete la mano en el bolsillo, saca las llaves del Corolla, y asiente en medio del estacionamiento ya casi vacío—. Vámonos.

Los tres cruzamos el estacionamiento hacia el coche, aunque Dani va un poco por delante de nosotros, e incluso me deja sentarme en el asiento del copiloto. Mientras sube al asiento de atrás, se apoya en la cabecera del asiento de Jaden y dice:

—Puedes dejarme a mí primero. —Se recuesta en el respaldo y jala el cinturón de seguridad, y cuando la miro por encima del hombro, me envía una sonrisa de complicidad. Me recuerda a lo que solía hacer antes, cuando lanzaba un beso al aire en broma cada vez que Jaden no miraba, cuando me hacía un guiño y nos dejaba espacio para estar a solas, cuando preguntaba cuándo nos íbamos a marchar para darse prisa y venir con nosotros.

—Iba a dejarte en casa primero de todas maneras —le dice Jaden con una carcajada cuando enciende el motor. Dani al momento se inclina hacia delante y le da una palmada detrás de la oreja, y yo sonrío al verlos pelear cariñosamente.

A veces odio con toda mi alma ser hija única. Crecí perdiéndome toda la diversión de la rivalidad juguetona entre hermanos, sin compartir secretos del alma y la sensación de saber que alguien iba siempre a estar ahí. Pensé que finalmente iba a tener todo eso, pero nunca llegó. Intento no pensar en ello mientras Jaden abandona las inmediaciones del colegio, con la calefacción a tope, la radio a todo volumen, camino de casa de sus abuelos para dejar a Dani y así poder estar los dos solos por fin. Sólo de pensarlo el corazón me late un poquitín más rápido.

17

Dani nos saluda desde el porche con la pequeña luz encima de su cabeza iluminándole los rasgos antes de desaparecer hacia el interior de la casa y cerrar la puerta tras ella. Estoy sentada en el coche al lado de Jaden, los dos mirándola en silencio con el único sonido de fondo de la calefacción. La barca se ve ahora vieja y deprimente.

Con una mano en el volante, Jaden enciende la lucecita del techo para verme mejor. Sus ojos se encuentran con los míos.

—¿En serio tengo que llevarte a casa ahora mismo? —pregunta en voz baja, humedeciéndose los labios—. Porque no quiero.

Tampoco yo quiero que me lleve a casa. No ahora que por fin estamos solos. Mi casa está a pocos minutos de aquí, y unos pocos minutos no son suficientes, así que le dirijo una sonrisita mientras niego con la cabeza.

—Llévame a dar una vuelta.

Él asiente y apaga la luz, pone marcha atrás y gira la cabeza para mirar por el parabrisas trasero mientras sale de reversa. Estoy sentada en el asiento del copiloto con las manos dentro del bolsillo de la sudadera, y toda mi atención está puesta en Jaden mientras recorre Ponderosa Drive otra vez, deshaciendo el camino por donde llegamos. Me gusta mirarlo mientras conduce, especialmente cuando es de noche. Su cara se llena de sombras y contemplo sus manos al volante, los nudillos apretados, las venas que desaparecen por debajo de las mangas de su sudadera, y suspiro para librarme de las ganas de tocarlo.

—¿Vas a volver a sacar la barca de tu padre alguna vez? —le pregunto con delicadeza. Yo jamás hubiera sacado el tema de sus padres antes, pero el domingo me dijo que le gustaba hablar de ellos, así que imagino que no pasa nada por mencionarlos, aunque a mí me parezca difícil de entender. En mi familia, mencionar a Grace resulta insoportable. Quizá es porque no tenemos nada de que hablar. Sólo tenemos un nombre, y sólo eso es suficiente para que mamá se eche a llorar desconsoladamente y papá se quede callado durante el resto del día. Quizá por eso nunca seremos capaces de salir adelante: todavía no hemos afrontado el pasado.

Jaden me mira, sorprendido de que haya mencionado a su padre, y entonces gira hacia la carretera.

—No lo creo —admite—. Es nuestra y yo quería venderla, pero Dani quiere conservarla. No sé por qué. Sólo está ahí, pudriéndose desde el año pasado.

El seguro ya caducó y ninguno de nosotros tiene la licencia para la maldita barca.

—No creo que debas venderla —le digo—. Creo que deberías conservarla. A tus padres les encantaba esa barca, y estoy bastante segura de que les gustaría que la usaran.

—Lo sé. —La luz de la calle le ilumina la cara durante un segundo y veo por primera vez que está triste. Apoya el codo en la puerta, reposa distraídamente la cabeza en la palma de la mano y se pone a jugar con el pelo mientras conduce—. ¿Te acuerdas de cuando nos llevaron a navegar el verano pasado?

—Pues claro. —Miro a través del parabrisas hacia la oscuridad, a las casi vacías calles de Windsor—. Fue muy divertido. Era la primera vez en toda mi vida que me subía a una barca. —Habiendo crecido en Colorado resulta un poco raro que no hubiera salido a navegar hasta entonces.

—Les caías muy bien —murmura Jaden en voz baja, y mi mirada vuelve a dirigirse a él. Está observando fijamente la carretera mientras giramos por Main Street; tiene una triste sonrisa en la cara y parece perdido en sus pensamientos. Tenemos que detenernos en el semáforo justo delante del 7-Eleven donde nos encontramos hace unas semanas. Jaden sonríe y lo señala con un movimiento de cabeza—. Apuesto a que estarían realmente encantados de que hubiéramos hablado esa noche. Creo que se sentirían contentos de que estemos juntos ahora mismo, aunque mamá probablemente me diría que mantuviera las dos manos en el volante. —Poniendo los ojos en blanco, aparta el brazo de la puerta y apoya la mano de nuevo en el volante. Espera a que el semáforo se ponga verde, se mira las manos y con el pulgar roza el volante con movimientos suaves. Lo miro en un silencio cómodo, preguntándome si está pensando en ellos. Sé que sí.

El semáforo cambia y Jaden toma la salida a la derecha de Main Street en dirección norte.

—¿Y en realidad por qué estabas comprando vino? —pregunta. Lo dice de manera divertida, así que creo que intenta relajar el ambiente, claramente inconsciente de que el tema es igual de oscuro—. Una vez logré comprar cerveza, así que te prometo que no te estoy juzgando. Aunque hacerte pasar por tu madre es un método interesante...

Está claro que la excusa que le di en ese momento no pegó. Profiero un gemido y presiono las manos contra la cara, en parte para evitar el tema y en parte por la vergüenza que siento.

—No te preocupes —dice, captando mi incomodidad, y me estremezco cuando suavemente me envuelve la muñeca con los dedos para apartarme la mano de la cara. Alterna la mirada entre la carretera y yo, intentando poner atención a ambas cosas, y con sus cálidos dedos todavía envolviendo mi muñeca, sonríe y bromea—: ¿Acaso no estás contenta de que fuera yo el único testigo en lugar de cualquier otra persona?

Me limito a mirarlo. Soy muy consciente de su piel contra la mía y del hecho de que no me suelta. Adoro sentir el contacto de Jaden después de tanto tiempo, y me encanta la sensación de confort y expectación que conlleva.

—Estoy realmente encantada de que estuvieras allí —murmuro después de un momento—, porque de otro modo no estaríamos hablando ahora mismo.

—Y eso sería una lástima —añade Jaden. Me suelta, sus dedos desaparecen de mi muñeca y vuelve a poner la mano en el volante para girar. De repente sé adónde nos dirigimos.

Al final de la calle hay un pequeño estacionamiento, y detrás, la principal atracción del lugar: el lago Windsor. Es la imagen icónica de este pueblo, algo que todos adoramos. Es realmente enorme y lo circunda un sendero que recorre todo el perímetro. La gente viene aquí a pasear a pie o en bici, y no hay nada mejor que la vista de las Rocosas al fondo, en la distancia. En invierno incluso se puede ver la nieve en las cimas. Siempre hay mucha gente. En verano, los niños pueden jugar en la pequeña playa, y se puede nadar, hacer kayak, pescar... Cuando yo era pequeña, mis padres solían traerme al lago a menudo. Papá nadaba conmigo mientras mamá miraba intranquila desde la arena, con pánico, aunque no era tan profundo. Yo también salía muchas veces con Holden y Will aquí, aunque ya no lo hacemos. Solíamos ir con las bicis alrededor del lago cuando teníamos doce años. Y por supuesto, todavía recuerdo el largo paseo que dimos Jaden y yo el verano pasado, justo antes de que todo cambiara, cuando el sol se ponía en el horizonte mientras caminábamos tomados de la mano, hablando sobre nada y sobre todo. Cada vez que vengo por aquí, pienso que Windsor tampoco está tan mal.

Es tarde y hace frío. Jaden se estaciona de cara a la orilla. A estas horas de la noche el lago es sólo una enorme alberca de aguas oscuras y lo único que se puede ver es el reflejo de la luna resplandeciente en la quieta superficie. Podemos imaginarnos lo que tenemos delante porque todos los que hemos crecido en Windsor lo tenemos grabado en nuestras mentes. Es agradable estar aquí sabiendo que enfrente hay mucho más de lo que se ve. El lago Windsor siempre ha sido, de alguna manera, tranquilo.

Jaden apaga el motor y pasamos a formar parte del silencio. Casi me da cosa respirar. Jaden se inclina hacia delante y apoya la barbilla sobre los brazos cruzados, tiene la mirada perdida en la oscuridad; sólo se ven las suaves ondulaciones del agua iluminada por la luz de la luna.

—Vengo mucho por aquí —me dice en voz baja. Su voz suave rompe y atraviesa el silencio—. Casi siempre por la noche, porque me gusta más cuando no hay gente. A veces me limito a estacionarme aquí, o voy a dar un paseo por el sendero.

—¿Para pensar?

—No —responde, y entonces respira hondo, retiene el aire durante unos instantes y lo suelta de nuevo. El agua oscura se refleja en sus ojos—. A veces pienso demasiado y siento que la cabeza me va a explotar, así que cuando me pasa esto, vengo aquí precisamente para no pensar. Sólo para centrarme en algo, para aclarar mi cabeza.

Desde que conozco a Jaden, lo que más me gusta de él ha sido siempre lo sincero y abierto que es conmigo. Eso, y su adorable marca de nacimiento. Siempre me he sentido cómoda con el hecho de que confía en mí lo suficiente para compartir cosas conmigo, y es reconfortante saber que todavía lo hace ahora, incluso después de todo lo que he hecho. Él, en cambio, no puede decir lo mismo de mí.

Le oculto muchas cosas, cosas que me impiden decirle que a veces también pienso demasiado, que a veces me pregunto si mamá volverá a reír como lo hacía, que a veces desearía tener las respuestas a un montón de preguntas, por ejemplo por qué nunca pude llegar a conocer a Grace.

—Sé exactamente a qué te refieres —susurro, y mi voz es casi inaudible. Me desabrocho el cinturón, cruzo las piernas en el asiento y acaricio la tela de los pantalones mientras me observo fijamente las manos. Trago saliva y levanto la mirada hacia él. Mi voz tiembla cuando le pregunto—: ¿Qué haces cuando los extrañas...?

Poco a poco, Jaden se reclina lejos del volante, poniendo la rodilla en el borde del asiento mientras me mira.

—Pienso en cuando papá sin querer me lanzó un balón de futbol a la cara en el patio trasero de casa —empieza, poniendo los ojos en blanco—, y en cuando mamá una vez nos intoxicó con la comida a todos.

Y eso me hace reír porque me siento afortunado de que ese par de locos fueran míos. —Sacude la cabeza mientras lo recuerda y sonríe para sus adentros. Se me rompe el corazón mientras lo escucho, incapaz de entender cómo puede estar sonriendo ahora mismo—. Pero la mayor parte del tiempo —prosigue con voz entrecortada—, intento pensar en todo lo que me enseñaron y todo lo que he aprendido desde entonces.

—¿Y qué es? —pregunto con ansia y con la voz rota. Escucharlo hablar sobre esto me resulta casi insoportable, pero necesito oírlo. Necesito entenderlo, y necesito que me ayude a entenderme a mí.

Jaden parece ver la tristeza en mis ojos porque se inclina hacia el centro del tablero y me toma la mano, entrelazando sus dedos con los míos de la misma manera en que lo hizo el domingo. Me la aprieta con suavidad y me dirige una sonrisa tranquilizadora y un guiño para hacerme entender que no pasa nada, antes de responder a mi pregunta.

—Ellos me enseñaron a ser una buena persona —dice—, y a creer en mí mismo, y a trabajar duro para llegar a donde yo quisiera, y a cuidar de Dani, y que no pasaba nada si nos equivocábamos, porque ellos siempre estaban allí para perdonarnos. —Con la mano libre, agarra el bolsillo de mi sudadera y me jala hacia él con suavidad. Sólo nos separan unos centímetros cuando nos encontramos en el centro del tablero, sus preciosos ojos azules rebosan una emoción que no puedo descifrar. Con delicadeza, acerca su mejilla a la mía, sus labios rozan mi oreja—. Pero lo más importante —susurra, y todo mi cuerpo tiembla por la ronca caricia de su voz— es que todo esto me ha enseñado a no perder el tiempo, porque quizá no quede tiempo. Me ha enseñado que si quiero hacer algo, tengo que hacerlo al momento. —Siento su aliento cálido contra la mejilla, y sus labios acarician mi piel mientras con suavidad pasea la boca por mi mandíbula—. Exactamente así —susurra, y entonces presiona sus labios contra los míos.

Ha pasado mucho tiempo desde la última vez que besé a Jaden, así que es como si fuera la primera; lo siento suave y tierno, lento y largo. Tengo los ojos cerrados, todo mi cuerpo vibra a su tacto hasta que poco a poco me voy relajando, perdiéndome en los movimientos de su boca contra la mía. Nuestras manos están todavía entrelazadas, y con la otra recorre el camino hasta mi nuca, sus dedos me moldean el pelo, despacio, y se inclina hacia atrás, separando los labios durante un instante. Nuestros párpados se abren al mismo tiempo, y está tan cerca que puedo ver el brillo de sus ojos; sus labios se abren justo antes que los míos.

Sonriendo, Jaden exhala mientras vuelve a cerrar los ojos, se inclina y captura de nuevo mi boca.

18

Sentada en el borde de mi cama, me inclino con cuidado para meterme en mis plateadas y brillantes zapatillas de tacón. Muevo los pies y los tobillos hasta que logro encajarlas de la manera más cómoda posible, y entonces me pongo de pie, tratando de mantener el equilibrio. Me encantan estas zapatillas, y mucho, pero cada vez que me las pongo, sé que voy a sufrir por las dolorosas ampollas que me van a provocar. Por eso hay un montón de curitas en el bolso plateado a juego que aguarda en mi tocador. Me acerco para tomarlo, lo abro y deslizo en él el teléfono, algo de dinero y desodorante corporal. Me he estado arreglando durante el último par de horas y disfruto del proceso, básicamente porque en Windsor casi nunca se da la ocasión para hacerlo. Me encanta tener la oportunidad de cambiar los pantalones por un vestido.

Justo cuando estoy cerrando el bolso, el timbre suena y mamá grita mi nombre desde algún lugar del piso de abajo. Will llega temprano. Ni siquiera son las siete y media todavía, así que no debería estar aquí por lo menos hasta dentro de quince minutos, pero no me agobio porque estoy casi lista para salir. Tendremos tiempo de sobra para las fotos, donde adoptaré la incómoda postura de siempre, agachándome para no salir más alta que él.

Agarro con cuidado los aretes de mi tocador y me pongo delante del espejo de cuerpo entero. Me quito los de aro, pero sólo por esta noche, sólo para la fiesta de inicio de año. Y entonces, dando un paso atrás, me detengo y me tomo un momento para recorrer mi reflejo en el espejo.

El pelo me cae sobre los hombros en ondas sueltas y holgadas, y me peiné el flequillo hacia un lado y echado para atrás. No lo hago muy a menudo, pero me encanta llevar el pelo ondulado, flexible y brillante. El vestido de gasa de color azul cobalto hasta las rodillas que llevo se me ajusta casi a la perfección, me estrecha la cintura y hace que mis piernas parezcan más largas. Es ligero y airoso, y parece flotar cada vez que me muevo. La parte de arriba está cubierta de lentejuelas plateadas y piedras brillantes (el escote es bajo y quizá enseña demasiado, pero me gusta). Llevo las uñas pintadas del mismo color y en los dedos una pequeña colección de anillos de plata. El maquillaje es más natural para variar un poco, así que las pecas que me salpican la nariz y las mejillas se notan más de lo habitual. Es la única cosa que me cambiaría si pudiera. Tengo los pómulos altos y marcados, ligeramente bronceados y definidos a la perfección para la ocasión, y me gusta el brillo de mis ojos, una profunda y cálida sombra de chocolate igual que la de mi madre. También tengo su dura y afilada mandíbula.

—¡Kenzie! —grita mamá de nuevo, aunque esta vez suena mucho más fuerte porque me llama desde el pie de la escalera.

Me doy una última mirada, y entonces tomo el primer bote de colonia del tocador que me viene a mano y me echo un par de pulverizaciones de la deliciosa y dulce fragancia. Recorro con los dedos las puntas del pelo mientras salgo de mi habitación, asegurándome de no tropezar con mis propios pies mientras bajo la escalera.

Mamá me está esperando abajo, con el pelo negro recogido hacia atrás y una ceja levantada. Para mi sorpresa, tiene en los brazos una caja enorme de flores preciosas, es tan grande que la obliga a tener la barbilla levantada para poder ver por encima de ella. Las flores, que están recién abiertas, son una colección de diferentes tonos de rosa que sobresalen de los límites de la caja, y ya se huele el aroma floral y fresco en el aire. El corazón me late más fuerte de lo habitual. Nunca me han regalado flores.

—Las dejaron en el porche —dice mamá mientras bajo por la escalera—, y dudo que sean para mí. —Una amplia sonrisa le ilumina la cara, y cuando llego a su lado, se inclina hacia las flores y me apresura para que lea la tarjetita que las acompaña. Entonces se echa hacia atrás, me mira, y dice—: Estás preciosa.

Sus ojos brillan de orgullo, pero por un momento detecto tristeza. Sé exactamente por qué. Esta es la última vez que verá a su hija salir hacia el baile de inicio de año, cuando, en un mundo perfecto, se suponía que lo iba a hacer cuatro veces más con Grace. Para mamá estos momentos son muy importantes, mucho más de lo que lo habrían sido en otras circunstancias.

Le dirijo una sonrisa y le digo:

—Gracias, mamá. —Bajo la mirada hacia las flores otra vez, inhalando su frescura. Mis mejillas se llenan de calor cuando tomo la pequeña nota con el pulgar y el índice y veo la diminuta letra.

Después de la otra noche, estoy totalmente convencida de que estas flores son de Jaden y tiemblo al recordar el beso que nos dimos. Mi piel todavía se estremece a su contacto y el estómago me revolotea expectante sólo de pensar en esta noche, porque podré volver a verlo.

Pero mi corazón parece desplomarse cuando leo lo que hay escrito en la tarjeta:

Siento lo del fin de semana pasado. Te esperaré, Kenz. Disfruta del baile.

D.

Darren. Mi sonrisa desaparece y cierro los ojos con fuerza. El gesto es bonito, y sé que las flores deben de haberle costado caras, especialmente para un estudiante pelado como Darren, pero aun así me siento decepcionada. Cuando vuelvo a abrir los ojos, mamá está delante de mí con el ceño fruncido, confundida por mi falta de emoción, así que niego con la cabeza mirándola y finalmente tomo las flores de sus manos.

—Darren —murmuro, y no necesita saber nada más. Pongo los ojos en blanco, llevo las flores a la cocina mientras mis tacones resuenan contra el suelo. Dejo caer las flores en la cocineta y doy un paso atrás para contemplarlas con los brazos cruzados sobre el pecho. Los adornos del vestido me rozan la piel.

Sé que Darren tiene buenas intenciones, pero hay una línea que no deja de traspasar. Sé que se preocupa por mí, y que está desesperado por que volvamos a estar juntos. Sigo intentando recordarme a mí misma que era un buen chico cuando salíamos, y realmente aprecio el esfuerzo, pero ahora mismo está convirtiéndose en algo sofocante. Sólo quiero que seamos amigos y nada más; ojalá lo entendiera.

El timbre de la puerta vuelve a sonar y retumba en la entrada, y esta vez tiene que ser Will. Giro sobre mis tacones y deshago el camino desde la cocina justo cuando mamá abre la puerta de par en par y aparece la enorme sonrisa de mi amigo. Está de pie en el porche, lleva su pelo rubio con el flequillo perfectamente recortado a la altura de los ojos, y está muy elegante con sus pantalones y zapatos de vestir, camisa blanca planchada a la perfección y, por supuesto, el moño azul.

—¡Estás genial, Will! —exclama mamá con una sonrisa radiante mientras le jala del brazo con suavidad para hacerlo pasar. Ya está buscando el celular, loca por tomarnos fotos igual que los tres años anteriores—. Muy guapo.

—Gracias —dice Will, inclinando la cabeza y enderezándose luego para ajustarse el moño con un gesto exagerado. Es un par de tonos más clara que mi vestido, pero se le acerca bastante. Me sonríe con complicidad—. Pero mírate —comenta—. ¡Tan guapa y lista a tiempo!

—¡Fotos! —ordena mamá, moviendo las manos en el aire para que posemos. Está sobria y contenta, algo que casi nunca pasa a la vez, así que dejo que tenga su momento de orgullo.

—Dios mío —bromea Will, fingiendo desesperación mientras me observa. Soy varios centímetros más alta que él, pero con tacones la diferencia es todavía más evidente. Me gusta bromear con esto, así que me pongo de puntillas y apoyo el codo en su hombro, inclinándome sobre él de manera informal mientras mamá toma algunas fotos.

Nos dirigimos hacia el jardín de la entrada para tomar las fotos oficiales, las que se pueden subir a Instagram. El pasto todavía está recién cortado del fin de semana, así que Will y yo nos colocamos en la hierba, justo delante de su Jeep, con el sol que se pone en la distancia proporcionándonos una luz cálida y dorada. Will se pone de puntillas sin que se note demasiado, y yo, todavía con más sutileza, me agacho un poco para no parecer un par de tontos uno al lado del otro. Mamá toma suficientes fotos para que duren toda una vida, y le envía algunas a papá, que está haciendo un trabajo fuera, y luego nos dice adiós con la mano desde el porche con lágrimas en los ojos.

—Bueno —dice Will mientras nos abrochamos los cinturones de seguridad—, es el último baile de inicio de año al que vamos. ¿Estás nerviosa?

—La verdad es que no, pero vuélvemelo a preguntar cuando el baile de graduación esté por llegar —digo. Se ve realmente guapo con el moño azul. El camino hasta el colegio es corto, y hay algo que me ronda por la cabeza y que estoy ansiosa por decirle antes del baile, así que en cuanto pone en marcha el motor, me aclaro la garganta y le pregunto:

—¿Qué le pasaba a Holden anoche?

La sonrisa de Will se desdibuja y se encoge de hombros.

—Después de que nos marcháramos me dijo que los Hunter lo hacen sentirse incómodo. Ah, y que cree que eres una hipócrita.

—¿Una hipócrita?

—Eso mismo —asiente Will, que mantiene la mirada en la carretera mientras sale de la rotonda del final de la calle—. Porque nos pediste que nos mantuviéramos alejados de ellos y ahora, de repente, estás con ellos a todas horas.

Holden tiene razón: les pedí a los dos que se mantuvieran alejados de los Hunter porque yo no podía mirarlos a la cara. Pero de eso hace mucho tiempo, antes de que me diera cuenta de que estaba equivocada, antes de que descubriera que estar a su lado no me aterraba tanto como había pensado. Con el ceño fruncido, murmuro:

—¿Es una broma? ¿Está molesto por eso? Tengo derecho a cambiar de opinión, y él debería estar contento porque ahora ya no tiene que evitarlos por mi culpa.

—Lo sé —dice Will—. Yo estoy contento de que vuelvas a salir con ellos. —Hace una pausa que dura un instante—. ¿Cuándo vas a contarnos qué pasa realmente con los Hunter? Y cuando digo Hunter me refiero básicamente a Jaden. —Me mira con una sonrisa burlona.

Yo bajo la mirada y acaricio la gasa de mi vestido. Sé que mis amigos no son ajenos a lo que pasa entre Jaden y yo, pero aun así todavía me incomoda admitirlo.

—Todavía no sé exactamente qué pasa entre nosotros —empiezo, jugueteando nerviosa con las manos—, pero creo que estamos volviendo al punto donde estábamos hace un año. —Incluso decirlo en voz alta me resulta un alivio. Nunca pensé que esto sucedería. Nunca creí que tendría otra oportunidad con Jaden. De repente me siento mareada y me muerdo el labio inferior en un intento de esconder la sonrisa que me ilumina la cara.

—Vaya, vaya —dice Will al cabo de unos segundos, dándome un golpe con el codo y sonriendo con ironía—. ¡Esto es «Jenzie: segunda parte»!

19

El baile de inicio de año del colegio de Windsor tiene lugar en una carpa gigante instalada en el patio, y el ambiente es electrizante. Los coches entran en el estacionamiento bajo la cálida luz de la puesta de sol, y los grupos de amigos se encuentran y posan para las fotos. Hace calor y el ambiente de emoción que llena el campus es especial. Es adorable ver a los alumnos de primero, las chicas que se tambalean en sus zapatillas de tacón, y los chicos que van con los ojos bien abiertos para no perderse nada. Los demás nos hacemos los desinteresados. Will y yo nos paseamos como si nada, platicando con alguno de nuestros compañeros de clase mientras esperamos a Holden y su cita. Trae a Olivia Vincent, de la banda de música, y aunque no la conozco mucho, sé que es una chica encantadora. Holden ha estado fijándose en ella durante un tiempo, y le tomó una semana entera armarse de valor para preguntarle si quería ser su pareja esta noche, pero los enamoramientos de Holden duran poco. En cuanto llegue el baile de graduación, estará enamorado de alguna otra.

Mientras esperamos, tengo un ojo puesto para avistar a Jaden. Sé que va a venir esta noche, y hay una parte de mí que desea que hubiéramos venido juntos. Ojalá hubiéramos podido asistir juntos el año pasado, y una pequeña parte de mí ya sueña en el baile de graduación al final de año. Sólo pensarlo me hace sonreír mientras miro por encima del hombro de Will, escudriñando el estacionamiento.

Al primero que veo es a Holden. Es imposible no hacerlo, dada su altura y su inquietante expresión. Va todo de negro, excepto la corbata blanca que cuelga con soltura de su cuello. Camina con las manos en los bolsillos porque cree que es demasiado *cool* para estar aquí, pero los dos, Will y yo, sabemos que de hecho Holden disfruta en secreto del baile de inicio de año cada año. A su lado, Olivia Vincent está ocupada metiendo las llaves del coche en su bolso mientras se tambalea cruzando el estacionamiento por culpa del vestido blanco exageradamente estrecho que lleva. Cuando levanta la mirada y se arregla el pelo por tercera vez, sonríe y nos saluda con la mano para hacernos saber que también nos vieron.

—¡El último baile de inicio de año! —anuncia Will otra vez cuando están cerca, dando un paso hacia delante y chocando el puño con Holden, que no parece muy emocionado por estar aquí y que ya hizo contacto visual conmigo.

Olivia, por otro lado, parece estar loca de contento. Intercambiamos una cálida sonrisa y le digo:

—Me encanta tu vestido.

—¡Gracias! —dice, y señalando el mío añade—: Y a mí me encanta el tuyo.

Le lanzo una mirada a Holden, que juguetea incómodo con los botones de la chamarra. Todavía estoy enojada con él por cómo se comportó anoche, y creo que él se siente mal por ello porque ahora parece arrepentido.

—Se te ve muy bien, Kenzie —murmura, levantando la mirada fugazmente. Me sonríe un poco antes de volver a toquetear los botones de su chamarra, pero acepto el cumplido.

—No tanto como tú —le contesto, y dejo las cosas así. Podría preguntarle sobre lo que pasó anoche, si no fuera porque es el baile de inicio de año.

—Vamos —dice Will, y por cómo se acomoda el pelo sé que está listo para hacer una entrada triunfal. Me toma por la muñeca y entrelaza nuestros brazos para guiarme a través del colegio hacia el patio, mientras Holden y Olivia nos siguen pisándonos los talones.

Acaban de dar las ocho y ya puedo oír la música que resuena por todo el campus. El ambiente está muy animado mientras los últimos que quedamos por entrar hacemos cola. Todavía no he localizado a Jaden, así que ya debe de estar dentro. Me ajusto el vestido una y otra vez mientras pienso exactamente qué le voy a decir cuando lo vea. Anoche, finalmente nos besamos. Sé que tengo que actuar con normalidad, pero estoy empezando a odiar el hecho de sentirme más tímida, nerviosa y sonrojada de lo habitual cuando estoy a su lado. Es como si no fuera yo.

Una vez que tenemos las entradas, Will me conduce hacia dentro, hasta la pista de baile. La carpa es lo suficientemente larga para que quepamos todos los estudiantes, hay enormes mesas redondas a lo largo de las paredes, muchas de las cuales ya están ocupadas, y la cabina del DJ está situada por encima de la pista. Las luces principales están atenuadas, y las estroboscópicas iluminan con frenesí desde la cabina del DJ. Escruto por entero la carpa buscando a Jaden, sólo para llevarme una decepción porque no consigo encontrarlo. Deseo con todas mis fuerzas que no se haya echado para atrás, pero tampoco he visto a su pareja, Eleanor Boosey, así que quizá sólo es que llegan tarde.

—¡Me encanta esta canción! —grita Will, y antes de tener ocasión de empaparme del ambiente, pedir una bebida o sentarme, me toma de la mano y me arrastra hacia el centro de la pista de baile. Hay poca gente bailando, sobre todo porque los demás acaban de llegar y se sienten demasiado incómodos para empezar a mover el esqueleto tan pronto. Pero Will no. No soy ni de lejos la mejor bailarina, pero Will es realmente muy especial. Es de la clase de bailarines que le pone tanto entusiasmo que hace que te olvides de tus propias inhibiciones y te dejes llevar, así que he aprendido a dejar de preocuparme por como me veo y me limito a disfrutar la ocasión. Miro por encima del hombro para ver si Holden y Olivia nos siguieron, pero no lo hicieron. Desaparecieron hacia la barra para ir a buscar bebidas, probablemente porque Holden es todavía peor que yo bailando.

Will me toma de la mano y me hace dar un par de vueltas, con lo que mi vestido levanta el vuelo. Me río cuando chocamos y Will me agarra fuerte contra su pecho para que no me caiga. En ese mismo instante veo a Jaden.

Él y Eleanor acaban de llegar. Se detienen un momento para mirar a su alrededor; creo que Ellie debe de estar buscando a sus amigos. Aun así, mi atención no es para ella, sino para el chico que está a su lado. Jaden está guapísimo con sus pantalones negros, camisa blanca y corbata negra. Es un cambio respecto a sus habituales *jeans* negros o la camiseta de futbol; lleva el pelo perfecto, fijado hacia atrás con un tupé algo despeinado, como sacado de una película. Tiene una mano en el bolsillo y sus ojos azules se mueven con detenimiento por la carpa hasta que al final aterrizan sobre mí. La leve sonrisa de Jaden se extiende por su cara y juraría que se sonrojó, o quizá sea cosa mía. Le sonrío, mordiéndome el labio inferior con ansia. Todavía puedo sentir su tacto de anoche. Intercambiamos una sonrisa que parece durar eternamente hasta que por fin levanto la mano para saludarlo. Él también lo hace, aunque con más discreción, justo antes de que Ellie busque su muñeca y tire de él hacia una de las mesas ocupada por su grupo de amigos.

—¡Parecer un pez muerto no forma parte de ningún baile, Kenzie! —me grita Will al oído, agarrándome de los brazos y obligándome a bailar. Empiezo a moverme otra vez, sintiéndome ahora bastante más consciente de mis cualidades como bailarina. A cada rato levanto la cabeza en dirección a Jaden. Observo las miradas entre él y Ellie, que está sentada a su lado, e intento imaginar de qué hablan. Busco cualquier signo de flirteo, pero no veo nada de lo que haya que preocuparse. Aun así, no puedo evitar desear que estuviera conmigo en lugar de con ella.

Will y yo seguimos bailando durante un buen rato. La música está realmente muy bien, es una mezcla de música *chart* actual y canciones de pop icónico de nuestra infancia. Poco a poco la gente se nos va uniendo, incluidas Jess y Kailee, y no mucho más tarde ya somos un grupo saltando en la pista. No bailo con Holden, no sólo porque creo que sería incómodo, sino porque cuando por fin se decide a venir a la pista de baile se queda en el extremo, platicando con algunos de los chicos del equipo de futbol. Will no muestra signos de rendirse, pero empieza a hacer mucho calor y creo que mi maquillaje ya debe de estar deshecho a estas alturas. Empiezo a notar las ampollas de los pies y la sequedad en la garganta.

—Necesito un descanso —le digo a Will casi sin aliento. Me he estado riendo y cantando durante la mayor parte de las dos horas, y si sigo así me va a dar algo. No sé de dónde saca Will tanta energía.

—Bueno —asiente resoplando—. Principiante. —Entrelaza su brazo con el mío y me guía desde la densa multitud hasta una mesa vacía. Agarro una silla y me siento mirando hacia la pista para poder ver a Jaden, y Holden y Olivia rápidamente echan a andar para sentarse con nosotros. Holden se desliza en la silla dejando una distancia de seguridad entre nosotros.

—Voy a buscar algunas bebidas —se ofrece Will, se ajusta el moño y se aleja.

—Te acompaño —dice Olivia, y pienso que ojalá no lo hubiera hecho, porque en cuanto se va, con la mano encima del hombro de Will, me quedo sola con Holden en la enorme mesa. Los dos estamos callados mientras miramos cualquier cosa menos a nosotros. No quiero ser la primera en hablar porque sé que no fui yo quien se equivocó anoche, así que saco mi maquillaje del bolso y empiezo a empolvarme la cara y a ponerme labial.

Holden al fin me mira, sus ojos oscuros reflejan los destellos de las luces estroboscópicas, y entonces sacude la cabeza en un gesto de resignación. Aparta la silla y se desplaza hasta quedar sentado a mi lado. Se afloja más la corbata a pesar que ya la lleva bastante holgada. Tiene que inclinarse hacia mí para que pueda oírlo con claridad por encima de la música cuando me dice:

—Lamento lo de anoche. —Está a sólo unos pocos centímetros de mí, así que puedo sentir cómo se traga su orgullo al admitir—: Me comporté como un idiota, y no tenía intención de que Jaden y Dani se sintieran mal.

—Pues sí —coincido con él mientras guardo el maquillaje en el bolso—, te comportaste como un idiota. —Sé que a Holden le cuesta reconocerlo cuando se equivoca, así que aprecio su disculpa, pero quiero algo más. Quiero una explicación—. Crees que soy una hipócrita, ¿verdad?

Holden se aparta de mí y se lleva la mano a la mandíbula. Se va a enojar con Will por haberme contado lo que le dijo, pero no me importa.

—Tú nos pediste que...

—Hace un año, Holden —lo corto con firmeza, clavándole la mirada. Ojalá lo hubiera dejado estar—. Se lo pedí hace un año, y sabes perfectamente por qué lo hice. Sabes por qué no podía estar cerca de ellos, y no les podré agradecer nunca lo suficiente a ti y a Will haber estado a mi lado, pero ya no tienes por qué seguir evitándolos. —Cruzo los brazos sobre el pecho y me inclino hacia delante, forzando a Holden a mirarme—. Así que... ¿por qué eres tan grosero cuando ellos están alrededor?

—Porque... —empieza, tiene los ojos oscuros entrecerrados y el ceño fruncido—... no sé cómo actuar delante de ellos.

—Sólo... sólo actúa con normalidad, Holden —digo en voz baja, y suelto un suspiro mientras vuelvo a apoyarme en el respaldo de la silla. Es fácil decirlo, pero resulta mucho más difícil hacerlo. Lo sé por experiencia—. Si yo puedo estar cerca de ellos sin ponerme nerviosa, estoy convencida de que tú también puedes hacerlo.

Holden apoya los codos en la mesa y se pasa la mano por el pelo con frustración deshaciéndose el peinado. Tiene la mirada perdida en la pista de baile, viendo cómo todos se esfuerzan en mostrar sus mejores habilidades.

—No puedo —dice finalmente.

Es entonces cuando localizo a Jaden. Está justo en la esquina de la pista de baile, al lado de la cabina del DJ, moviéndose adelante y atrás, incómodo, siguiendo con la cabeza el ritmo de la música, mientras Ellie baila a su alrededor. Es muy buena bailando y hace que Jaden sienta vergüenza. Tiene una bebida en la mano y da un sorbo cada dos por tres.

—Pues vas a tener que poder —murmuro apartando la mirada—, porque los verás mucho más a menudo.

—¿Cómo? —Los ojos de Holden se encuentran con los míos mientras se incorpora, mirándome con pánico—. ¿Por qué, Kenzie? —me suplica.

—He extrañado salir con ellos y estoy intentando recuperar el tiempo perdido —le digo. Creo que es mejor poner la directa que darle vueltas al tema. No quería hacer esto aquí, pero no tuve elección, así que lo hago. Ya se lo dije a Will, y ya es hora de decirle la verdad también a Holden—. Y lo creas o no, me gusta Jaden otra vez, a pesar de todo lo que ha pasado.

La cara de Holden se contorsiona con una gama entera de emociones.

—¿Qué carajos dices, Kenzie?

Vuelvo a mirarlo, sorprendida otra vez por su actitud, preguntándome si me he perdido algo. A Holden no le importó cuando salía con Jaden hace un año.

—¿Qué pasa, Holden? —pregunto, inclinándome hacia él.

—Nada, Kenzie —responde él mientras mueve la cabeza con incredulidad. Todavía tiene los ojos como platos, traga saliva con dificultad y su mirada se pierde en la multitud de la pista de baile. Está ausente, como si no estuviera aquí. No sé si piensa que soy una caprichosa, o si está molesto por algún extraño sentido de protección.

Como si lo hubiera planeado el diablo, Jaden emerge de entre la gente desde la pista de baile y se detiene delante de nuestra mesa, ajeno a lo poco oportuno de su presencia. Me dirige su sonrisa ladeada y a continuación desliza la mirada hacia Holden, que está sentado junto a mí.

—Ey, amigo —lo saluda Jaden, inclinándose hacia delante y apoyando la mano sobre la mesa—. Lo de ayer fue desagradable, ¿no? ¿Qué tal si lo olvidamos? —Se inclina sobre la mesa y le ofrece la mano a Holden.

Este levanta la barbilla, su expresión es neutra, y no le da la mano a Jaden.

—¿Por qué tardan tanto para ir a buscar unas bebidas? —murmura entre dientes, y se levanta de golpe para salir disparado hacia la pista de baile, abriéndose paso entre la masa de cuerpos básicamente a codazos.

—Ignóralo —le digo a Jaden, quien parece sorprendido por el extraño comportamiento de Holden. A estas alturas, debería estar acostumbrado—. Vuelve a comportarse como un imbécil, aunque creo que no es consciente.

—Eso parece —asiente Jaden sonriendo y enderezándose de nuevo. Camina alrededor de la mesa, toma la silla que está a mi lado y se sienta apoyando el brazo en el borde de la mesa. Su sonrisa es adictiva y contagiosa, y su mirada, que recorre mi cuerpo entero de arriba abajo, hace que me ruborice. Sus brillantes ojos azules se aposentan en mi boca y traga saliva con dificultad. Sé en qué está pensando porque es lo mismo en lo que pienso yo: en la otra noche. No me importaría repetir. De hecho, me muero por hacerlo.

Se inclina para acercarse más, y por una centésima de segundo creo que está a punto de besarme, pero en lugar de eso me pone la mano en la rodilla. Su tacto es suave, y levanta la mirada a través de sus oscuras pestañas.

—Cada vez que te veo —susurra—, lo único que me viene a la cabeza es..., bueno....

Rompo el contacto visual con él porque soy incapaz de mirarlo sin que se me enciendan las mejillas. Nerviosa, recorro con los dedos la tela del vestido y miro la mano de Jaden apoyada sobre mi rodilla. Busco el bolso con una sonrisa y señalo con la cabeza hacia la pista de baile.

—¿Bailas conmigo?

El contacto de Jaden desaparece de mi rodilla cuando me toma de la mano. Entrelaza los dedos con los míos con firmeza y entonces se levanta y me jala suavemente hacia él. Aunque me duelen los pies, estoy dispuesta a bailar siempre que sea con Jaden, y tomados de la mano, delante del colegio entero, nos encaminamos hacia el centro mismo de la pista de baile.

20

Jess y Kailee me dirigen miradas curiosas y divertidas. Están bailando no muy lejos de nosotros con Tanner y Anthony, aunque su atención se centra más en Jaden y en mí que en sus novios. Están locas por saber qué pasa y, por los guiños burlones que me dirigen, apuesto a que ya se hicieron una idea por sí solas, de modo que no les hago ni caso y me limito a mirar al chico que tengo delante. Nunca, ni en un millón de años, me esperaba estar bailando con Jaden Hunter en el baile de inicio de año.

La verdad es que no estamos bailando exactamente. Lo que hacemos es movernos y dar vueltas uno delante del otro, cantamos al ritmo de la música y nos reímos a la vez, igual que hacen todos los demás. Con los brazos levantados, estamos apretados como sardinas enlatadas, rozándonos los unos con los otros, pero resulta divertido.

Con la música a todo volumen y la carpa vibrando por el sonido, tengo que acercarme a Jaden y apoyarme en él para que me oiga al hablarle, pero no me importa, porque me sirve de excusa para tocarlo cuando le pego la boca en la oreja.

—¿Te acuerdas que se suponía que iríamos al baile de inicio de año juntos el año pasado?

Él pone la mano en mi hombro y se acerca para responderme.

—Sí —dice, su aliento es cálido contra mi mejilla—. Habría sido divertido. —De nuevo, los dos nos alternamos entre hablar y escuchar, tocándonos el uno al otro y acercándonos—. Pero estamos aquí ahora, ¿verdad?

—Cierto.

La canción que suena ahora está llegando a su fin, pero el ritmo inicial de *Closer*, de The Chainsmokers, resuena por toda la carpa y es una explosión de alegría. La canción ha encabezado las listas de éxitos durante semanas, especialmente aquí en Colorado por esa maldita referencia a Boulder, y todos y cada uno de los que estamos en la pista de baile coreamos la letra, y el ambiente enloquece más todavía. La locura llega a su apogeo cuando se acerca el final de la canción, y Jaden y yo no somos una excepción. Estoy cantando tan alto como puedo mientras me muevo más y más cerca de él hasta que nuestros cuerpos se tocan otra vez.

Levanto la mano y la pongo en su nuca; puedo sentir la suavidad de su pelo bajo las yemas de mis dedos. No se me conoce por ser tímida, pero de repente siento más confianza de lo normal mientras suena el estribillo y muevo los labios justo debajo de su oreja, y me atrevo a murmurar: «Así que, cariño, abrázame en el asiento de atrás de tu Corolla».

Inmediatamente, da un paso para separarse de mí y verme la cara; está sorprendido por cómo he personalizado la letra de la canción, porque me observa con curiosidad mientras intenta adivinar si estoy bromeando o si lo digo en serio. Es una mezcla de las dos cosas, en realidad, y siento la irrupción de la emoción por todo mi cuerpo mientras espero su reacción.

Finalmente, sus labios se ondulan en una sonrisa traviesa.

—¿Es eso una proposición, MacKenzie Rivers?
—Quizá.

Todos a nuestro alrededor siguen bailando, todavía cantando, todavía riendo, pero nosotros ya no estamos interesados en el baile. Llegados a este punto, la única cosa que me interesa es Jaden y la calidez de su piel cuando sutilmente desliza su mano sobre la mía y la aprieta. Lo sigo con mi mano libre aferrada a su bíceps a través de la multitud hacia la salida. Tiemblo sólo de pensar en lo que está por venir. Quiero besarlo otra vez. Lo deseo con locura, con desesperación, y ahora mismo.

Salimos del calor de la carpa al aire frío de la noche. Está oscuro y son casi las once. Ya hay algunos grupos fuera, la mayoría han salido para tomar el aire, pero por lo demás, parece que Jaden y yo somos los únicos que nos escabullimos tan temprano. Avanzamos por el patio, pero cuando pasamos al lado de un grupo formado por algunos chicos del equipo de futbol, que están apoyados en la pared del edificio platicando entre ellos, Jaden se detiene de golpe y yo choco contra su espalda.

Se da la vuelta para mirarme, todavía estamos con las manos entrelazadas, y siento su dedo pulgar acariciarme la piel en círculos suaves mientras su mirada seductora captura la mía.

—Ya que no tenemos una foto oficial del baile —dice—, tomémonos una ahora. Es nuestra última oportunidad. —Me suelta la mano y se la mete en el bolsillo del pantalón para agarrar el celular. Enciende la cámara, mira a los que están de pie y entonces llama a uno de sus compañeros de equipo—. ¿Puedes tomarnos una foto a Kenz y a mí? —Caleb, que se sienta delante de mí en clase de español y a veces me copia, asiente. Toma el teléfono de Jaden, lo levanta y nos sonríe.

Jaden y yo nos acercamos uno al otro e inclino mi cuerpo hacia él, paso una mano por su espalda, le pongo la otra en el pecho, y ladeo la cabeza. Su mano se apoya suavemente en mi cintura, y cuando lo miro de reojo, ya tiene esa preciosa sonrisa dibujada en los labios. Miro a Caleb y ni siquiera tengo que esforzarme en sonreír porque llevo sonriendo todo el tiempo. Incluso tengo que hacerla más sutil para parecer más elegante que tonta.

—Gracias —dice Jaden dando un paso hacia delante para recuperar su teléfono. Ni siquiera comprueba que la foto haya salido bien; simplemente se mete el celular en el bolsillo, se da la vuelta y me toma de la mano. Tiene la piel fría a causa de la brisa, pero con las manos entrelazadas otra vez, el calorcito vuelve a recorrer rápidamente nuestros cuerpos.

—Jaden —lo llama Caleb; nos detenemos después de haber dado unos pocos pasos y nos volvemos para mirarlo. Caleb se mete las manos en los bolsillos delanteros del pantalón y se encoge de hombros. Se le forma una sonrisa algo incómoda en los labios cuando dice:

»Qué bueno que ahora no te perdiste el baile de inicio de año. Ayer jugaste genial.

Miro a Jaden para comprobar su reacción, y puedo ver por la ternura de su sonrisa que agradece el comentario, a pesar del tono inseguro y cauteloso de Caleb, y se limita a decir:

—Gracias, amigo.

Finalmente seguimos, ahora ya saliendo del patio, y nos adentramos en el estacionamiento sin más interrupciones. Está lleno de coches, pero no hay estudiantes. Todavía quedan veinte minutos de baile y podemos oír la música y el canto colectivo desde aquí. Todo ello va desapareciendo a medida que nos acercamos al Corolla de Jaden, que está estacionado junto al campo de futbol, hasta que no es más que un zumbido distante. Lo único que se oye a todo volumen en el silencio del estacionamiento son los latidos de mi corazón.

Trago el nudo que tengo en la garganta cuando nos detenemos delante del coche. Jaden apoya su espalda en la puerta del conductor y yo me quedo a unos centímetros frente a él, de modo que estamos cara a cara, todavía tomados de la mano.

—Así que... —Carraspea; tiene la voz un poco ronca después de haber estado gritando durante mucho rato en la pista de baile. A mí también me duele la garganta, y espero de verdad que me salga la voz desgarrada lo más atractiva posible—. Kenzie.

—¿Sí?

—Nada —dice. Mira hacia abajo un instante. Separa los dedos y luego los vuelve a juntar—. Es sólo que me gusta decir tu nombre —murmura, moviendo nuestras manos entrelazadas adelante y atrás—. Mac-Kenzie... Kenzie... Kenz...

—Sabes que puedes llamarme sólo Kenz —le digo. Reservo el apodo para los más allegados, a los que más aprecio, y me encanta cómo suena en los labios de Jaden más que en los de nadie.

—Kenz —repite con firmeza. Sus ojos se disparan para encontrarse con los míos y exhala una bocanada de vaho en el frío aire de la noche—. ¿Puedo decirte algo?

No hace tanto frío como anoche, pero un escalofrío me recorre la espina dorsal. Mi pecho siente el peso de los nervios mientras un millón de posibilidades se me pasan por la cabeza. Jaden me pone muy, muy nerviosa, y todavía no tengo claro si esto me encanta o lo detesto. Empiezo a pensar que es algo bueno, porque eso significa que está haciéndome sentir algo que nadie me ha hecho sentir nunca. No puedo hablar, así que me limito a asentir, mis ojos no consiguen apartarse de los suyos.

Se incorpora y deja de apoyarse en el coche. Se queda delante de mí durante una eternidad. Sus ojos me recorren mientras yo sigo helada bajo su mirada. Levanta su mano libre y la pone en mi mandíbula.

—Realmente me encantan —susurra, acariciando delicadamente con el pulgar las pecas de mi mejilla izquierda. El azul de sus ojos parece más claro, casi gris, en la oscuridad de la noche. Se encuentran con los míos y las comisuras de sus labios se curvan en la más adorable y sincera sonrisa—. O como dirías tú: «Son adorables».

Presiono la mejilla contra la suave palma de su mano y suelto una pequeña carcajada, cierro los ojos y pongo mi mano sobre la suya, la estrecho y disfruto de la sensación que su contacto me proporciona.

—Tu marca de nacimiento es adorable —bromeo mientras abro los ojos y pestañeo.

Pasa el pulgar por encima de mi mejilla otra vez, por las pecas que tanto odio.

—Como vuelvas a decir eso otra vez, te juro que...

—¿Me juras que qué? —lo desafío, apartando su mano de mi cara de manera juguetona. Me muerdo el labio, atrayendo la mirada de Jaden, y entonces abro ligeramente la boca y levanto una ceja, esperando.

—Te juro que entonces haré esto —susurra.

Se suelta y rápidamente busca mi cara, me pone la mano debajo de la barbilla. Su boca se pega a la mía al mismo tiempo que se pegan nuestros cuerpos, me toma por la cintura y me jala hacia él hasta que caemos sobre el coche con un golpe seco. Mis dedos encuentran el camino bajo su pelo, y el beso se convierte en algo más áspero comparado con el de anoche. Más rápido, más profundo, más largo. La mayor parte del tiempo soy yo quien sigue su iniciativa, aunque en algunos momentos también tomo yo el control, y vamos alternando adelante y atrás, mostrándonos el uno al otro lo que podemos ofrecernos. Mis dedos están enredados en su pelo enmarañado, su mano me sujeta la barbilla y me abraza con fuerza. No me canso de él, y ojalá pudiera besarlo durante toda la noche, pero tengo que parar para tomar aire. Cuando me separo, le muerdo con suavidad los labios. Jaden suelta un largo suspiro mientras deja caer la mano que me sujetaba la barbilla y se la pasa por su pelo ondulado. Ha perdido toda la forma, pero no creo que le importe porque me mira con admiración o incredulidad. No estoy segura de cuál de las dos cosas, pero sé que estoy respirando con fuerza mientras me acomodo mechones sueltos del cabello detrás de la oreja. Oigo el eco de voces distantes, y cuando lanzo una mirada por encima del hombro, descubro un grupo de los de primero caminando por el estacionamiento un poco más abajo. Miro a Jaden y señalo con la cabeza el Corolla a su espalda.

—Abre el coche, Jaden —le susurro.

Las cejas se le disparan hacia arriba cuando se da cuenta de que todavía no he terminado con él, y rápidamente palpa los bolsillos de sus pantalones para encontrar las llaves. Abre la puerta del acompañante para que pueda entrar, pero niego con la cabeza mientras le dedico una risita. Rozo mi cuerpo contra el suyo a propósito mientras le señalo la puerta trasera; la abro y con cuidado me deslizo sobre el asiento. Me desplazo hasta el otro lado, me quito los zapatos y me inclino hacia delante para mirar a Jaden a los ojos.

—Ven aquí —susurro, haciéndole señas para que entre.

Me encanta la manera en que el rubor le tiñe las pálidas mejillas mientras mira a su alrededor, escudriñando el estacionamiento para comprobar si alguien lo ve antes de sentarse en el asiento trasero, a mi lado, y cerrar la puerta tras él. La música procedente de la carpa enmudece y nos quedamos en completo silencio, sólo Jaden y yo.

—Debo puntualizar que este es el coche de mis abuelos —murmura nervioso, mirándome a mí y a la cabecera que tiene delante mientras se sujeta a él con las dos manos—, así que esto puede sonar raro, pero no quiero ser irrespetuoso.

Se me escapa una risa mientras Jaden se me queda mirando, confundido. Es realmente un chico dulce y encantador y no puedo creer que casi lo pierdo hace un año. Me siento muy feliz de estar con él aquí ahora.

—No vamos a hacer nada irrespetuoso, Jaden —logro decirle entre risas.

Inmediatamente, se da cuenta de su metedura de pata y también empieza a reír, avergonzado. Se incorpora para sacarse el moño y se desabrocha los botones de arriba de la camisa, luego se voltea hacia mí.

—¿Nunca? —bromea.

—No aquí —lo corrijo, jugueteando con él. Me inclino hacia delante y presiono mis labios contra los suyos, luego vuelvo a sentarme y lo miro—. ¿Puedo ser sincera contigo? —le pregunto, adoptando un tono más serio y no tan juguetón. Tengo que decirle algo. No me gusta tener secretos a no ser que sea absolutamente imprescindible, y si quiero decir algo, lo digo. Me gusta pensar que prefiero ser directa y sincera, y hasta ahora con Jaden he sido de todo menos sincera. Todavía no le he dicho toda la verdad de por qué lo he evitado durante tanto tiempo, pero ahora que empezamos de nuevo, quiero abrirme completamente con él y ser sincera, porque como dijo él anoche, no sabemos cuándo se va a terminar nuestro tiempo.

Con un gesto teatral, Jaden finge que está de acuerdo, y se sienta muy derecho y asiente.

—Sí, sé directa. Si soy muy malo besando, dímelo. Estaré encantado de que me enseñes.

Pongo los ojos en blanco y pego un bufido, dejando que pase el tiempo suficiente para que se dé cuenta de que no bromeo, sino que estoy tratando de ser sincera. Cuando por fin desaparece la sonrisa de su cara le digo:

—Me gustabas de verdad el año pasado. —Aunque estoy bastante segura de que esto ya lo sabía. Pasamos mucho tiempo juntos por aquel entonces. Sabíamos que nos gustábamos el uno al otro. Todo el mundo lo sabía; todo el mundo lo podía ver. Pero ha pasado más de un año, así que siento que necesitamos aclarar algunas cosas, y por eso mientras repaso las líneas de su palma con la yema de mi dedo índice le digo—: Y me gustas de verdad ahora.

Jaden envuelve mi mano con la suya y se me acerca. Su sonrisa es sutil cuando nuestros ojos coinciden. Los suyos están ardiendo, su azul es eléctrico, son preciosos, arrebatadores y cautivadores. Se inclina hacia delante y acerca los labios a la comisura de mi boca.

—Bueno, Kenz, ¿no es casualidad que a mí también me gustes mucho? —susurra, y antes de que pueda acortar la distancia entre nosotros, le tomo el rostro entre mis manos y presiono los labios contra los suyos.

21

Estoy en el porche de Holden, nerviosa y haciéndome rizos en el pelo con el dedo índice mientras espero que alguien me abra la puerta. Es jueves por la noche y acabo de salir del trabajo. Son las diez y sé que Will quedó de verse aquí con él, así que vine directamente nada más terminar mi turno. Holden no me ha dirigido la palabra desde el baile del sábado, todo por nuestro desencuentro sobre los Hunter, y Will está en medio, yendo del uno al otro de puntillas y tratando de ser neutral. Aunque es culpa de Holden por haber exagerado sin razón, no puedo soportar no hablar con él. Estar cerca de los Hunter otra vez no me supone un problema, pero él está creando uno entre nosotros.

—¡Kenzie! —grita con alegría Mel, la madre de Holden, al abrir la puerta principal. Aunque es tarde, no parece que le importe que me haya presentado en su casa sin avisar—. Están arriba —me dice, dando un paso atrás para dejarme pasar—. ¡Sube!

—Gracias. —Me quito los zapatos rápidamente en la entrada y subo la escalera. Estoy decidida a aclarar las cosas y no me iré hasta que lo haya hecho. Me resultará imposible seguir saliendo con Jaden y Dani si Holden se va a poner de mal humor cada vez que lo hago.

Oigo maldiciones, de él y de Will, procedentes de la habitación de Holden. Me quedo fuera un minuto, respirando profundamente y preparándome por si Holden decide discutir conmigo sobre el tema, y entonces decido entrar. No hay mucho espacio en su cuarto, y veo un montón de basura y ropa sucia esparcida por el suelo. Él y Will están pegados a la pequeña pantalla de la televisión con los controles del Play Station 4 en las manos de espaldas a la puerta. Will ocupa la silla del escritorio mientras que Holden se sienta en el borde de su cama. Ninguno de los dos parece haberme oído entrar.

—Así que es así como pasan el rato cuando yo no estoy —digo en voz alta provocando que los dos den un salto.

Hoiden frunce el ceño cuando detiene el juego y tira el control al suelo, frustrado por la interrupción.

—Kenzie —dice poniéndose de pie—, ¿qué haces aquí? ¿No estabas trabajando?

—Acabo de salir —le digo, entrando en la habitación. Intercambio miradas con Will, pero él mantiene la boca cerrada y se recuesta aún más en su silla. Es muy típico de él no involucrarse, incluso cuando sé que está de mi parte—. Así que pensé en aparecerme por aquí y ver si puedo hacer algo para ayudarles a aprender a ser simpáticos con Jaden y Dani. —Le sostengo la mirada a Holden, desafiándolo, y ladeo la cabeza.

Holden suelta un suspiro largo y cierra los ojos a la vez que se masajea las sienes.

—Otra vez con lo mismo, no —murmura. Sabe que estoy aquí para enfrentarme a él y la desesperación se lee en su cara, pero lo único que quiero es que deje de comportarse de manera extraña la próxima vez que estemos con los Hunter.

—Sí, Holden, otra vez con lo mismo —replico, cruzando los brazos sobre el pecho. No levanto la voz pero mantengo un tono firme. Definitivamente no me voy a echar para atrás—. ¿Qué problema tienes con los Hunter? Sé que puede resultar difícil saber qué decir cuando estás cerca de ellos, pero tampoco es para tanto.

Holden gruñe entre dientes.

—¿No puedes dejarlo pasar?

—¿Dejarlo pasar? —repito, parpadeando delante de él, atónita—. Will —suelto, lanzándole una mirada fulminante—. ¿Quién se está equivocando aquí?

Will se balancea de una forma extraña en la silla del escritorio, claramente incómodo porque lo estoy presionando. Lo piensa durante un instante mientras Holden y yo lo miramos expectantes. Por fin, Will se encoge de hombros y se incorpora en la silla.

—Estás llevando esto demasiado lejos, Holden —dice en voz baja—. Así que ¿qué tal si hablamos con los Hunter? No veo dónde está el problema.

—Está bien, está bien —reconoce Holden. Niega con la cabeza y luego suspira y retrocede hasta la esquina de su cama mirando al suelo, derrotado. Sus fosas nasales todavía están dilatadas por la ira—. Es incómodo, pero, maldición, tendré que soportarlo.

—¿Tan difícil era? —pregunto con una pequeña sonrisa, pero Holden me ignora totalmente. Sé que se siente incómodo con Jaden y Dani, pero se relajará en cuanto más tiempo pasemos con ellos, estoy segura. Está enojado con Will y conmigo por aliarnos contra él, así que me siento en la cama a su lado y rodeo su cuerpo fibroso con los brazos de manera juguetona. Hundo mi cara en su pecho y lo abrazo. Aunque no me lo devuelve, tampoco me aparta. Pronto lo entenderá, pero por ahora me conformaré con lo que hay.

—Ya que vuelven a ser amigos —dice Will, que sigue sentado hacia delante en la silla y jugueteando con el control—, vendrán los dos a la fiesta que organizaré el mes que viene, ¿verdad?

—¿Vas a organizar otra fiesta? —pregunto. Sigo abrazada a Holden y me niego a soltarlo—. ¿No rompió alguien un espejo el año pasado?

—Sí —recuerda Will, poniendo los ojos en blanco—. Pero era uno barato, y de todas maneras mamá lo odiaba. Mi padre está fuera el día 15, así que ella me dijo que puedo organizar otra fiesta si quiero. —Se detiene sólo para dirigirnos una mirada maliciosa—. Y tengo muy claro que lo quiero —declara—. Inviten a quien quieran.

—Podremos beber, ¿no? —murmura Holden. Todavía está molesto, aunque sé por las miradas que le dirige a Will que pensar en la fiesta despertó su interés. Sólo que no quiere demostrarlo.

—Pues claro —asiente Will con una carcajada—. Mientras no vomites en el jardín ni nada de eso. Y ahora, ¿podemos seguir jugando? —Mueve el control de la tele y le dirige una mirada a Holden para que quite la pausa—. El máximo son dos jugadores, lo siento, Kenzie. Pero puedes mirar.

—No pasa nada —digo, y finalmente suelto a Holden y me levanto. En un intento final para destensar el ambiente, le doy un apretón cariñoso en el hombro—. No me quedo, tengo tarea.

—¡Qué horror! —dice Will—. Nos vemos en el colegio.

Cuando me dirijo a la puerta, Holden recoge su control del suelo y quita la pausa del juego. No se inmuta por el hecho de que me vaya, pero no me preocupo demasiado por ello, porque por lo menos Will me dice adiós fugazmente levantando la mano por encima del hombro antes de volver a enfrascarse en el juego.

Mi casa está a sólo cinco minutos en coche desde casa de Holden, así que llego hasta la tranquila rotonda del final de mi calle en un suspiro, aunque me parece raro que la casa esté totalmente a oscuras. No hay ninguna luz encendida, ni siquiera la del porche, lo cual es inusual, porque está siempre encendida para cuando vuelvo tarde del trabajo. Subo el coche por el camino de entrada a la casa y paro el motor, perpleja. Que yo sepa, mamá no tenía previsto ir a ninguna parte esta noche. Puede que a papá lo hayan llamado para una avería de emergencia, pero no hay ninguna razón por la cual ella no esté en casa.

Bajo del coche y corro hacia la puerta, rebuscando las llaves de casa en el bolso. Algo me dice que debo preocuparme. Meto la llave en la cerradura, pero por alguna razón no consigo que abra. Agarro la perilla de la puerta y la muevo para intentarlo de nuevo. Lucho por conseguirlo durante unos segundos hasta que me doy cuenta de que la razón por la que las llaves no giran dentro de la cerradura es que la puerta ya está abierta. Así que hay alguien en casa.

Contengo la respiración y poco a poco abro la puerta y miro a través del umbral hacia la oscuridad de la casa. Tardo un minuto en adaptarme a la escasa luz mientras entro en silencio. La casa parece extraña por el frío que reina en su interior, tan silenciosa y quieta que me asusta. Se oye desde el pasillo el ruido distante de la llave que gotea en la cocina, pero continúo mi camino. Mi atención se centra exclusivamente en mi madre.

Está sentada en la parte de abajo de la escalera, en silencio y muy quieta, con las rodillas pegadas al pecho. Mechones sueltos de pelo le enmarcan la cara, el resto lo lleva recogido por detrás, y sus duras facciones no parecen las habituales. Los labios se le ven delgados y frágiles y tiene las mejillas hundidas. Pero lo que realmente me aterra es la mirada perdida y rota en sus oscuros ojos, que tiene clavados en un gesto de abatimiento en el pequeño marco rosa que sostiene entre las manos: una mirada cruda de devastación total y profunda, de dolor. En el suelo, a su lado, una copa de vino casi llena. Y cerca de la copa, una botella casi vacía. Delante de ella, el nombre del bebé que perdió.

Tengo un nudo en la garganta que me trago con dolor mientras doy un diminuto paso al frente.

—¿Mamá?

—Hoy habría cumplido cuatro años —suspira, con la voz rota de dolor. Sus ojos no se mueven del marco de Grace, y ella parece totalmente desconectada de la realidad mientras se lleva la copa de vino a los labios y toma un largo sorbo. Vuelve a llenarse la copa, pero tan pronto como lo hace, su labio inferior empieza a temblar—. ¿Qué le hubiera gustado para su fiesta? —pregunta en el silencio de la casa mientras yo la escucho—. ¿Qué tipo de pastel le hubiera gustado? ¿Qué helado habría querido que compráramos? —Mientras hace las preguntas, las dos sabemos que nunca sabrá las respuestas. Sus ojos están llenos de dolor y una lágrima le corre por la cara hasta deslizarse por la barbilla. Y luego otra, y otra—. ¿Le hubiera gustado el de chocolate como a ti? ¿O el de vainilla como a tu padre?

—Mamá —murmuro, tratando de consolarla, pero mi voz suena casi tan rota como la suya. No soporto verla así: la tristeza y la pena cuando no hay nada en el mundo capaz de arreglarlo. Las mejillas se me humedecen y trato de secar mis propias lágrimas. Me acerco a mamá y me siento en el escalón a su lado. Una ola de dolor me golpea cuando veo el nombre de Grace y este nos devuelve la mirada.

Mamá tiene razón, mi hermana ya no sería un bebé. Hoy habría cumplido cuatro años. Estaría aprendiendo cosas nuevas en la escuela. Habría empezado a mostrar aspectos de su carácter y habríamos adorado sus pequeñas particularidades.

Mamá y papá siempre habían pensado que Grace era un milagro. Después de años de complicaciones, ya no imaginaban que podrían tener un segundo hijo, así que se habían hecho a la idea de tener sólo una. Sólo a mí. Pero sus esperanzas volvieron a nacer cuando yo tenía trece, cuando me sentaron en la sala una noche con una deslumbrante sonrisa en sus rostros y me dieron la noticia que siempre habían soñado en compartir: iba a tener un hermano o hermana e íbamos a ser una familia feliz los cuatro. Estábamos muy contentos. Yo le ponía la mano en la barriga a mamá para sentir las pataditas del bebé, y papá acondicionaba la habitación de invitados, tarareando las canciones de la radio, para convertirla en el cuarto del bebé, y mamá compraba diminutos conjuntos de color rosa para llenar el clóset nuevo con sus cosas.

Han pasado cuatro años, pero todavía no sabemos por qué perdimos a Grace. Estaba sana, pero no lo logró. Muchos bebés nacen muertos de manera inexplicable, y, por desgracia, nunca nos dijeron el motivo. Los médicos sólo pudieron decirnos que lo sentían mucho, que no podían determinar la causa, y creo que no tener una razón es lo que ha hecho que sea tan duro de superar todo este tiempo. Mamá no tiene nada ni a nadie a quien echarle la culpa más que a ella.

—Cuatro años —susurra mamá moviendo lentamente la cabeza, con las lágrimas todavía corriéndole por las mejillas. Se niega a apartar la mirada del marco a pesar del dolor que le causa—. Se suponía que íbamos a tener dos preciosas hijas —murmura, y finalmente se rompe en un sollozo, incapaz de contener sus sentimientos. Deja caer la mirada y se tapa la boca con la mano, tratando de amortiguar su lamento—. Dos —solloza, y yo lloro con ella mientras me acerco más, tomo la copa de su mano temblorosa arrebatándosela a sus dedos rígidos. La dejo en el suelo del pasillo y regreso con mi madre para rodearla con mis brazos. Tiene los ojos cerrados y un torrente de lágrimas le cae por las mejillas. Se derrumba, totalmente derrotada, y la abrazo tan fuerte como puedo mientras ella hunde la cabeza en mi hombro mojándome el suéter.

De repente, la puerta principal se abre. Levanto la mirada borrosa por las lágrimas, y veo a papá que entra a casa, exhausto, con las manos sucias del trabajo. Mamá sigue sollozando, y yo también, y papá nos mira con temor y pena al mismo tiempo. Ve el marco de Grace de reojo, y cuando sus ojos se encuentran con los míos su expresión se transforma. Deja las herramientas en el suelo y se deja caer de rodillas delante de las dos, y enseguida nos acoge en la seguridad de sus fuertes brazos. Nos abraza muy fuerte, y yo hago lo mismo con él, desesperada por que haga algo para que todo esto pase y no tengamos que sufrir este dolor nunca más.

Pero no hay nada que papá pueda hacer para detenerlo. No sabe cómo, de la misma manera que mamá y yo tampoco lo sabemos. Estamos rotos, y nadie sabe cómo volver a unir nuestros pedazos.

22

Es jueves y voy en el asiento del acompañante en el Jeep de Will de vuelta a casa desde el colegio (sólo vamos nosotros dos porque Holden tiene entrenamiento de futbol) cuando mi teléfono vibra en el bolsillo trasero de mis pantalones. Me desconecto del ataque de ira que tiene Will sobre lo tonto que es su profe de biología y agarro mi celular. Miro el mensaje que se ilumina en la pantalla. Es de Jaden, y aunque lo que dice no es nada del otro mundo, mi corazón se salta un latido o dos de golpe cuando leo sus palabras:

    Nos vemos en el lago a las cinco. Mismo lugar que la última vez.

Jaden y yo no teníamos planes para hoy, pero por suerte no tengo turno esta noche en el Summit, por lo que estoy libre y más que dispuesta a encontrarme con él, aunque no sé qué tiene pensado hacer exactamente. Aun así me gusta el tono exigente del mensaje. Que no sea una pregunta. Me gusta que sepa que estaré allí. No nos hemos visto fuera de las paredes del colegio desde el último fin de semana, así que estoy más que desesperada por pasar el rato con él en cualquier otro lugar que no sea frente a mi casillero por una vez.

—¿De qué te ríes? —pregunta Will, mirándome con suspicacia. Aparta una mano del volante para bajar el volumen de la radio y entonces levanta las cejas—. ¿Hablando con tu novio?

Hago un gesto con la cabeza y bajo la mirada hacia el teléfono para teclear una respuesta rápida.

—No es mi novio —digo, al mismo tiempo que le respondo haciéndole saber que definitivamente estaré allí.

—Lo que tú digas —prosigue Will con sarcasmo, y entonces, mientras entra en la rotonda del final de mi calle, añade—: ¿Lo vas a invitar a mi fiesta?

Guardo el teléfono de nuevo en el bolsillo del pantalón y me incorporo en el asiento del acompañante en cuanto veo mi casa. Tomo la bolsa del suelo y la pongo sobre mi regazo, me suelto el cinturón de seguridad y me preparo para bajar de un salto, con la mano en la manija de la puerta. Miro a Will y asiento.

—Pues sí, si te parece bien.

—¿Por qué no iba a parecérmelo? —me pregunta. Se detiene delante de mi casa, quita el seguro y voltea la cabeza para mirarme con el pelo cayéndole hasta los ojos. Debería cortárselo—. Ya me conoces, voy con el viento. Invita a Dani también. Es simpática y le irá bien.

—Bueno —asiento. Ya había pensado invitar a Dani de todas maneras. Seguramente no vendrá, pero al menos la oferta estará ahí—. ¡Nos vemos luego! —le digo a Will mientras salgo del Jeep, y cierro la puerta tras de mí. No espera a que entre en casa y en cuestión de segundos ya se ha alejado.

Me cuelgo la bolsa del hombro, corro a través del jardín hacia el porche. Mamá y papá están trabajando, así que tengo la casa para mí sola, aunque casi no se nota la diferencia de que no estén, porque han estado muy silenciosos esta semana. Anoche encontré a papá sentado a la mesa de la cocina en silencio, mirándose un corte que tiene en la mano durante casi una hora. Ni siquiera me oyó cuando le pregunté si quería café. Ayer por la mañana mamá no fue a trabajar, y todavía estaba en la cama, tapada hasta arriba y con agua y analgésicos en la mesa de noche cuando llegué del colegio. «Estoy enferma», me dijo. Pero yo sé lo que realmente le pasaba: se había bebido tres botellas de vino la noche anterior.

Corro escaleras arriba hacia mi habitación y lanzo la bolsa sobre la cama. Tengo una hora y media para prepararme antes de reunirme con Jaden, y lo cierto es que la necesito. Tuve deporte a la tercera hora, así que mi maquillaje se corrió un poco y llevo una cola de caballo algo alborotada. No puedo permitir que Jaden me vea así, por lo que me meto en la regadera de un salto, me visto, me aliso el pelo y me maquillo de nuevo.

Me estoy aplicando desodorante y colonia cuando por fin oigo a mamá que llega del trabajo.

Agarro todo lo que necesito: el celular, las llaves de casa y algo de dinero. Si voy a encontrarme con Jaden en el lago, no quiero llegar tarde, así que bajo la escalera a toda prisa. Cuando llego al recibidor, veo a mamá que se dirige a la cocina mientras se quita los zapatos con un suspiro de alivio. Voy a la cocina para decirle hola, pero la encuentro delante de la cocineta, con las manos apoyadas en el borde, respirando hondo.

—¿Mamá? —digo con precaución para no asustarla—. ¿Me prestas el coche?

Me mira de reojo, el cansancio en sus ojos es evidente. Ni siquiera tiene fuerzas para abrir la boca y preguntarme adónde voy o con quién, seguramente porque ahora mismo no le importa. Ha tenido la cabeza en otra parte durante toda la semana. Lentamente rebusca en su bolso, agarra las llaves y las deja caer en la cocineta delante de mí. Entonces se da la vuelta y empieza a caminar en dirección a uno de los muebles. Se oye un tintineo de cristal, y no hay nada más que silencio cuando agarra una botella de vino blanco que está en la estantería, al lado de las flores que Darren me envió el fin de semana pasado. Olvidé cambiarles el agua, así que ya están marchitas.

Miro en silencio cómo mamá desenrosca el tapón del vino barato y se sirve una copa entera con desgana. Sin mirarme ni por un instante, se lleva las dos cosas, copa y botella, a la mesa de la cocina y las deja allí. Aparta una silla, se deja caer en el borde y pone su mirada perdida en la ventana. No quiero estar cerca para ser testigo de su primer sorbo, y sé que no hay nada que pueda decir para evitarlo, así que tomo las llaves del coche de la cocineta y salgo de la cocina dándole la espalda. Sé que irme es la opción más fácil, pero es la única manera de poder ignorarlo.

Cuando entro en el estacionamiento, exactamente cuatro minutos antes de las cinco de la tarde, sólo está lleno hasta la mitad. Hay algunos padres con sus hijos jugando en el parque y una mujer paseando con su perro, pero está relativamente tranquilo comparado con los meses de verano. De repente, localizo a Jaden de pie en medio de la calle, a unos pocos metros de mi coche, y freno con fuerza. Echa a correr hacia mí, lleva sus pantalones negros rotos favoritos y una camisa de franela roja que le queda muy larga de las mangas. Mientras se aproxima, bajo la ventanilla del coche, él apoya las dos manos en la puerta y se inclina para mirarme.

—Tengo la licencia —anuncia enseguida, con una sonrisa de oreja a oreja. Se le extiende por todo el rostro y captura sus brillantes ojos—. Y la barca ya está por fin registrada otra vez y totalmente asegurada, ¡así que estaciónate y vámonos! —Golpea con la mano la puerta del coche, emocionado, dándome prisa en plan juguetón—. Vamos a sacarla a ver si todavía navega a tanta velocidad como solía hacerlo.

No puedo creerlo. Me inclino hacia delante en mi asiento para mirar hacia el lago. Detrás de él, el Corolla de sus abuelos está de espaldas a la rampa con la barca de Brad subida al remolque y ya medio metida en el agua. Terry está dentro del coche con una sonrisa radiante en el rostro, y cuando me ve, saca el brazo por la ventanilla y me saluda.

Miro a Jaden, todavía pestañeando por la sorpresa. Pensé que íbamos a dar un paseo alrededor del lago o a sentarnos en un banco, no a navegar con la barca de sus padres por primera vez nosotros solos.

—¿De verdad vas a sacar la barca?

Jaden asiente, volviéndose para mirar la barca.

—Tenías razón —dice cuando sus ojos vuelven a encontrarse con los míos. Su sonrisa se convierte en un sincero gesto de gratitud—. Papá no hubiera querido que estuviera abandonada en la entrada. Habría querido que la sacara para llevar a una chica como tú a navegar, así que ¿qué me dices? ¿Vienes conmigo?

—Pues claro que voy contigo —digo, poniendo la mano encima de la suya en la puerta del coche. Sé la importancia que tiene este momento para él. Quería deshacerse de la barca, así que debe de resultarle difícil meterla en el agua otra vez, teniendo en cuenta lo especial que era para su padre. Sin que mis ojos abandonen los suyos, le aprieto la mano con suavidad—. Dame un segundo para que me estacione.

Jaden vuelve a asentir, aparta la mano y se separa unos pasos del coche; subo la ventanilla y conduzco hasta el lugar de estacionamiento libre más cercano. No estoy segura de ir adecuadamente vestida para salir a dar un paseo en barca, así que agarro una sudadera del asiento de atrás y me la llevo por si hace frío en el agua. Pongo el seguro del coche y corro hacia Jaden y Terry, que están en la rampa soltando la barca del remolque. Luego sigo a Jaden mientras camina por el borde del muelle para acabar de meter la barca en el agua. A continuación la amarra al muelle con una cuerda.

—¿La tienes? —grita Terry por la ventana del coche, y Jaden le levanta el pulgar—. Perfecto. ¡Vayan con cuidado y diviértanse! Llámame cuando acaben. —Sube la ventanilla del coche y arranca jalando el remolque para sacarlo del agua y subirlo por la rampa de nuevo. Entonces, para mi sorpresa, se marcha con el coche y desaparece del estacionamiento.

Dejo caer la mirada sobre Jaden, que todavía está agachado, jalando de la barca hacia el muelle.

—¿Él no viene?

—¿Qué? —pregunta, levantando la mirada hacia mí. Hace una mueca y se ríe un poco mientras se pone de pie—. ¿Pensabas que mi abuelo iba a venir con nosotros? —Niega con la cabeza, todavía riendo mientras me encojo de hombros con timidez y luego señalo la barca—. Vamos, salta. Sólo tenemos permiso para estar en el agua hasta la puesta de sol.

—Bien —digo, y doy un paso para acercarme al borde, recorriendo con la mirada la barca de Brad ahora que vuelve a estar finalmente en el agua, el lugar al que pertenece. Es la primera vez que la veo sin la lona que la cubría, y estoy impresionada por lo bien conservada que está. No hay signos de corrosión o de pintura descarapelada, ni suciedad o manchas en los asientos. Aunque parecía abandonada y descuidada en la entrada de la casa, está claro que se preocuparon durante todo el año de que no se deteriorara. En el casco, en unas letras grandes y perfectas dice: HUNTER.

El agua está en calma, así que la barca no se balancea mucho cuando pongo un pie dentro, y luego el otro, y me subo poco a poco. Sólo hay cuatro asientos: los dos de delante, donde iban Brad y Kate aquel día de verano del pasado agosto, y los dos de atrás, donde Jaden y yo nos habíamos sentado, intercambiando miradas de flirteo a espaldas de sus padres. El estómago se me remueve cuando me pongo de pie en el centro de la pequeña barca. Mirando a mi alrededor, imagino a Brad y a Kate aquí, todavía sonriendo, todavía vivos.

La barca se estremece un poco cuando Jaden se sube a ella, y se para delante de mí cuando ve mi expresión y suavemente me acaricia el brazo.

—¿Estás bien? —pregunta, consternado—. No me digas que ahora te mareas, porque el año pasado no era así. ¿Kenz?

Aprieto los labios e intento aguantar la bilis que me sube por la garganta mientras asiento lentamente.

—¿Sabes... sabes cómo manejar esto? —pregunto entre respiraciones entrecortadas, intentando concentrarme en otra cosa, en cualquier cosa.

—Siéntate —me pide Jaden. Todavía tomándome el brazo, me conduce hacia el asiento delantero del acompañante, el mismo donde su madre se sentó aquel día—. Y sí, sé cómo manejar esto. Mi padre me enseñó —me explica mientras se sienta a mi lado, detrás de los controles. Deja una mano en el volante y presiona la llave para dar el contacto; concentrado, la gira hasta que el motor vuelve a la vida con un rugido, y hace que la barca empiece a temblar bajo nuestros pies—. ¿Estás mejor? —pregunta mirándome.

Todavía me siento como si fuera a vomitar sobre todos los asientos de piel blancos, así que mantengo la boca cerrada y respiro profundamente por la nariz mientras digo que sí con un sutil movimiento de cabeza. No parece muy convencido, pero se levanta y va hacia la parte de atrás para soltar la cuerda. Cierro los ojos y agarro un pedazo de la sudadera con fuerza, desesperada por que la sensación angustiante de mareo desaparezca. No puedo quitarme a Brad y a Kate de la cabeza. Veo sus rostros, sus preciosas sonrisas. Oigo sus voces, su animada risa.

Noto que Jaden vuelve, así que me esfuerzo en abrir los ojos, manteniéndolos fijos en él mientras se acomoda en el asiento del conductor. La barca se está alejando poco a poco del muelle con el suave vaivén del lago.

—Si quieres bajar, dímelo y salimos enseguida, ¿de acuerdo? —dice Jaden. Todavía hay preocupación en su cara, pero no quiero arruinarle esta experiencia, así que me prometo a mí misma que voy a resistir. Se supone que este es un momento especial.

Me inclino hacia atrás en el asiento de piel y observo cómo Jaden ajusta las palancas de control. La barca incrementa la velocidad, salpicando a nuestro paso mientras nos adentramos en las aguas. Aparte de un pequeño barco de vela al otro lado, tenemos todo el lago para nosotros, y Jaden aprovecha para poner a prueba la potencia del motor. Navegamos cruzando el lago, el motor ruge y hace que se levante un poco la proa. El agua nos salpica, y las náuseas empiezan a menguar al cabo de unos minutos, cuando paso de pensar en Brad y en Kate a disfrutar de lo divertido que es esto.

Se me escapa la risa cuando el viento hace que el pelo me golpee la cara y le robo una mirada a Jaden. Su rostro irradia pura alegría mientras guía la barca por todo el perímetro del lago.

—Te dije que sabía cómo manejar esto —grita por encima del ruido del motor y el golpeteo del agua, y, satisfecho y feliz, empieza a aminorar la velocidad.

Nos detenemos en el centro del lago Windsor. La barca permanece quieta, apenas balanceándose adelante y atrás, y no hay nadie alrededor. En la distancia, a través del cielo tan claro, se ven los impresionantes picos de las Rocosas. No hay nada más que silencio en el lago, y me gusta lo solos que estamos aquí, lejos de todo, sólo Jaden y yo.

—Mamá me hubiera regañado por navegar así —dice, mientras apoya un codo en el respaldo del asiento de piel y se deja caer perezosamente. Su sonrisa es cálida cuando me mira, y parece feliz—. Papá, por el contrario, me habría dicho que fuera más rápido.

Me le quedo mirando, pero mis ojos no se reflejan en los suyos. Estoy llena de confusión y tengo la cabeza abarrotada de preguntas. Jaden me gusta de verdad. Me gusta mucho, pero a veces no le entiendo. No entiendo cómo es capaz de hablar de sus padres como si nada, incluso bromeando, sin ni siquiera un parpadeo de dolor ni una pizca de añoranza en sus ojos. Ha sido muy abierto y sincero conmigo hablándome de ellos y de sí mismo, y aun así no lo entiendo. ¿Cómo es posible que sea feliz?

Jaden me ha dejado entrar de lleno en su vida otra vez, en todos los aspectos. Volver a usar la barca por primera vez después de la muerte de sus padres es un gran momento para él, y quiso compartirlo conmigo. Confía plenamente en mí, lo sé, pero sé que no debería hacerlo porque no le he dicho la verdad. Lo he estado evitando, he guardado secretos y levantado barreras todo el tiempo. Le he mentido. No le he dicho toda la verdad de por qué no he podido soportar estar a su lado durante todo un año. Nunca le he hablado de Grace.

Quiero que Jaden me entienda, de la misma manera que yo quiero entenderlo a él. Necesito ser sincera. Necesito decirle la verdad, cada diminuta fracción de toda la verdad.

Siento una opresión en el pecho y agarro con fuerza la sudadera; me tiemblan las manos mientras toqueteo con ansiedad la ropa. Nunca se me han dado bien este tipo de cosas.

—Jaden —murmuro—, necesito contarte algo.

Jaden debe de interpretar por mi mirada aterrorizada y la flojera de mi voz que lo que sea que estoy a punto de decirle no es algo trivial, porque inmediatamente su sonrisa se desvanece y se sienta.

—¿Kenz?

«Dios mío, ¿por dónde empiezo?». Tengo mucho que decir y no sé cómo hacerlo. Me resulta imposible mirar a Jaden ahora mismo, así que mantengo la cabeza agachada y la vista fija en mis manos.

—Esa noche, en la tienda... no quería comprar el vino para mí —confieso. Mi respiración es superficial, y me siento avergonzada de tener que hablarle de mi madre, pero sé que es necesario—. Era para mi madre. No había ninguna botella en la cocina, así que me dio su licencia de conducir y me envió a comprarlo.

Trago saliva con dificultad y me fuerzo con valentía a dirigirle una mirada para calibrar su reacción. Me escucha con mucha atención, su expresión es de calma pero concentrada. Espera a que continúe, pero es muy duro decir estas cosas en voz alta. Nunca le he hablado a nadie sobre el carácter autodestructivo de mamá, ni siquiera a Will y a Holden. Siempre me ha parecido más fácil enterrarlo en el fondo de mi mente, pero ha llegado la hora de admitirlo, no sólo ante Jaden, sino también ante mí misma.

—Hace cuatro años que bebe —continúo, dirigiendo mi mirada nerviosa hacia las montañas Rocosas en la distancia, más allá de Jaden. Me concentro en los picos mientras el sol va bajando poco a poco—. Cada año parece empeorar. Empezó con un par de copas a la semana. Y luego una copa cada noche. Y luego varias copas cada noche. —Intento rebajar un poco la presión que está creciendo en mi pecho haciendo una pausa para respirar, pero no noto ninguna diferencia—. Y ahora ya contamos las botellas que se bebe y no las copas.

Jaden se queda callado. Se desliza hacia un lado en su asiento y me pone la mano en la rodilla.

—Kenzie, lo siento —dice.

—Hay una razón por la cual te evité todo este tiempo —tartamudeo con brusquedad, estrujando las palabras que están atrapadas en mi garganta. Parpadeo antes de volver a mirarlo. Tiemblo yo toda, no porque haga frío en el lago, sino porque los nervios consumen cada centímetro de mí. Odio hacer esto, pero tengo que forzarme por seguir—. Una razón de verdad. No te dije todo lo que debería haberte dicho.

—¿Y qué es, Kenz? —quiere saber Jaden. Sus ojos se dilatan con una mezcla de pánico y de curiosidad mientras busca respuestas en mi aterrorizada expresión—. ¿Qué es lo que no me dijiste?

La presión en mi pecho no hace más que aumentar, más dolorosamente a cada momento que pasa. Decirle a Jaden la verdad significa abrirme en todo lo que he estado reprimiendo durante mucho tiempo para poder seguir adelante. Durante cuatro años enteros he hecho un trabajo bastante bueno manteniendo a Grace fuera de mi cabeza. Veo su nombre en el recibidor cada día, pero aparte de esos fugaces segundos, casi nunca pienso en ella. Siempre ha resultado más fácil así. Pensar en Grace y todo lo que hubiera podido ser sólo me habría hecho caer en una espiral de negatividad, exactamente como a mamá. Por eso me resulta tan difícil ahora traer a Grace a mi cabeza. Hablar de ella. Hablarle a Jaden de ella.

Ladeo la cabeza dirigiéndola hacia el agua calmada que nos rodea. Todo lo que oigo es mi respiración agitada y el martilleo del corazón contra las costillas. Aprieto los párpados, los cierro con fuerza y me concentro en la oscuridad. He estado callada durante demasiado tiempo.

—Mi hermana hubiera cumplido cuatro años esta semana —susurro. Tengo la garganta muy seca, la voz se me agrieta, me duelen las palabras. Me niego a abrir los ojos. Prefiero seguir en la oscuridad—. Se llamaba Grace, o al menos así se hubiera llamado. Nació muerta cuando yo tenía trece años, así que nunca llegamos a conocerla.

Oigo cómo Jaden deja escapar un suspiro y me aprieta la rodilla con la mano, y lo único que puedo sentir es empatía y alivio. El calor se irradia por nuestra piel y me siento agradecida por este contacto de apoyo mientras él sigue callado, dejándome tiempo para continuar en cuanto esté preparada. Aún tengo los ojos cerrados, y ahora estoy apretando los párpados con fuerza, conteniendo las lágrimas que noto que se están formando. Me siento tan vulnerable teniéndome que exponer de esta manera... Y eso que no he hecho más que empezar.

—Mis padres... todavía no lo han superado. No han vuelto a ser los mismos. Vi cómo eso los cambiaba. Ya no se ríen tanto como solían hacerlo, y siempre hay una tristeza en sus ojos, incluso cuando creo que están felices. El único pasatiempo de mamá es estar sentada con una copa de vino en la mano, y papá trabaja todas las horas del día para no tener que estar en casa y presenciarlo —digo con un tembloroso murmullo. Las palabras brotan de mí y las lágrimas también. Ahora que empecé ya no puedo parar—. Grace es la única persona que he perdido en mi vida, y aunque nunca tuve la oportunidad de conocerla, el dolor es insoportable —susurro, y siento una punzada de dolor en el pecho que finalmente hace estallar la presión que he estado conteniendo. La tensión de mi cuerpo parece derrumbarse y mis hombros se hunden mientras me fuerzo a abrir los ojos arrasados para mirar a Jaden a través de una gruesa y borrosa capa de lágrimas—. Por eso no podía estar cerca de ti, Jaden —le confieso con un sollozo ahogado. Las lágrimas corren por mis mejillas formando ríos calientes y punzantes. El alivio por haberle contado la verdad es doloroso, pero el dolor es satisfactorio, como si pudiera sentir cómo se filtra fuera de mí. Lo he estado reteniendo durante demasiado tiempo—. Porque lo tuyo... lo tuyo todavía era peor —continúo, todavía llorando entre palabras. Él nunca me ha visto así, porque esto es inusual en mí. Hay comprensión y compasión en sus ojos mientras aprieta mi mano todavía más fuerte, para hacerme saber que está ahí, escuchándome—. Tú conocías a tus padres, sabías qué clase de personas eran, sabías lo que ellos amaban, en lo que creían y lo que representaban. Tienes recuerdos de ellos, ¿así que cómo es posible recuperarse de eso? ¿Cómo puedes soportar perder a alguien a quien conocías de verdad? ¿Cómo puedes seguir viviendo sin ellos cuando ya habías experimentado cómo era la vida con ellos?

Jaden y yo hemos perdido a alguien en nuestras vidas, pero no puedo ni siquiera empezar a imaginarme por lo que él tuvo que pasar. A diferencia de Jaden, nosotros no tuvimos nunca a Grace en nuestras vidas. Lo único que tuvimos fue una idea de Grace. El pensamiento de ella. Sólo perdimos lo que podía haber sido, mientras que Jaden perdió mucho, mucho más. Bajo la mirada hacia mis manos, y sólo entonces me doy cuenta de que no es él quien está apretándome a mí, sino que soy yo.. Lo aprieto tan fuerte que mis dedos están rígidos por la tensión y tengo los nudillos pálidos. Si le estoy haciendo daño, no lo demuestra.

—No podía estar cerca de ti cuando tú estabas asimilándolo, Jaden —admito, sacudiendo frenéticamente la cabeza, avergonzada.

Ojalá fuera más fuerte. Ojalá pudiera soportar el dolor.

—Lo siento mucho. Simplemente no podía porque pensé que tú nunca encontrarías las respuestas. Pensé que te convertirías en alguien diferente. Pensé que nunca volverías a ser feliz, y yo no podía soportar ver cómo eso sucedía otra vez.

—Kenzie —suspira Jaden, dejándose caer de su asiento y poniéndose de rodillas delante de mí, mirándome de frente por debajo de sus pestañas. Levanta la mano de mi rodilla y me la pone en la cara, apartando las lágrimas con la suave yema de su pulgar—. Puedo vivir con ello porque tengo sus recuerdos —me dice con firmeza—. Viví dieciséis años de mi vida con mis padres, y me siento afortunado de haber tenido cada uno de esos años. Sabía que eran felices, y aunque su tiempo fue corto, tuvieron una buena vida. Se querían el uno al otro y nos querían a Dani y a mí, y los conocía lo suficiente para saber que no hubieran querido que me pasara el resto de mi vida sufriendo por ellos. Ellos hubieran querido que fuera feliz igual que lo eran ellos, hubieran querido que siguiera viviendo. Eso no significa que no los extrañe, porque, Dios..., no sabes lo mucho que los extraño. —Exhala y mira hacia el cielo lleno de nubes, pestañea varias veces y luego vuelve a mirarme—. Pero puedo soportarlo porque ellos siempre vivirán en mis recuerdos, así que te equivocabas. No es peor. Es soportable porque no puedo imaginarme cómo debe de ser perder a alguien de quien no tienes ni un sólo recuerdo. Kenz —prosigue, levantándome la barbilla para que sus ojos puedan encontrarse con los míos—. Lo siento.

—Dime algo normal —le susurro, con una diminuta sonrisa abriéndose camino entre mi rostro acongojado de dolor. Me siento más ligera ahora, después de haberlo sacado todo de mi pecho. Entiendo a Jaden, pero también puedo entenderme a mí misma. Ahora que lo dije en voz alta, entiendo por qué me siento como me siento.

—Bueno —me dice con una acogedora sonrisa—. Me gustas más de lo que me gustabas hace una hora, y pensaba que eso era casi imposible —admite—, así que gracias por demostrarme que estaba equivocado.

Mira hacia el agua, en dirección al muelle. Con su mano todavía entre las mías, se levanta y me enjuga la humedad de la mejilla. Sé que ahora mismo estoy hecha un desastre, un completo desastre. El rímel me pica en los ojos, así que enrollo la sudadera y la uso para limpiármelos.

—Kenz —dice Jaden con ternura, y yo detengo lo que estoy haciendo y lo miro. Se inclina hacia delante con la mano todavía en mi mejilla, y suavemente pone sus labios en mi sien—. Gracias por confiarme lo que acabas de contarme.

23

Conduzco hacia la casa de los abuelos de Jaden en el coche de mi madre, siguiéndolos a él y a Terry en el Corolla mientras ellos remolcan la barca. Necesito desesperadamente los pocos minutos que tengo para mí. Conduzco con una mano en el volante y con la otra me froto furiosamente con una toallita el maquillaje de la cara mientras voy mirando sin cesar de aquí para allá, ahora la carretera, ahora el retrovisor... Todavía tengo los ojos rojos e hinchados.

Mientras conduzco, me siento ligera, con una sensación de alivio, pero hay algo más. Tengo una sensación abrumadora de orgullo que no sé cómo procesar. No estoy segura de por qué me siento orgullosa de mí misma por haberme derrumbado delante de Jaden. Si tuviera que sentirme de alguna manera tendría que ser avergonzada, pero por alguna razón no lo estoy. Creo que únicamente estoy orgullosa de mí misma por haber reunido el valor de contarlo todo al fin.

Giramos por Ponderosa Drive y los sigo de vuelta a casa. Me invitaron a pasar el resto de la tarde con ellos y estoy contenta. Todavía no quiero regresar a casa. Aún es temprano, justo acaba de ponerse el sol, y después de haberme desnudado delante de él, quiero estar con Jaden más que nunca. Enfilan el camino de entrada con la barca y yo me estaciono al lado y paro el motor. Antes de salir del coche, vuelvo a mirarme en el pequeño retrovisor. Tengo la piel manchada a trozos desiguales, los ojos todavía hinchados y las pecas totalmente al descubierto. Suelto un suspiro de resignación. No hay nada que pueda hacer al respecto, y aunque me siento mucho más segura de mí misma cuando llevo rímel en las pestañas y la piel cubierta con una capa de maquillaje uniforme, no es el fin del mundo. Me siento completamente desnuda delante de Jaden, pero no pasa nada. Agarro la sudadera del asiento del acompañante y me la pongo por encima de la cabeza, luego bajo del coche y miro cómo Jaden y Terry se acercan a la parte trasera del Corolla. Están intentando separar el remolque de la barca, básicamente para poder arrastrarla hasta un rincón del camino de la entrada. Sólo espero que no la deje ahí sin tocarla durante otro año más. Sería una lástima.

—Espéranos dentro —me grita Terry por encima del hombro. Está de rodillas en el suelo jalando algo que no consigo ver—. Nancy debe de estar en la cocina. —Jaden espera que le digan qué tiene que hacer y me mira con una sonrisa de tranquilidad. Asiente con la cabeza animándome a entrar—. Sólo tardaremos un minuto.

Les sonrío y meto las manos en el bolsillo delantero de la sudadera mientras me dirijo al porche. El cielo es un cuadro precioso de trazos rosas y naranjas, pero la oscuridad lo invade poco a poco, rompiéndolos. Me detengo en el porche, me froto los ojos por última vez, y luego abro la puerta principal con cautela. El delicioso aroma de canela me llega enseguida, y entro en la cálida y acogedora casa. Es mucho más acogedora que la mía. Me quito los zapatos con cuidado y sigo el camino de las velas por el pasillo, mirando con precaución hacia el interior de la cocina. Casi me siento como una intrusa.

—¡Hola, Kenzie! —exclama Nancy. Parece sorprendida pero contenta de verme cuando me mira por encima de la televisión. Está sentada a la mesa con una taza de café humeante y los lentes le cuelgan del puente de la nariz; tiene las mejillas sonrosadas como siempre.

—Hola —respondo, colándome en el interior. Señalo detrás de mí hacia nada en particular—. Están acabando de soltar el remolque —explico.

—¡Genial! —Deja el café en la mesa y se levanta con una sonrisa radiante en su rostro diminuto—. ¿Quieres beber algo?

—Un poco de agua me caería increíble —digo. Tengo la garganta todavía tan seca que mi voz suena ronca, así que beber algo me sentará muy bien. Nancy me aprieta el codo suavemente con sus frágiles manos y me roza al pasar hacia el refrigerador.

—Imaginaba que eras tú —murmura alguien detrás de mí, y al girar la cabeza veo a Dani entrando en la cocina. Todavía no estoy segura de en qué punto estamos las dos. Me sonríe en clase de español. Incluso a veces me dice hola. Pero nada que ver todavía con la amistad que teníamos antes—. ¿La pasaron bien en la barca? —pregunta. Se deja caer sobre una de las sillas de la cocina y empieza a recogerse el oscuro pelo en una cola de caballo, con la mirada fija en mí. No tengo claro si está siendo pasiva, agresiva o amistosa.

—Fue genial volver a verla en el agua —contesto para asegurarme la jugada. ¿Pasarla bien? La mayor parte del tiempo, sí. El resto estuve mareada o llorando.

—¿Verdad que sí? —coincide conmigo, y se le iluminan los ojos. Se ata el pelo y se reclina en la silla—. Siempre he pensado que deberíamos usarla. —Mientras, Nancy se me acerca con una botella de agua fría y me la da. Dani la mira—. Creo que vamos a sacarla todos el domingo, ¿verdad?

—¡Pues claro! —exclama Nancy con entusiasmo.

Se oyen los pasos en el pasillo de Jaden y Terry que vienen a reunirse con nosotras platicando entre ellos hasta que entran en la cocina. Nancy se voltea para tomar el café y por encima del hombro pregunta—: ¿Disfrutaste el paseo en la barca, Jaden?

—Mucho —dice él, pero un momento después junta los labios en una sonrisa apretada y suelta un largo suspiro—. Es un poco raro, ¿sabes? No he dejado de pensar que debería haber sido papá quien estuviera detrás del volante y no yo.

Le sigue un extraño momento de silencio. El único sonido es el silbido suave de la cafetera mientras Terry se sienta a la mesa, justo delante de Dani, que tiene la mirada perdida en sus manos. Nancy frunce el ceño. Creo que es la primera vez que presencio una pizca de tristeza en ellos, pero no me sorprende. Sería ingenuo por mi parte pensar que ya no tienen esos momentos en los que un fugaz recuerdo de lo que han perdido los hunde.

Jaden hace crujir los nudillos y ese sonido irritante es suficiente para romper el silencio. Intercambia una mirada de reojo conmigo, me dirige una sonrisa cómplice, y anuncia:

—Estaremos arriba.

Lo sigo al salir de la cocina hacia el pasillo inundado de canela; sujeto con fuerza la botella de agua mientras subimos la escalera hasta su habitación. Es increíble lo seca que tengo la boca, básicamente a causa de todas las lágrimas que he derramado, así que bebo hasta saciar la sed. Una vez en la habitación, él cierra la puerta y luego se apresura a arreglar la cama que está sin hacer, mientras permanezco de pie con los ojos fijos en el suelo. Tengo demasiadas cosas dando vueltas por mi cabeza ahora mismo. Jaden acorta la distancia entre nosotros y se detiene justo delante de mí. Con una profunda preocupación, me pregunta:

—¿Cómo estás?

Dejo caer la mirada al suelo otra vez y me encojo de hombros. No sé qué responderle porque siento demasiadas cosas al mismo tiempo.

Los ojos penetrantes de Jaden estudian cada parte de mi cuerpo durante un instante. Es como si me estuviera mirando por primera vez, sólo que ahora mismo parezco diez veces peor.

—Nunca te había visto así —dice.

—Lo sé. Lo siento —replico volviendo la cabeza hacia un lado a propósito para que no me vea—. Cierra los ojos.

—O —prosigue, tomándome la barbilla entre el pulgar y el índice y volviendo mi cara hacia él— los puedo dejar abiertos, porque tengo una bonita vista. —Desliza el pulgar hasta mi mejilla y la acaricia por encima de mis pecas, de la misma manera que lo hizo en el baile. No sé por qué le gustan, pero imagino que mis pecas son para él como su marca de nacimiento para mí. Algo adorable y único, algo especial.

—¿Una bonita vista? —repito, buscando su mano y apartándola de mi mejilla. Levanto una ceja y le agarro el cuello de la camisa de franela, apartándolo para dejar al descubierto su más que adorable marca de nacimiento—. ¿Y yo no me merezco también tener una bonita vista?

—¡Oh, Dios, no! —protesta agarrándome de la mano y haciendo todo lo posible para detenerme, pero yo sigo insistiendo y forcejeando con él hasta que acabamos peleándonos. Sigo jalando el cuello de su camisa mientras él intenta apartarme la mano, pero finalmente estalla en una carcajada—. ¡Kenz! ¡Te lo juro!

—¿Sí, Jaden...? —digo yo, pero sigo luchando contra él. Me está agarrando las manos y yo le agarro las suyas, los dos nos reímos por lo patético de la situación hasta que al final nos derrumbamos en su cama. Jaden cae primero, y yo aterrizo encima de él, mi pecho contra el suyo. Podría aplastarlo pero no me importa, porque aprovecho la oportunidad para poner al descubierto su marca de nacimiento. Rápido, clavo los dedos en la tela de la camisa, jalo de ella y le planto un beso en mitad de la marca—. Qué adorable, qué adorable, qué adorable —murmuro cuando me aparto para mirarlo a los ojos. Nos quedamos contemplándonos el uno al otro, con los labios separados, respirando lentamente.

—Igual que tú —susurra él. Sus fuertes brazos me rodean hasta que estoy totalmente envuelta en su abrazo. Me jala y pone su frente contra la mía. La comisura de sus labios se ondula en una sonrisa, y no tengo más remedio que acortar la distancia entre nosotros inclinándome hacia delante y presionando mis labios contra los suyos. Ahora mismo, sólo lo quiero a él.

El silencio palpita con fuerza en mis oídos cuando cierro los ojos, cautivada por el movimiento de los labios de Jaden contra los míos. Él besa con el justo equilibrio entre lo suave y lo duro, y en este momento le dejo tomar todo el control mientras me sumerjo en la sensación de cosquilleo que me recorre la espalda. Sus brazos todavía están enroscados a mi cuerpo, abrazándome, y mis manos reposan en su nuca, sin dejar de tocar la marca de nacimiento. Ya no parece que le importe, porque está demasiado ocupado besándome, y yo estoy demasiado ocupada besándolo a él.

Rodamos enredados hasta que él está encima de mí, atrapándome entre su cuerpo y la cama. Se sostiene con una mano apoyada en el colchón mientras la otra se enreda en mi pelo. Nuestros movimientos se hacen más ávidos, más ansiosos, más intensos. Después de haberme sincerado con él en la barca, existe una sensación de inmensa confianza entre nosotros. Él confía en mí y yo confío en él, y nuestro beso se alimenta de nuestras emociones. Es juguetón pero lleno de significado, duro pero cariñoso. Siento su naturaleza suave por la manera en que sus labios capturan los míos, y también su manera de seducirme por cómo me muerde el labio inferior. No recuerdo que me hubiera hecho esto antes, pero Dios, me está volviendo loca, y sólo hace que quiera más de él, que lo desee más.

Busco el cuello de su camisa otra vez, muevo los dedos hasta el botón de arriba. No estoy segura de lo lejos que quiere ir Jaden, así que corto el beso, separo mis labios de los suyos. Abro los ojos y Jaden también lo hace. Los dos jadeamos, sus brillantes y lujuriosos ojos se reflejan en los míos, y se pasa la lengua por el labio, sorprendido por mi repentina interrupción.

Le sonrío y miro hacia los botones de su camisa. Entonces retrocedo.

—¿Está todo bien?

Jaden asiente y presiona sus labios contra el contorno de mi mandíbula. Me besa por toda la piel, con los dedos todavía enredados en mi pelo, mientras yo desabrocho el último botón de su camisa, y el siguiente y el siguiente... Deslizo la mano debajo de su ropa, hago correr la yema de los dedos por su pecho, y siento los latidos de su corazón. Golpea errático bajo mi mano, y me recuerda que él todavía está aquí, que todavía respira, incluso después de todo por lo que ha tenido que pasar, igual que yo también lo estoy. Pensaba que Jaden era fuerte, pero quizá yo también lo sea.

Me detengo durante un minuto mientras él dibuja un camino de besos a lo largo de mi mandíbula y baja hacia mi cuello. Mis ojos se cierran de golpe e inclino la cabeza hacia un lado, disfrutando del placer que inunda todo mi cuerpo en cálidas ondas mientras sus labios se deslizan sobre la suave piel de mi cuello. Me estremezco debajo de él, y mi mano va de su pelo hacia su camisa medio abierta, buscando a tientas los botones que quedan por desabrochar.

En ese momento oigo la puerta que se abre.

Los labios de Jaden desaparecen de mi piel en cuanto yo suelto su camisa y se impulsa para ponerse de pie. Rápidamente me siento y de manera automática me llevo la mano al cuello, donde todavía siento la caricia de los besos de Jaden.

Dani está ahí, en la puerta, mirándonos a los dos con cara de sorpresa y burla por lo que acaba de ver.

—Oh, Dios —dice, haciendo una mueca—. ¡Qué asco! —Cruza los brazos encima del pecho y se apoya en el marco de la puerta—. La abuela quería que les dijera que hay galletas recién hechas en la cocina, pero dudo que les interese. Parecen algo... ocupados.

—Gracias por tocar la puerta —se queja Jaden mientras se apresura a abrocharse cada uno de los botones que yo le desabroché. Se le pusieron las mejillas coloradas igual que a mí, y camina por la habitación hacia Dani para echarla al pasillo—. Fuera de aquí, Drácula.

—No me gusta —dice Dani, chasqueando los labios y negando con la cabeza. Sortea sus anchas espaldas para verme, pero hay una pizca de ironía en sus ojos. No puedo mirarla, así que dirijo los ojos a mi regazo. Esto es muy vergonzoso.

—Ya te dije que te vayas —repite Jaden, esta vez con más contundencia, poniéndose delante de Dani como para protegerme. La empuja con suavidad un paso más y entonces cierra la puerta de golpe. Mientras se voltea con la irritación escrita en sus facciones, suelta un gruñido y se sienta en el borde de la cama a mi lado—. Lo siento —dice, pasándose una mano por el pelo. Sus mejillas siguen tintadas de rosa y el color se agudiza cuando le pongo la mano en la rodilla. Al mirarlo, veo la fotografía en la estantería detrás de él. Es la foto de Jaden, Dani y sus padres, Brad y Kate. La foto fue tomada cuando Dani todavía llevaba el pelo de su color rubio natural, el mismo tono que el de Jaden.

—¿Dani se tiñó el pelo para parecerse más a tu madre?

—¿Qué? —Jaden sigue mi mirada hasta el marco detrás de él. Y bastantes segundos después se encoge de hombros—. La extraña —me dice. Sus mejillas por fin están volviendo a su color natural—. Dijo que quería mirarse al espejo y ver a mamá, pero se lo tiñó demasiado oscuro, y ahora parece Drácula. —Se ríe un poco entre dientes, y me imagino que debe de ser una broma que se hacen entre ellos.

Señalo con la cabeza el marco. Se me está ocurriendo una idea y no estoy segura si es buena o no, pero lo que sí sé es que mis intenciones lo son.

—¿Puedes... puedes sacar la foto del marco?

Jaden parece perplejo otra vez, pero de todas maneras hace lo que le pido.

Se estira más allá de la cama y agarra el marco del estante, luego le da la vuelta y le retira la parte de atrás. Saca la foto y me la ofrece.

—¿Por qué?

—Porque —le digo, tomando con delicadeza la foto y poniéndome de pie— nos vamos de compras.

24

—¿Sabes, Kenz? —murmura Jaden—, cuando empezaste a quitarme la camisa no me imaginaba que esto fuera a ir exactamente así. —Sale del asiento del pasajero del Prius de mamá y cierra la puerta tras él mientras me mira por encima del techo del coche. Frunce los labios con un gesto de inocencia, pero yo me doy la vuelta antes de que pueda ver cómo me sonrojo.

Está oscuro. Estamos en el estacionamiento de la farmacia Walgreens. Es cierto que no es donde me esperaba pasar la noche, pero cuando una idea como esta aparece, no tengo más remedio que llevarla a cabo enseguida. Puede que me salga el tiro por la culata y que no se aprecie mi intención de la manera que espero, pero creo que vale la pena intentarlo. Necesito algo en lo que poder concentrarme ahora mismo.

Levanto la mirada y rodeo el coche para reunirme con Jaden al otro lado. En la mano lleva la foto que tomamos de su habitación, la que está con su familia. Le estoy agradecida por que haya aceptado no sólo sacarla del marco, sino también de la casa y pasearla por todas partes hasta llegar aquí.

—Tampoco es lo que yo tenía en mente —admito, mirándolo de reojo. Deslizo la mano por su brazo y entrelazo mis dedos con los suyos mientras nos dirigimos hacia la entrada—. Pero creo que Dani nos lo agradecerá a los dos.

La tienda parece tranquila a estas horas de la noche, y deben de cerrar dentro de una hora más o menos, así que está relativamente vacía cuando entramos. No suele haber mucha gente comprando un jueves por la noche. Windsor puede que sea pequeño, pero hay mejores cosas que hacer que esta.

—Será mejor que nos lo agradezca, por su bien —gruñe Jaden. Sé que lo fastidia, pero lo dice en broma, cosa que agradezco. Traza pequeños círculos en la palma de mi mano con su pulgar mientras me acerco a él, y me empuja con el hombro para que lo mire. Cuando lo hago, entrecierra los ojos y añade—: Sobre todo porque estoy renunciando a besarte por esto.

—Tenemos toda la noche —le recuerdo. Están a punto de dar las nueve, por lo que tenemos un par de horas antes de que tenga que volver a casa. Todavía queda un montón de tiempo para besarlo esta noche, y mañana y pasado mañana—. Es allí —digo, y aligero el paso hacia la sección de belleza. Jaden me sigue a regañadientes, sobre todo porque no tiene elección. Tomados de la mano, lo arrastro camino de uno de los pasillos de la sección hasta que me detengo de golpe delante de las estanterías de tintes—. ¿Puedo verla? —señalo con la cabeza la foto que Jaden lleva en la mano.

—No creo que vayas a encontrar el mismo tono —dice mientras me pasa la foto. Parece incrédulo mientras doy un paso adelante para examinar la enorme sección de tintes de pelo. Le suelto la mano. Se queda detrás de mí y deja escapar un suspiro—. Si existiera, Dani ya lo habría encontrado.

—Pero ¿ha probado mezclando tonos?

—No lo sé. ¿Se puede hacer eso?

Riendo, me volteo hacia los estantes. Bajo la luz fluorescente de la tienda, tomo la fotografía y observo el pelo de Kate. Lo tenía castaño oscuro. Exactamente como el chocolate. Ahora mismo Dani lo lleva muy oscuro, más bien negro. Me arrodillo en el suelo enfrente de los estantes y sostengo la fotografía para compararla con los distintos tonos que tengo delante. No hay ninguno idéntico al de Kate. Tras cinco minutos de búsqueda, al final me decido por un tono negro suave y natural y un cálido café oscuro. Estoy bastante segura de que al mezclarlos conseguiremos un tono muy parecido al de Kate. Sólo espero que Dani quiera darle una oportunidad.

—Estos —anuncio, y me levanto con las dos cajas de los diferentes tintes para enseñárselos a Jaden. A estas alturas parece bastante aburrido, y con los brazos cruzados alrededor del pecho y apoyado en el mostrador de los champús, rápidamente mira las cajas y asiente.

—¿Podemos irnos ya, por favor? —dice, pasándome el brazo por encima del hombro. Me jala hacia él, hunde la cara en mi cabello y aprieta los labios contra mi sien—. Comprar tinte del pelo para mi hermana no es precisamente mi entretenimiento favorito, ¿sabes?

—Enseguida nos vamos —le aseguro, apartando su brazo. Le devuelvo la fotografía, aliviada de que no se haya arrugado.

Nos dirigimos a la caja registradora con los tintes de pelo en las manos, pero cuando llegamos al final de la sección nos detenemos de golpe. Igual que la persona que está delante de nosotros. Cuando levanto la mirada mis hombros se hunden.

—¿Darren? —Parpadeo por la sorpresa. A veces me encuentro con él por casualidad, pero no tan a menudo como las últimas semanas. No puedo evitar sospechar que, de alguna manera, me está acosando, pero necesito recordarme a mí misma que no es así. Al fin y al cabo estamos en Windsor. Una de cada tres personas con las que me cruzo es alguien a quien conozco—. ¿Qué haces aquí?

—Vine a comprar gotas para los ojos. —Darren levanta la cajita para mostrarla como prueba. También parece sorprendido de verme, y sus ojos están un poco rojos e irritados—. Tengo los ojos resecos como el infierno.

—¿Qué haces en el pueblo? —le pregunto. Darren nunca solía venir tan a menudo, y no lo podía culpar por ello. Tampoco lo habría hecho—. ¿No deberías estar en tu habitación de la residencia bebiendo cerveza o algo así?

Darren se ríe mientras se rasca el ojo izquierdo.

—Procuro venir a casa más a menudo —dice—. Mi madre me extraña, así que intento tenerla contenta, y cancelaron mis clases de mañana; por eso estoy aquí. En casa otra vez. —Se encoge de hombros, pone los ojos en blanco y al fin parece darse cuenta de que Jaden está a mi lado. Su sonrisa vacila un poco mientras lo observa de arriba abajo lentamente, hasta que se esfuerza en volver a sonreír.

—Jaden Hunter, ¿verdad?

—Cierto —dice este, cambiando el peso del cuerpo de un pie al otro. Se ve incómodo y está claro que esto le parece raro. Sabe que Darren es mi ex.

Darren le echa otro vistazo bastante descarado. Sus ojos se entrecierran con algo que parece confusión mientras analiza a Jaden, y nos mira al uno y al otro durante unos segundos. Casi puedo ver los engranajes de su mente en movimiento mientras encaja las piezas de lo que es obvio. Aprieta con fuerza la mandíbula cuando me mira a los ojos.

—¿Te llegaron las flores que te envié?

—Sí —le digo, tensa. Aprecio el hecho de que lo esté intentando, y las flores fueron un bonito detalle, pero me gustaría que dejara de tomarse tantas molestias. Está perdiendo el tiempo, y cuanto más lo intenta, más lejos quiero que esté de mi vida—. Eran bonitas. Pero en serio deberías dejar de hacer cosas como esa.

—No me importa. Es un placer —dice. Sonríe y aparece el hoyuelo en su mejilla. Con un gesto exagerado, mira el reloj de pulsera. No quiere quedarse platicando y yo tampoco—. Bueno, ya nos veremos, Kenz.

Le dirijo una sonrisa de despedida mientras pasa rozándome. Odio que me haya llamado Kenz, y sé con seguridad que Jaden también se dio cuenta, porque tan pronto como Darren está lo suficientemente lejos para no oírnos, se pone delante de mí con expresión de perplejidad.

—¿Te envió flores? —pregunta.

—El fin de semana pasado, antes del baile —reconozco, encogiéndome de hombros. La verdad es que no creo que sea algo grave. Darren me preguntó si quería volver con él antes de que Jaden y yo empezáramos a hablarnos de nuevo, así que no es algo de ahora. Sin embargo, el gesto de ira que cruza la cara de Jaden me dice que no piensa lo mismo, así que rápidamente añado—: Pero no importa, porque la verdad es que no soy el tipo de chica a quien le gustan las flores. —Y para relajar el ambiente, suelto—: Habría sido mejor que me hubiera enviado una caja de chocolates Hersey.

Jaden ni siquiera sonríe mientras empezamos a caminar.

—¿Te está molestando? —pregunta.

Suelto un bufido.

—Sé cómo manejarlo, Jaden —le digo con firmeza. La verdad es que es muy bonito que Jaden intente protegerme, pero Darren no es un problema.

Jaden se queda en silencio durante todo el camino hacia la caja. No dice nada más sobre el tema, pero su cara parece presagiar una tormenta. Pagamos las cajas de tinte, las ponemos en la bolsa y salimos de la tienda.

Le da una patada al suelo mientras cruzamos el estacionamiento en dirección al coche y yo lo miro, sorprendida por su reacción. Intento imaginar por qué de repente se quedó tan callado. ¿Son celos, quizá? No sé por qué está tan irritado, pero lo que sí sé es que no tiene ningún motivo para estar celoso. Es a él a quien estaba besando hace media hora, y no a Darren.

—¿Falta mucho? —pregunta Dani.

Está sentada en la taza del cuarto de baño con las piernas cruzadas y las manos en el regazo. Tiene una toalla por encima de los hombros y un gorro de baño en la cabeza. Debajo de este, su pelo está recogido en un chongo húmedo y pegajoso. El baño de Nancy y Terry apesta a productos químicos, pero ya no tanto como cuando empezamos.

Estoy apoyada en el borde de la bañera. Saco el teléfono y compruebo el cronómetro que va corriendo.

—Cinco minutos —le digo.

Al principio Dani se mostraba reacia. Después de que se diluyera la sorpresa por haberle plantado dos cajas de tinte del pelo delante, no acababa de creerse que mezclando los dos tonos que yo había elegido pudiera hacer que su pelo se pareciera más al de su madre. Tuve que ser muy convincente para que accediera a dejarme teñirle el pelo, con el riesgo de que se lo arruinara, y sigue teniendo dudas.

—¿En serio crees que esto funcionará?

Dejo el celular en la repisa del lavabo y me encojo de hombros mientras la miro con una sonrisa.

—Vale la pena intentarlo, ¿no?

Estoy contenta de que me dejara hacerlo. Estar aquí sentada con ella, platicando como si nada mientras el tinte va haciendo su trabajo, me recuerda cómo éramos el verano pasado. Salíamos a menudo, y cuando lo hacíamos siempre nos contábamos chismes, siempre nos reíamos. Ser amiga de Dani llenaba el vacío que Grace me había dejado, me permitía ver cómo habría sido la vida con una hermana, y por desgracia me he perdido un montón de noches como esta con ella.

—Gracias por esto, Kenzie —dice Dani al cabo de un momento. Se coloca bien la toalla que lleva en el cuello. Tiene un aspecto ridículo ahora mismo, pero estoy contenta por el mero hecho de que se sienta cómoda conmigo. Una sonrisa llena de gratitud se le enciende en la cara, pero al instante sus resplandecientes ojos azules se entristecen—. Probé diferentes tonos, pero siempre son todos demasiado oscuros —reconoce—. Nunca se me ocurrió mezclar colores, así que ojalá que esto funcione.

—Si no funciona —le digo lentamente, con voz cautelosa—, siempre puedes volver a ser tú. No creo que a tu madre le importara.

Me mira mientras piensa en mis palabras. Y yo me sorprendo por el hecho de que nunca haya considerado antes esta posibilidad. Tampoco tiene la oportunidad de responderme porque Jaden aparece por la puerta.

—Dios, estás horrible —le dice a Dani. Lo miro y pongo los ojos en blanco. Estaba en la cocina probando las galletas que horneó Nancy y luego fue a ver la televisión en su habitación, pero parece que ya se está impacientando. Me había olvidado de cómo era tener que repartir mi tiempo entre los dos.

—Cierra la boca —dice Dani. Se estira y agarra una toalla del ropero para poder azotarlo con ella, pero Jaden es ágil y consigue esquivar el ataque.

—¿Cuánto tiempo más van a estar con esto? —pregunta, atravesando con cuidado el suelo del baño y todos los papeles de periódico que lo cubren. Se sienta a mi lado en la bañera, y a propósito o por accidente pone su mano sobre la mía cuando se agarra al borde de la misma.

—Un par de minutos —le digo. Cuanto más se acerca el momento de descubrir cómo queda el pelo de Dani, más nerviosa me pongo. Fue idea mía, así que si sale mal la culpa también será mía. Espero de verdad que el color sea el esperado.

Dani, sin embargo, tiene algo más en la cabeza que su cabello. Entrecierra los ojos con suavidad y se queda mirando la mano de Jaden encima de la mía en el borde de la bañera. Levanta una ceja y entonces nos mira a uno y al otro. Un esbozo de risita le curva las comisuras de los labios.

—Así que, sólo por si acaso lo que estaban haciendo antes no era del todo evidente, ¿son algo ahora?

¿Tan obvio es? ¿Parecemos ser algo? Retiro la mano inmediatamente de debajo de la de Jaden y volteo la cara para ocultar que me ruboricé. La verdad es que no sé qué decirle, aunque estoy bastante segura de la respuesta. Me gusta tener la esperanza de que Jaden y yo seamos algo, y por suerte, es él quien masculla unas palabras:

—Eso creo —dice, pero hay una pizca de incertidumbre en sus palabras. Disimuladamente me lanza una mirada con los ojos brillantes, esperando con paciencia a que yo lo ratifique. Ya me arden las mejillas otra vez, y de verdad que soy incapaz de mirarlos a los ojos, así que me limito a asentir con la vista clavada en el suelo. Sí, decido. Somos algo.

Y entonces, desesperada por cambiar de tema, rápidamente suelto:

—Will va a dar una fiesta el día 15. Y están invitados los dos.

—¿Yo también? —pregunta Dani, pestañeando unas cuantas veces. Es triste. Mucha gente habría invitado a Dani a un montón de cosas hace un año.

—Pues claro. Will personalmente me insistió en que te lo preguntara, así que ¿qué me dices?

—Cuenta conmigo —dice Jaden a mi lado. Se inclina hacia delante e intercambia una mirada con Dani—. ¿Y tú, Drácula? No has ido a una fiesta desde hace siglos. Deberías ir.

Dani frunce el ceño mientras lidia una batalla mental consigo misma. Se pasa unos segundos haciendo una mueca y, finalmente, suelta un suspiro.

—Bueno, iré a la fiesta. Siempre y cuando no me haya invitado por lástima.

En el preciso momento en que esas palabras le salen por la boca, el cronómetro de mi celular resuena por todo el baño. Me levanto y lo tomo; lo paro y me volteo para mirar a Dani, impaciente. Ella también parece estarlo y se levanta, estira las piernas y se inclina sobre el lavabo. Abro la llave y dejo correr el agua hasta que sale caliente.

—Kenzie, te juro por Dios que confío en ti... —murmura, sujetando la toalla más fuerte todavía sobre los hombros mientras se agacha y baja la cabeza hasta el borde del lavabo—. Pero si sale, no sé, azul o algo así, volveré a dejar de hablarte.

—¡Me parece bien! —admito con una risa, pero no las tengo todas conmigo. El agua está templada cuando meto la mano debajo de la llave, así que empiezo a masajear suavemente con las manos el cabello de Dani para enjuagar el tinte. El agua que chorrea de su cabeza pasa a ser negra, igual que mis manos, y sólo puedo continuar rezando para que el pelo de Dani sea ahora lo más parecido posible al tono de su madre.

—Todavía no puedo creer que mi noche haya acabado así —se queja Jaden mientras ronda por mi espalda. Se inclina sobre mí y me desliza las manos por la cintura. Apoya la barbilla en mi hombro y su cuerpo se pega fuerte contra el mío mientras mira cómo aclaro el pelo de Dani. Me gusta pasar tiempo con los dos a la vez, y me echo a reír a carcajadas cuando Jaden dice—: Estoy literalmente aquí, de pie, mirando cómo la chica que me gusta hunde la cara de mi hermana en un lavabo.

25

Acaban de dar las seis de la tarde del domingo. Estoy sentada en la sala con papá. No hace mucho que llegué a casa después de terminar mi turno en el trabajo e intento prestar atención al partido de los Broncos en la tele, pero soy incapaz de concentrarme. Estoy demasiado nerviosa. Esta mañana, mamá me insistió en que invitara a Jaden a cenar. No va a ser nada especial, sólo hamburguesas y papas fritas, pero se empeñó en que nos acompañara. Quería volver a verlo porque ha pasado mucho tiempo desde que Jaden conoció a mis padres. Peleé durante unos cinco minutos o así, pero al final no tuve más remedio que rendirme. Normalmente no me gusta traer amigos a casa, no puedo recordar la última vez que invité a Will y Holden aquí, sobre todo porque me da miedo que mi madre acabe borracha. No podría soportar esa vergüenza, y si no le hubiera contado la verdad a Jaden no me habría dejado convencer tan fácilmente. Y aunque ahora no tengo nada que ocultar, no puedo evitar sentirme nerviosa mientras espero que Jaden llegue.

Miro a papá de reojo. Está a mi lado en el sillón, con los ojos pegados a la tele, totalmente absorto en el partido. Hoy no acepta llamadas de emergencia, así que sin el estrés del trabajo encima, se ve más relajado de lo habitual.

—¿Puedes hacerme un favor?

Papá me mira sólo durante un segundo antes de volver a mirar el partido.

—Sí, Kenzie, te prometo que no le voy a decir a tu novio que todavía duermes con el señor Cuddles, el osito —dice poniendo los ojos en blanco por un instante.

—¡No es verdad! —Levanto las manos, indignada.

Papá se ríe entre dientes, y cuando el partido se interrumpe por los anuncios, se voltea para mirarme, esta vez con más solemnidad.

—¿Cuál es el favor?

—Que no le preguntes a Jaden cómo está —le digo, y mi voz suena casi como un ruego, porque sé lo mucho que él detesta estas preguntas compasivas y apenadas—. Pregúntale cosas normales. Háblale de futbol o algo así. Está en el equipo del colegio, ¿te acuerdas? Y ganaron el partido contra el Grand Junction el viernes, así que pregúntale sobre eso.

—¿Dijiste futbol? —Papá toma un sorbo de la cerveza que tiene en la mano y asiente—. Lo intentaré.

Mamá entra en la sala soltando un suspiro y se deja caer en el sillón delante de nosotros. Ha estado en la cocina preparando la cena, pero parece que también le dio tiempo de arreglarse y vestirse. Se puso pantalones y una camisa beige nueva. Lleva el cabello suelto con las puntas moldeadas, y además se puso algunas joyas de plata. Me alegra ver que hizo un esfuerzo por una vez.

—Estás muy guapa —comenta papá, asintiendo desde el otro lado de la habitación—. Por cierto, tenemos órdenes estrictas de no hablar del señor Cuddles.

—Oh, ¿en serio? —dice mamá, mirándome ahora a mí. Su sonrisa es burlona—. ¿Jaden no puede saber lo del señor Cuddles?

—Por Dios, ¡paren ya! —Agarro el cojín del sillón y se lo lanzo a través de la sala, luego echo la cabeza hacia atrás y me cubro la cara con las manos. Si me hacen pasar vergüenza esta noche delante de Jaden no creo que vuelva a dirigirles la palabra. La otra vez no lo hicieron.

—¡Llega un coche! —anuncia papá, inclinándose hacia delante en el sillón y alargando el cuello para mirar por la ventana.

Mi corazón lanza cohetes y rápidamente me inclino yo también para ver a través de la ventana que da a nuestra tranquila calle sin salida cómo un coche se acerca. Por supuesto, es Jaden. Me sudan las manos mientras el Corolla negro va disminuyendo la velocidad hasta detenerse delante de nuestra casa, estacionado detrás del coche de mamá. Todavía es de día y puedo ver a Jaden en el asiento del conductor, aunque no sale del coche de inmediato, sino que se pasa un minuto arreglándose el pelo y poniéndose colonia. Lo miro mientras lo hace, y sonrío de lo adorable que es. Ya conoce a mis padres, así que espero que no esté tan nervioso como yo. Por suerte, parece seguro de sí mismo cuando sale del coche y camina hacia la entrada.

—¡Llegó el momento de escabullirse! —dice papá apartándose de la ventana y levantándose del sillón. Con la cerveza en la mano, rodea la mesita de centro para dirigirse hacia mamá, y gentilmente le ofrece la mano para ayudarla a levantarse. Mamá pone cara burlona mientras los dos salen por la puerta y papá dice volviéndose hacia mí—: Nos esconderemos en la cocina.

En cuanto desaparecen de mi vista, me echo un vistazo rápido en el enorme espejo que hay en la pared detrás de mí. Recorro con los dedos las puntas de mi cabello, compruebo que el labial no se haya borrado de mis labios, y luego salgo corriendo hacia la puerta. No quiero que Jaden tenga que llamar al timbre, porque eso suena demasiado formal, así que abro de golpe.

Jaden está a sólo unos pasos del porche y una sonrisa se ilumina en su cara en cuanto me ve. Lleva unos *jeans* negros sin rotos y una camisa blanca sin abotonar del todo. La parte de arriba de su cabello está perfectamente peinada con fijador y termina en un discreto copete. Se detiene justo delante de mí en el porche, con sus ojos azules capturando los míos.

—Ey, Kenz.

—Ya sabes que no tenías por qué ponerte camisa —señalo. Me gusta el hecho de que se note que se arregló para ver a mis padres esta noche, pero en realidad no tenía por qué hacerlo.

—Quería parecer respetable —dice. Hincha el pecho y se pasa la mano como si alisara los pliegues de la camisa, luego suelta el aire y deja que sus hombros vuelvan a la posición normal—. Además —susurra cuando se me acerca un paso más, quemándome con su mirada—, tendrás que arrancármela más tarde.

Me tiemblan las rodillas pero lo aparto con la mano.

—¡Jaden! —No recuerdo que tuviera tanta confianza como ahora hace un año. Siempre ha sido más reservado, o al menos más sutil, pero tengo que recordarme a mí misma lo que me dijo no hace mucho sobre no perder el tiempo. Si tiene algo en la cabeza, lo dice. Si hay algo que quiere hacer, lo hace. De todas maneras, hay algunas excepciones, y me apresuro en decirle—: Por favor, no repitas esto delante de mi padre.

—¿Repetir qué? —dice papá como un eco, y al instante me estremezco y me volteo para mirarlo. Viene caminando por el pasillo hacia nosotros haciéndonos gestos para que entremos. Por suerte, está sonriendo—. ¡No se queden en la puerta, entren!

Doy un paso hacia atrás y abro del todo para invitar a Jaden a que entre en casa. Lo hace dirigiéndole a papá una enorme sonrisa. Es más encantadora que su sonrisa habitual ladeada y coqueta, y me gusta tanto o más.

—Hola, Jaden —lo saluda papá. El tono de su voz es poco natural cuando se esfuerza demasiado en parecer *cool*. Da un paso adelante para estrecharle la mano a Jaden—. Encantado de conocerte. —Y en broma añade—: Otra vez.

Jaden se ríe y le estrecha la mano con firmeza.

—Igualmente, señor Rivers.

—Llámame Howard —le ofrece papá dándole un golpecito en el hombro—. Espero que tengas hambre, porque la comida está lista. —Con la mano todavía en el hombro de Jaden lo guía hacia el pasillo, dejándome atrás. No parece que Jaden se fije en el marco de Grace cuando pasa por delante de la mesita del pasillo, pero no me sorprende. La mayoría de la gente no lo hace.

En la cocina, la mesa está puesta para cuatro comensales, y mamá se mueve por la cocineta sirviendo los platos. Cuando los tres entramos, se detiene un minuto y se voltea con una sonrisa en el rostro. Su mirada recae sobre Jaden.

—¡Hola! —exclama—. ¿No es genial tenerte aquí otra vez?

Enseguida me doy cuenta de que en los últimos minutos se ha servido una copa de vino, que está en la cocineta, detrás de ella. No me sorprende. Esta semana ha sido dura, y ahora bebe más por hábito que por placer, pero no lo tomaré en cuenta. Hoy me pareció verla relativamente feliz, así que no creo que vaya a tener ningún bajón esta noche.

—Pues claro —asiente Jaden. Aunque está sonriendo, puedo ver cómo sus ojos se desvían y soy consciente de que también vio la copa de vino—. Gracias por invitarme.

—Es un placer —dice mamá—. ¡Y ahora, sentémonos!

Jaden me mira de reojo y yo busco el puño de su manga, rozando mi pulgar contra la piel cálida de la palma de su mano. Ahora que está aquí, con sus ojos azules, su resplandeciente sonrisa y todo lo demás, ya no estoy nerviosa como antes; aun así, no puedo evitar algo de tensión por la copa de vino. Estaré inquieta durante el resto de la noche, pero por ahora intento mantenerlo en el fondo de mi cabeza y hacer lo posible por ignorarlo mientras acompaño a Jaden a la mesa.

—Tú te sientas a mi lado —le hago un guiño y recorro con las yemas de mis dedos la manga de su camisa por encima de la muñeca, batiendo las pestañas mientras lo miro. Me siento en mi silla de siempre y le señalo la que está a mi lado, para poder tocarle la rodilla por debajo de la mesa—. Qué suerte tienes, ¿eh?

La sonrisa de Jaden se ensancha. Acerca la silla a la mesa, me pone la mano en la rodilla y masculla:

—Sí.

—Bueno —dice papá, acercándose a la mesa con un plato en cada mano, que deposita delante de Jaden y de mí. Se trata de papas fritas y unas enormes hamburguesas caseras rebosantes de relleno (es la especialidad de mamá)—, escuché que ganaron el partido del sábado por la noche.

—Pues sí, ganamos —asiente Jaden, con la mano todavía en mi rodilla por debajo de la mesa—. Jugamos contra el Grand Junction y no les dimos ni una oportunidad.

Papá regresa a la mesa de nuevo, esta vez con su plato y el de mamá, y se sienta en la silla enfrente de mí.

—¿Has considerado jugar futbol universitario?

—No —responde Jaden al tiempo que niega con la cabeza. Con una amplia sonrisa aclara—: No me lo tomo tan en serio. Sólo me gusta atacar a la gente.

Mamá se acerca a la mesa y, por supuesto, lleva su copa de vino. Se sienta al lado de papá y deja la copa en la mesa, pero no la suelta. Quizá es porque teme que desaparezca de su vista.

—¿Atacar a la gente? ¿Debería preocuparme por eso?

Miro a Jaden con el rabillo del ojo. Al instante niega de nuevo con la cabeza y vuelve a reír.

—No, no me refiero a eso. Me encanta atacar a la gente, no hacerles daño. Les aseguro que es una buena forma de aliviar el estrés.

Mamá asiente.

—Ya me lo imagino —dice—. De una manera u otra hay que soltar un poco de vapor. —Agarra más fuerte la copa cuando se la lleva a los labios y toma un sorbo. La mayoría de la gente no se percataría y desde luego no le daría ninguna importancia, pero yo sí. Y papá también. Y creo que Jaden también. Y ninguno de nosotros puede hacer nada más que fruncir el ceño. Me siento aliviada cuando mamá vuelve a dejar la copa y sonríe, mirándonos a los tres—. Pero vamos, ¡comamos!

El tacto de la mano de Jaden en mi rodilla desaparece cuando levanta el brazo para tomar los cubiertos.

No me gusta tenerlo cerca si no siento su cuerpo tocando el mío. Así que muevo unos centímetros mi silla hacia la suya y le pongo la mano en el muslo. Con una papa frita en la boca, baja la cabeza y me mira de reojo, pero yo sólo sonrío mirando al plato. No retiro la mano, y me parece excitante teniendo a mis padres sentados justo enfrente de nosotros.

—¿Y qué universidades te interesan, Jaden? —pregunta papá, y eso lleva a una larga conversación sobre las universidades a las que Jaden ya envió solicitudes y a las que piensa hacerlo. Por supuesto, mis padres aprovechan para recordarme sutilmente que yo todavía tengo que decidirme.

Incluso con Jaden aquí, disfruto de la comida. La vida es demasiado corta para preocuparte de si te queda algo de salsa en los labios delante del chico que te gusta, y de todas maneras no me concentro mucho en Jaden porque estoy ocupada en vigilar el consumo de vino de mamá durante la cena. Sigo mirándola sorbo tras sorbo, y a media cena se levanta de la mesa para ir a buscar, según dice, la sal. Pero no sólo trae la sal a la mesa, también trae otra botella de vino y se llena la copa vacía.

—Kenzie nos dijo que sacaron la barca de tu padre al lago ayer —dice papá, levantando la mirada del plato para mirar a Jaden con cautela. Ojalá papá supiera que no tiene que ser cauteloso con Jaden, o vigilar sus palabras, o pasar de puntillas por algunos temas.

Jaden deja de comer, traga saliva y asiente hacia el otro lado de la mesa, donde está papá.

—Pues sí, lo hicimos. Ha estado abandonada en la entrada de casa demasiado tiempo, y Kenzie me recordó que mis padres hubieran querido que la usáramos.

Papá abre los ojos, sorprendido. No sé por qué, pero cuando me mira estoy convencida de que hay una chispa de orgullo en su mirada. Ojalá pudiera aconsejarles a ellos de la misma manera que lo aconsejo a él.

—¿Ah, sí? ¿Eso hizo?

—Pues sí —afirma Jaden. Sus labios se ondulan en una sonrisa, gira la cabeza para mirarme mientras deja caer una mano sobre la mesa. Un segundo después, siento su mano en mi pierna, viajando de la rodilla hasta el muslo—. Gracias, Kenz —dice, y entonces vuelve a fijar la mirada en mis padres, aunque su mano permanece donde está.

Papá y mamá nos observan, y ella aparta su plato vacío para apoyar los codos en la mesa. La copa de vino está en sus manos, tocando sus labios, ya medio vacía.

—Estoy tratando de hacer cosas que mis padres hubieran querido que hiciera —admite Jaden en voz baja, dibujando lentamente un círculo en mi muslo con un dedo—. Ellos habrían querido que fuera una buena persona. Que me fuera bien en la escuela. Que cuidara de mi hermana. Que tratara bien a Kenzie. Habrían querido que viviera mi vida, que fuera feliz. —Jaden se detiene, dejando un silencio que llena el aire mientras mira a papá y a mamá. Su mirada es dulce, pero de alguna manera hay una intensidad que casi no puedo interpretar, y finalmente aterriza en mamá. Jaden se encuentra con sus ojos, separa los labios y pregunta—: La gente a la que perdemos en la vida no querría que fuéramos infelices, ¿verdad?

Mamá se echa hacia atrás en la silla, presiona la copa de vino contra sus labios e intercambia una mirada cómplice con papá. El pánico se apodera de nuevo de mí, e intento atraer la mirada de Jaden, pero él no me está mirando. Necesito que pare, porque tanto si lo sabe como si no, sus palabras también nos afectan a nosotros.

—No —responde finalmente papá mirándolo—. No querrían —coincide, aunque casi masculla esas palabras.

Mamá parece estar ahora al borde del abismo, y vuelve a acercar la copa de vino a sus labios otra vez y se la termina de un solo trago. Suspirando con fuerza, sacude la cabeza, claramente afectada por las palabras de Jaden. Grace no hubiera querido que fuéramos infelices, y ella lo sabe.

Ya lleva dos copas de vino y su ánimo se desplomó. Ya no está tan alegre y optimista como cuando llegó Jaden, y durante el transcurso de la cena se ha ido entristeciendo de manera gradual. Pero parece no darse cuenta, porque deja la copa vacía delante de ella y agarra la botella de vino. Con rostro enfurruñado, desenrosca el tapón y empieza a servirse otra copa. Todos la miramos. Nadie se atreve a pronunciar palabra, y agradezco que Jaden se aclare la garganta y continúe hablando:

—Así que —dice con una sonrisa mientras se esfuerza en articular lo que quiere decir— no es que no los extrañe. Los echo mucho de menos. Todos los días. Pero no tiene sentido malgastar mi vida siendo infeliz, porque ¿qué me aportaría eso? Mis padres no hubieran querido que me quedara de brazos cruzados, deprimido, igual que a Grace no le hubiera gustado que tú te quedaras de brazos cruzados y bebiend... —Inmediatamente se interrumpe y se pone pálido de terror.

Yo me quedo con la boca abierta de incredulidad. Mamá le lanza una mirada cortante y parece tan sorprendida como yo, si no más. Furiosa, agarro la mano de Jaden y la aparto de mi muslo. La silla rechina contra el suelo de la cocina cuando de golpe me volteo para mirarlo a la cara. Todo en mi interior estalla de la rabia. Le conté a Jaden la verdad porque confiaba en él, y ahora se pasó de la raya y se metió donde no lo llaman. Aprieto los dientes y siseo:

—Pero ¿qué diablos...?

—¿Qué dijiste? —gruñe papá con los labios rígidos. Su voz es baja y retumbante. Casi a cámara lenta, apoya las manos en la mesa y se pone de pie, y se eleva hasta estar por encima de todos nosotros. Se acerca a mamá, protegiéndola con su altura, mientras los labios empiezan a temblarle.

La expresión de Jaden se retuerce de pánico mientras levanta la barbilla para mirar a papá. Se queda callado durante un segundo y entonces voltea para mirarme. De golpe, la culpabilidad aparece en sus fríos ojos azules, pero su mirada vuela de nuevo con un pestañeo hasta mamá.

—Lo... lo siento. De verdad que no quería decir eso. Kenzie me lo contó —tartamudea, señalando la botella de vino que hay sobre la mesa delante de ella. Me siento paralizada en la silla mientras veo cómo aparta la silla y se levanta. Se está hundiendo en un pozo todavía más profundo y me arrastra a mí también. La mirada de acusación que me dirigen mis padres es difícil de ignorar. Jaden presiona la mano en el borde de la mesa y se aclara la garganta. Con el rabillo del ojo me mira con pánico una vez más, y de nuevo se dirige a mamá—. Ella... ella está preocupada por ti. Y el vino no hará que te sientas mejor. Quizá te parezca que sí, pero lo dudo... —Tropieza con sus propias palabras, y a pesar de que es obvio que se ya se dio cuenta de cómo metió la pata, estoy furiosa con él. «¿En qué diablos está pensando?». Se detiene para tomar aire y sacude la cabeza, casi como si ni siquiera él mismo pudiera creer lo que acaba de decir—. Dios, lo siento mucho, yo...

Mamá profiere un lamento sordo y rompe a llorar, y eso es todo lo que necesito para estallar. Me levanto de un salto, haciendo que mi silla caiga al suelo, y empujo con fuerza el pecho de Jaden, haciéndolo retroceder unos pasos.

—¡Vete! —le grito. Mi voz retumba por toda la casa y las mejillas me arden de rabia. Me tiembla todo el cuerpo.

Los ojos de Jaden se encuentran con los míos, desesperados. Entonces trata de tomarme por la cintura, pero vuelvo a empujarlo.

—Kenz...

—¡Vete, Jaden! —le grito de nuevo, señalando hacia la puerta. Tengo la respiración agitada. No pierdo los estribos casi nunca, y es raro que levante la voz, pero se pasó de la raya. Nadie hunde a mi madre de esa manera. Nadie la hace llorar. Jaden no es una excepción, por muy loca que esté por él.

Como sigue sin moverse, papá rodea la mesa de la cocina y lo toma por los hombros, sus rasgos son duros e implacables. Le echa una mirada a mamá, que está deshecha, y entonces le dice a Jaden:

—Será mejor que te vayas.

Entonces este se rinde. Levanta las manos y se encuentra con los ojos ardientes de papá, y asiente lentamente mientras retrocede unos pasos dirigiéndose al pasillo, consciente de que se equivocó. Todo lo que puedo oír es cómo mamá llora detrás de mí y el doloroso y punzante palpitar de mi pulso, y mi mirada asesina no hace más que intensificarse cuanto más miro a Jaden.

Baja la cabeza hacia el suelo mientras se voltea de espaldas a nosotros, y sus anchos hombros se derrumban mientras vemos cómo camina por el pasillo hacia la puerta principal. La abre lentamente y entonces se queda inmóvil y se voltea hacia la mesita del pasillo. El ambiente se puede cortar de la tensión, y sé lo que está mirando. Ve el marco de Grace. Con cuidado, levanta la mano y las yemas de sus dedos acarician con suavidad el nombre tras el cristal.

Se da la vuelta hacia mí. La culpabilidad le sale por todos los poros, y es obvio que lo siente mucho; lo lleva escrito en todas sus facciones, en sus ojos. Pero es demasiado tarde para pedir disculpas, porque no sé cómo voy a perdonar lo que hizo.

26

No quiero ni pensar en el colegio. Estoy sentada en mi tocador, cepillándome el pelo sin pensar en nada, todavía medio dormida. Tengo varios mensajes de Jaden en el teléfono, que todavía no he abierto. Es fácil ignorar sus mensajes, pero no lo es ignorarlo en la vida real.

Acaban de dar las siete y media de la mañana y Will llegará enseguida. Resignada a mi destino, agarro la bolsa y el libro de física y bajo la escalera medio dormida. Normalmente, la casa está bastante silenciosa por las mañanas. Papá está trabajando y mamá duerme. Hoy, sin embargo, no hay el silencio habitual. A medio camino de la escalera oigo el tintineo de una botella resonando en la cocina. Me detengo inmediatamente y escucho.

Otro tintineo.

Me quedo de pie, atrapada en el limbo de la escalera mientras la decepción fluye a través de mí. Mamá debe de sentirse culpable esta mañana como siempre que piensa en Grace, lo que le da la excusa para servirse otra copa, o cuatro más. Y eso es lo que está haciendo ahora mismo: servirse vino.

Abrazando el libro de texto contra el pecho, me obligo a continuar escaleras abajo hacia la cocina. Ya puedo ver a mamá, inclinada en la cocineta de espaldas a mí. Me acerco, preparándome mentalmente a mí misma para lidiar con ella a estas horas de la mañana, cuando me doy cuenta de que papá está sentado a la mesa de la cocina.

—Bueno días, Kenzie —dice él, mirándome. Está inclinado sobre una taza de café aún intacta y juguetea con los pulgares. Debería estar trabajando a estas horas, y que yo sepa, nuestras cañerías están bien.

Mamá me mira por encima del hombro. Aunque parece hundida, hay determinación en sus ojos, una fuerza que nunca había visto. Sus finos labios forman una pequeña sonrisa, y veo que hay una colección de diferentes botellas de vino en la barra, delante de ella. Tiene una en la mano, abierta, y entonces se inclina y la vacía entera en el fregadero.

—¿Qué está pasando?

Papá se endereza en su silla y sus ojos se encuentran con los míos.

—Jaden se pasó de la raya.

—Pero tenía razón. —Mamá acaba la frase por él, dándose la vuelta para quedar de cara a mí. Tiene la botella vacía en la mano, y deja caer la mirada para observarla como si ahora la viera por primera vez—. Lo que dijo es lo que necesitaba oír —murmura con la mirada todavía baja—. No me gustó, pero era la verdad. Quiero decir, mira esto. —Se dirige hacia las botellas detrás de ella y hace un gesto de disgusto con la cabeza. La derrota es evidente en su voz—. ¿Qué diría Grace? —Por una vez, pronuncia su nombre sin vacilar. Agarra otra botella, desenrosca el tapón, y la vacía también en el fregadero. Parpadeo mirándola con incredulidad mientras se deshace de lo único que ha sido su punto de apoyo durante los últimos cuatro años. Trato de procesar lo que estoy viendo, pero nada me queda registrado.

Mamá coloca las dos botellas vacías en la barra, en el otro lado del fregadero, agarra una tercera botella y le quita el tapón.

—No me había dado cuenta de lo que he estado haciendo durante todos estos años —admite. Se detiene con la botella de vino abierta en la mano durante unos segundos antes de obligarse a vaciarla—. Ninguno de ustedes me dijo nunca nada —murmura, dejando la botella vacía. Se apoya en la barra y nos mira a papá y a mí. Esa fuerza en sus ojos es rápidamente reemplazada por un destello de dolor—. ¿Por qué no me dijeron nada?

Intercambio una mirada con papá, que asiente, animándome a que conteste. Pero no tengo una respuesta. No del todo. Siempre era más fácil no decir nada. Permanezco en silencio mientras trato de pensar en la razón por la cual nunca pronuncié las palabras que Jaden dijo anoche. ¿Por qué nunca le dije que el vino no la ayudaba? ¿Que era injusto de su parte enviarme a comprarlo? ¿Que Grace no habría querido esto para ella?

—Porque eres mi madre —digo finalmente. Esto no es lo que esperaba al despertarme, pero estoy contenta de que lo sea—. No quería que te enojaras, o discutir contigo, o hacerte sentir peor. Y supongo que nunca quisimos admitir que era un problema real.

Los ojos de mamá se reflejan en los míos y observa mi expresión analizando cada una de mis facciones. Lentamente, sus ojos se entrecierran de dolor y amor al mismo tiempo, y asiente aceptándolo. Desplaza su mirada hacia papá.

—¿Y tú?

—No dije nada —empieza papá, mirándola a los ojos— porque lo entendía. No podía culparte.

La diminuta sonrisa que mamá le dirige está llena de tristeza, pero entonces se da la vuelta hacia la barra y recoge las cinco botellas de vino vacías con los brazos.

—Se acabó la bebida —anuncia con una frágil determinación. Se desplaza a través de la cocina y tira las botellas por la puerta de atrás—. Me gustaría tomarme una copa ahora mismo, pero parece que ya no hay más vino en esta casa —dice. Se acerca a papá, le pone la mano en el hombro y lo mira—. Voy a intentarlo yo sola por ahora, pero si me resulta demasiado difícil, buscaré ayuda, ¿de acuerdo?

Oigo el claxon del Jeep de Will, pero me da igual. Abrumada por la mezcla de emociones, desde el orgullo hasta el alivio y la alegría, lanzo la bolsa y el libro de texto sobre la mesa donde está papá y me abalanzo sobre mi madre. La envuelvo con mis brazos y la estrecho con fuerza. No me había percatado hasta ahora de lo mucho que deseaba oírla decir estas palabras. Entierra la cara en mi cabello y me devuelve el abrazo incluso con más fuerza, como si tuviera miedo de soltarme y susurra:

—A veces se me olvida que ya soy una madre bastante afortunada.

Durante la clase de física, me resulta imposible concentrarme. Lo intento en serio. Pero no importa lo mucho que concentre toda mi atención en el señor Acker mientras él habla de vectores. Mi cabeza se va siempre a otro lugar en cuestión de segundos. Estoy pensando en mi madre, esperando que lo solucione por ella misma. También estoy pensando en Jaden. Todavía no lo he visto, pero sólo estamos en la primera hora. Sigo enojada, pero me parece que ahora es más por una cuestión de orgullo herido. Sus sinceras palabras fueron duras pero necesarias, y parecen haber hecho llegar el mensaje a mamá de que ha estado llevando el duelo de mala manera durante cuatro años. Pero Jaden no tenía derecho a hablarle de la manera en que lo hizo. No tenía derecho a entrometerse. Le podría haber salido el tiro por la culata. Por suerte para él, no fue así. En consecuencia lo perdono, aunque no del todo.

Miro de reojo a Kailee. Se le sale el codo de la mesa y tiene la barbilla apoyada en la mano, muestra una cara inexpresiva mientras mira fijamente a nada en particular. Agarro la libreta y arranco un trozo de una página, saco el tapón del bolígrafo y escribo un breve mensaje: «Fiesta en casa de Will el 15. Por cierto, estoy más o menos algo así como saliendo con Jaden Hunter otra vez. ¡Te pongo al día durante el almuerzo!».

Echo una fugaz mirada al señor Acker para comprobar que no está mirando, y cuando vuelve a darle la espalda a la clase para señalar la pantalla, me inclino y coloco el trozo de papel en la mesa de Kailee. Ella da un brinco y se lleva la mano al pecho, simulando que tiene un ataque al corazón del susto. Intercambiamos una sonrisa y ella toma la nota. Se la pone enfrente de la cara y entrecierra los ojos como si tuviera delante una letra ilegible. Pasan unos segundos antes de que me lance una mirada. Se le cae la mandíbula.

—¡Lo sabía! —masculla, y pongo los ojos en blanco, devolviéndole la sonrisa. No puedo explayarme hablando de Jaden con Will ni con Holden, y sería muy incómodo hablar de él con Dani, así que tengo que poner al día a Kailee y a Jess de mis novedades de las pasadas semanas. Hay mucho que contar, y quiero contarlo.

Mi mirada pasa de la cara de sorpresa y emoción de Kailee a la de Will. Está muy concentrado escuchando al señor Acker y tomando apuntes, y estoy a punto de lanzarle la goma de borrar cuando suena el timbre. El ruido repentino me asusta, cierro los libros y me levanto.

Casi al momento, Kailee se me pone delante. Los ojos le brillan y me dice:

—Siempre pensé que volverían a estar juntos.
Me río y empujo la silla debajo de la mesa.

—No estamos del todo juntos —admito encogiéndome un poco de hombros. Casi me resulta raro hablar de Jaden y de mí con naturalidad después de tanto tiempo. Solía hablar de él todo el tiempo, casi hasta desesperar a la gente, pero no podía evitarlo—. Te lo cuento luego, ¿sí?

—Bueno. Tengo que decírselo a Jess —proclama Kailee, entusiasmada, y entonces aprieta los dientes y suelta un grito ahogado. Siempre puedo contar con Kailee para que se alegre por mí—. ¡Nos vemos en el almuerzo, Kenzie!

Se dirige a la puerta siguiendo al resto de la clase hacia la marabunta de los pasillos, y me saluda con la mano antes de desaparecer. Tengo una sonrisa en los labios que no se me va. Ver a Kailee tan emocionada me ha levantado muchísimo el ánimo. Más que llena de temor e ira, me siento esperanzada. Esperanzada de que mamá esté bien, de que Jaden y yo estemos bien.

—No tengo todo el día, ya lo sabes —remarca Will con ironía, para que le haga caso. Está de pie junto a su mesa, con el libro de texto apoyado en el pecho y el pelo que le cae sobre los ojos mientras me espera. La clase ya se vació y somos los únicos que quedamos aparte de un chico que está hablando con el señor Acker.

—Lo siento —me disculpo. Me mira con suspicacia, y le digo—: Estoy un poco despistada hoy.

—Ya veo —comenta. Caminamos uno al lado del otro hacia la puerta y seguimos el flujo de alumnos por los pasillos, obligados a levantar la voz—. ¿Qué pasa?

—Nada, en realidad —le miento. Menudo eufemismo. Pero Will no sabe nada del creciente consumo de alcohol de mamá, así que no puedo contarle lo que pasó anoche con Jaden. Y por eso cambio de tema rápidamente—. Por cierto, Jaden y Dani irán a tu fiesta —lo informo. Sigo centrando la mitad de mi atención en Will y la otra mitad en ponerle un ojo a Jaden. Estoy nerviosa por volver a verlo.

—¿En serio? ¿Dani dijo que irá? —pregunta Will sorprendido. Parece contento cuando asiento—. Eso es genial. Pensé que diría que no. Holden invitó a unos cuantos del equipo, así que seremos una multitud.

Nos marchamos en direcciones opuestas. Will se dirige a su próxima clase y yo hacia mi casillero. No tengo mucho tiempo, así que cambio rápidamente los libros y luego me miro en el espejo diminuto que tengo en la parte interior de la puertecita del casillero. Se me para de golpe el corazón cuando el reflejo me muestra a Jaden detrás de mí. Me volteo para mirarlo a la cara y el cabello se me desparrama sobre los hombros.

—Kenz —murmura Jaden acercándose. Sus cejas están fruncidas, tiene los ojos llenos de culpa y la frente arrugada de preocupación. Lleva el pelo liso y una sudadera negra otra vez; con la mano sujeta el asa de su mochila. La agarra con tanta fuerza que tiene los nudillos pálidos, y me mira con desesperación y arrepentimiento.

—No —le digo. Cierro la puerta de un golpe y el timbre resuena por todo el edificio del colegio por segunda vez. Voy tarde a clase y sólo quedan unos pocos rezagados por los pasillos.

—Kenz, lo siento. —Jaden lo intenta de nuevo, buscando mi mano. Mueve la cabeza casi con desesperación. Nunca lo he visto tan nervioso. Con los dedos todavía rozando mi mano, prosigue—: No quería decir todo lo que dije. No pude detenerme, y me estaba equivocando, pero es que... me salió así. Supongo que pensé que podía servir de ayuda.

Aparto mi mano de la suya y se la pongo en el pecho, haciendo que se calle. En el silencio que se hace a continuación, lo miro directamente a los ojos y reconozco el sentimiento de culpa que le vi anoche. Es sincero, y estoy contenta de que se sienta culpable. Porque así es como debe ser.

A pesar de ello, mi ira ha desaparecido. Después de varios segundos, finalmente digo:

—Gracias.

Los ojos de Jaden se llenan de confusión. Me mira y ladea la cabeza, desconcertado por mis palabras. Creo que no era lo que se esperaba.

—¿Qué?

—Dijiste exactamente lo que yo he querido decir desde hace mucho tiempo —admito. Dejo caer la mano de su pecho y llevo la mirada al suelo—. Sólo que ni papá ni yo tuvimos las agallas para admitirlo, y mucho menos de decirlo, y tus palabras golpearon a mamá justo donde lo necesitaba. Así que gracias. —Levanto la mirada hacia el chico que tengo delante, sabiendo que me habría resultado imposible seguir enojada con él. Es demasiado cariñoso, demasiado dulce. Sé que sus intenciones fueron buenas. Sólo que lo hizo de la peor manera—. Pero, Jaden —digo con firmeza y tono solemne—, no vuelvas a hacer nada parecido otra vez.

—Nunca —se apresura a responder—. Nunca. —Suelta un suspiro de alivio y sus anchos hombros se hunden mientras me envuelve con sus brazos y me jala hacia él. Está lleno de calidez cuando me abraza fuerte, y me siento segura y a salvo con él. Hundo la cabeza en la curvatura de su cuello e inhalo su aroma, y él susurra en mi oído—: Pensé que lo había estropeado todo. —Entonces me suelta y da un paso hacia atrás. Sus facciones se han suavizado otra vez y rebusca dentro de la mochila—. Como no eres una chica de flores... —murmura a la vez que levanta la mirada y saca una cajita de cartón. Me la da rozándome los dedos.

—¿Qué es esto? —pregunto, tomándola y observándola con curiosidad.

—No son flores —responde Jaden con una sonrisa. Señala con la cabeza la caja—. Ábrela.

Hago lo que me pide y levanto los bordes de la caja. Cuando veo lo que hay dentro suelto una carcajada en medio del pasillo. Hay un montón de chocolates Hershey. Parece que Jaden está atento a cada palabra que digo. Sonríe con timidez, un poco avergonzado.

—Esto es mucho mejor que las flores —le digo. Y como voy tarde a clase de todos modos, doy un paso hacia él y estampo mis labios en la comisura de los suyos—. Gracias.

—De nada —dice Jaden. Cierra su mochila y se la vuelve a colgar del hombro mientras echa una mirada al reloj que lleva en la muñeca—. Parece que me estoy volviendo a aprovechar del hecho de que no me regañan por llegar tarde. Debo irme a clase.

—Sí, yo también.

Mirándome a los ojos, me pasa el pulgar por el contorno de la mandíbula. Su sonrisa suave es siempre cálida y sincera.

—Te veo luego, Kenz —dice, y se da la vuelta y se va. Se aleja por el pasillo con los últimos rezagados que quedan.

Me volteo hacia el casillero y la abro para meter la caja dentro. Jaden es realmente dulce en el sentido más atractivo posible. Es entrañable y fuerte, encantador y coqueto. Tengo un todo en uno con Jaden, y es una mezcla absolutamente perfecta.

—Kenzie —susurra alguien, y al instante reconozco la voz de Holden. Me volteo y lo veo escurriéndose hacia mí. Hemos estado de buenas esta semana y no ha dicho nada sobre Jaden; sin embargo, no parece haberse terminado. Ahora su expresión es fría, y me mira señalando con la cabeza a Jaden mientras camina—. ¿Qué fue eso?

—Voy tarde, Holden —le digo, poniendo los ojos en blanco por la pregunta. Sabe cuál es la respuesta: estaba hablando con Jaden, estaba abrazando a Jaden, estaba besando a Jaden, porque me gusta Jaden.

Ya se lo había dicho, así que no sé de qué se sorprende, y yo no estoy preparada para discutir otra vez con él—. Tengo que ir a clase de español, y estoy bastante segura de que tú también tienes que ir a clase.

—Dime una cosa, Kenzie —suelta Holden de golpe, agarrándome por el codo para retenerme. Me mira con sus ojos oscuros. La expresión entre ellos es diferente, algo que no he visto nunca, y me encuentro a mí misma tratando de decodificarlo mientras le devuelvo la mirada. En voz baja, al fin pregunta—: ¿Va en serio lo tuyo con Jaden Hunter?

Me suelto de su mano y cierro el casillero de un golpe, que resuena en el pasillo.

—Sí, Holden —contesto con seguridad, mirándolo fijamente a los ojos—. Va en serio.

Un relámpago de lágrimas de miedo atraviesa su cara y sus ojos..., su ceño se hace más prominente. Mira al suelo, negando con la cabeza lentamente.

—Vaya, Kenzie —susurra casi sin aliento—. De verdad que ojalá no hubieras dicho eso.

27

Estoy tirada en el suelo de la sala, tumbada sobre mi estómago, contemplando sin ánimo la tarea de estadística que tengo delante. Esta noche no trabajo, así que aprovecho para hacer las tareas que tengo atrasadas esta última semana. Pero no estoy muy concentrada, sobre todo porque no dejo de mirar la tele y a mamá.

Está sentada en el sillón, mordiéndose el labio inferior mientras intenta concentrarse en el episodio de *Scandal* que está viendo. Pero sé que su cabeza está en otro lugar, y no hace falta ser un genio para saber dónde exactamente. Hace menos de veinticuatro horas que anunció su decisión de dejar el vino y ya parece perdida e insegura de sí misma. Puedo verlo en sus ojos. Está luchando contra ello.

Dejo la pluma encima de la libreta, me apoyo en los codos y levanto la mirada hacia ella.

—¿En qué estás pensando? —le pregunto en voz baja con un tono suave.

Sus ojos oscuros se apartan de la tele para mirarme. Y cuando lo hace me queda claro que está lidiando una batalla mental consigo misma. Puedo verlo en su expresión, en su ceño...

—En todo —admite. Entrecruza los dedos y luego los suelta, sólo para volver a repetir la acción una y otra vez. Está más cansada de lo habitual, sobre todo porque su cabeza no descansa. No hay vino en su cuerpo para adormecerlo.

—Quizá necesitas encontrar un nuevo entretenimiento —le sugiero con una sonrisa esperanzadora. Me incorporo y me siento con las piernas cruzadas en el suelo apoyando la espalda en el sillón. Me estrujo el cerebro para encontrar ideas, y suelto las primeras que me vienen a la cabeza—. ¿Qué te parece bordar? ¿Hacer álbumes de recortes? ¿Dibujar? Se te daban bien las manualidades en la universidad, ¿verdad? ¿Por qué no creas algo? —La sonrisa forzada que me dirige como respuesta sólo consigue enmascarar un poco su frustración y desesperación, así que rápidamente añado—: O también puedes hacer mi tarea, si quieres.

Esto le arranca una sonrisa, y pone los ojos en blanco y se deja caer en el sillón rompiendo la rígida postura que tenía.

—Buen intento —murmura.

Con un suspiro, aparto mi tarea a un lado y me levanto. Si mamá tiene que ganar esta batalla, necesitará alguna distracción. Si no, se va a volver loca. Salgo de la sala y voy hacia la cocina, abro los cajones y rebusco en ellos un trozo de papel. Acaban de dar las nueve de la noche, pero la tarde fue larga y se me hizo muy pesada, así que imagino que para ella todavía más. Necesita algo para mantenerse ocupada, así que agarro algunas hojas viejas y un par de lápices, cierro los cajones y regreso a la sala.

—Dibuja algo —le digo. Dejo el papel y los lápices en el sillón a su lado y le hago un gesto con la cabeza para animarla. Ella se lo mira. No estoy muy segura de adónde quiero ir a parar con esto, pero apoyo las palmas de las manos en el brazo del sillón y me inclino hacia ella mirándola a través de mis pestañas—. Nada de esto tiene que ver con la bebida —constato en voz baja. Mis palabras salen lentas y con cautela mientras continúo—: Tiene que ver con Grace. Tiene que ver con aceptarlo, y si no te ves capaz de hacerlo, entonces quizá deberías hablar con alguien que no seamos ni papá ni yo. Pero primero hay un hábito que necesitas romper, así que, por favor, dibuja algo.

Mamá frunce el ceño observando el papel que está a su lado en el sillón. Toma un lápiz y lo sostiene con delicadeza entre las yemas de los dedos, y luego levanta la mirada.

—¿Desde cuándo eres tan inteligente?

Con una sonrisa le contesto:

—Desde que mi madre me lo enseñó.

En ese preciso momento, el timbre de la puerta suena por toda la casa con un eco retumbante. Va seguido de varios golpes sonoros contra la puerta principal, e intercambio una mirada con mamá. Ninguna de las dos espera a nadie.

—Voy yo —digo. Impulsándome con el sillón, la dejo con las hojas de papel y me dirijo a la entrada. Fuera ya está oscuro, así que resulta imposible ver a través del cristal de la puerta quién está en el porche. Abro la puerta sólo unos centímetros por seguridad y miro por la rendija.

—¿Holden?

¿Qué está haciendo aquí? Holden es la última persona a quien esperaba encontrarme en el porche de casa así, sin avisar. Ni siquiera Will se presentaría de este modo, así que lentamente abro más la puerta, preguntándome a qué habrá venido. Se mantiene apartado unos pasos de la puerta con las manos en los bolsillos de su chamarra del equipo de futbol y la cabeza un poco agachada. La tenue luz del porche parpadea cada pocos segundos iluminando su cara sombreada. Levanta la mirada, traga saliva y me pregunta:

—¿Podemos hablar?

—Si tiene que ver con que me des una explicación sobre cómo te comportaste esta mañana, entonces sí —le respondo, cruzándome de brazos y dando un paso al lado—. Entra.

Con la cabeza todavía agachada y las manos en los bolsillos, Holden cruza lentamente el umbral y se queda en el recibidor a mi lado mientras cierro la puerta y vuelvo a correr el pasador. Irradia tensión. Intento captar su mirada, pero él continúa mirando al suelo mientras me sigue por el pasillo en dirección a la sala.

Cuando entro me encuentro con la mirada expectante de mamá y la pongo al corriente:

—Es Holden. —Cuando digo su nombre, él apoya la mano en el marco de la sala y se inclina hacia delante lo suficiente para que mamá lo vea. Pero no entra en la sala.

—Hola, Holden —lo saluda mamá con alegría y una cálida sonrisa. Parece agradecida por la distracción. Que Holden haya aparecido insospechadamente debe de ser mucho mejor que mi idea de que dibujara algo.

—Hola —responde Holden con un leve movimiento de cabeza. No le devuelve la sonrisa ni la mira durante más de un segundo. Aparta la mano del marco y me agarra por el codo con delicadeza, pero rápidamente me jala hacia el pasillo. Esto es raro, y no sé muy bien qué sucede. Holden se me acerca, tiene los oscuros ojos puestos en mí y los fríos dedos todavía en mi brazo.

—¿Podemos... podemos salir, o algo? —pregunta con una voz que parece más un suspiro ansioso.

Le pasa algo grande, pero no estoy segura de qué es ni a qué se debe. Holden puede ser temperamental, por supuesto, ¡qué diablos!, está de mal humor casi siempre. Pero ¿esta tensión? ¿Este nerviosismo? Este no es Holden.

—Mmm..., sí, supongo.

Suelto el brazo y me volteo para ir a la cocina. Está oscuro, pero no me molesto en encender ninguna luz, sino que me dirijo directamente a la puerta de atrás mientras Holden me sigue de cerca. Oigo su respiración agitada mientras giro la manija y abro la puerta.

El fresco de fuera nos impacta. Me encamino hacia la vieja mesa de madera con sillas en el centro del jardín. No hace mucho frío fuera esta noche, pero hay una brisa que me alborota el pelo. Pongo la mano en el respaldo de una de las sillas y doy media vuelta para quedar cara a cara con Holden. Se detiene a unos pasos de mí, casi como si tuviera miedo de acercarse más, y sus ojos oscuros se ven más grandes e inquietantes.

—¿Ocurre algo, Holden?

Cierra los ojos. Mueve lentamente la cabeza adelante y atrás, las manos aún metidas en los bolsillos.

—No —susurra. Aunque no hace frío, su aliento es visible en el aire y parece que su respiración ha pasado a ser superficial. Parpadea para abrir los ojos y se refleja en ellos mi mirada interrogante. Entonces toma aire profundamente y dice—: Hay algo que necesito contarte.

—¿Qué? —Holden nunca nunca es así, y el pánico que de repente me atraviesa me lleva a un estado de angustia cuando no me responde de inmediato. Me acerco hasta que estoy justo delante de él y le ruego—: Holden, ¿qué es?

Traga saliva con dificultad, se desploma en una silla y yo enseguida me siento a su lado. Estoy preocupada y necesito que me diga algo. Necesito que me responda.

—Si vas en serio con Jaden Hunter —murmura—, entonces necesitas saberlo. Tengo que contártelo. —Hace todo lo posible para mirarme a los ojos, pero me doy cuenta de que le resulta difícil—. Necesitas saber por qué no puedo estar cerca de él o de Dani, a no ser que quieras que explote. No puedo... no puedo soportarlo. —Sacude la cabeza con desesperación y baja la mirada al pasto otra vez—. Es demasiado.

—¿De qué hablas?

—Estar cerca de ellos hace que la culpa resulte insoportable —dice con voz quebrada. Se lleva las manos al pelo, arrastrando con brusquedad los dedos hasta la nuca. ¿Por qué no me mira?

—¿Culpa? —repito. No sé de qué está hablando—. ¿Holden?

—¡El accidente de los Hunter, Kenzie! —estalla. Todavía no lo entiendo, así que me limito a observarlo con la cara inexpresiva y los latidos del corazón retumbándome en el pecho—. ¿Recuerdas la conclusión del informe? Se salieron de la carretera porque pensaron que un animal se les cruzó por delante. —Se detiene un instante para tomar aire, y sólo entonces me doy cuenta de que está temblando, y no es porque haga frío—. Pero la policía se equivocó. No había animales en la carretera aquella noche —susurra. Se le rompe la voz y está pálido—. Era yo.

28

Siento el peso de las palabras de Holden chocando contra mí. Se repiten una y otra vez dentro de mi cabeza hasta que toman sentido, hasta que puedo entender qué es lo que me está contando exactamente. Pasan unos segundos de un silencio sofocante mientras lo proceso todo, y esta nueva información es como un puñetazo en el estómago.

—¿Tú estabas allí? —digo incrédula, pestañeando sin cesar.

—Volvía del campo de futbol —dice Holden; las palabras salen tan deprisa de su boca que apenas puedo seguirlo. Está temblando, más de lo que temblaba hace un momento—. Había sido un día muy, muy largo, carajo, y estaba tan cansado... Quería dar un paseo en coche sólo para despejarme. Dios, pensé en tomar la carretera estatal porque sabía que sería más tranquila.

Con el brazo todavía apoyado en la mesa, se presiona la frente con la palma y cierra los ojos con fuerza otra vez, intentando evitar mi mirada. No soy capaz de hablar. Tan sólo puedo escucharlo, helada de horror, deseando que Holden no me diga lo que creo que va a decirme.

—Y la carretera estaba tranquila —murmura—. Y yo sólo estaba... sólo estaba conduciendo. Y estaba oscuro, y la música sonaba, y la verdad es que... la verdad es que no me acuerdo de nada. —Levanta la cabeza hacia el cielo y separa los labios, sacando el aire de sus pulmones mientras poco a poco abre los ojos otra vez. Su pecho sube y baja con agitación, y le tiembla el labio inferior. Baja la cabeza para que sus ojos aterrados y llenos de dolor puedan encontrarse con los míos, y mi estómago se remueve todavía más hasta que la bilis me sube por la garganta—. Estaba muerto de cansancio, pero sólo iba a conducir hasta Fort Collins y de ahí directo a casa —prosigue. Su expresión de abatimiento se mezcla con la de culpabilidad—. Supongo que... supongo que me dormí. —Está tan pálido que parece que está enfermo, y tiene los ojos fijos en algún punto de mi hombro. La culpabilidad lo consume y se presiona la boca con la mano, como si quisiera contener la verdad que está saliendo de ella—. Y todo lo que recuerdo es el sonido del claxon directo hacia mí y que abrí los ojos —susurra contra la palma de la mano. Empieza a sacudir la cabeza otra vez con incredulidad, más y más rápido, como si no quisiera creerlo—. Estaba muy cansado. ¡No debí haber agarrado el jodido coche! —grita, pero su voz es tan débil que sus palabras no son nada más que un chirrido áspero. Se lleva las manos a la cabeza, entrecruzando los dedos con su pelo—. Ni siquiera me di cuenta —susurra—. Reduje un poco la velocidad y miré por el retrovisor, pero no vi nada, sólo unas borrosas luces traseras.

Vuelve a mirar al cielo, pero todavía noto que está pestañeando sin cesar en un intento de contener las lágrimas que luchan por liberarse.

—Seguí adelante. No pensaba con claridad, sólo... —Sus palabras caen en el silencio y quedan colgadas en el aire de la noche—. Me enteré del accidente a la mañana siguiente. Pero los Hunter no se salieron de la carretera por esquivar a un animal, Kenzie —susurra—. Se salieron de la carretera para esquivarme a mí.

Un largo y aletargado silencio. Durante lo que parecen horas, miro cómo las lágrimas de Holden caen en la hierba, entre el abismo que se acaba de crear entre nosotros. Ninguno de los dos tiene el valor de decir nada.

Siento como si el pecho se me hubiera hundido. ¿En qué está pensando Holden? ¿Por qué me cuenta esto ahora? Tengo tantas cosas dándome vueltas en la cabeza que me resulta imposible pensar. Todo lo que puedo hacer es presionarme el pecho con la mano y susurrar:

—Oh, Holden.

La bilis continúa acumulándose en mi garganta, y me llevo la mano a la boca para evitar vomitar. Delante de mí, Holden está temblando. No es capaz de mirarme, y se pone las manos en la cara y hunde la cabeza entre las rodillas.

Yo tampoco puedo mirarlo, así que a duras penas me sostengo sobre mis pies y me separo de la mesa, presionándome las sienes con las manos. Siento un dolor palpitante y agonizante en la nuca. No quiero creerme esto. No puedo creerlo. De repente me mareo, el patio trasero empieza a dar vueltas a mi alrededor y un zumbido horrible se apodera de todo mi cuerpo. Con miedo a desplomarme sin sentido, me dejo caer al suelo apoyándome con las manos en la hierba.

—¿Por qué no dijiste nada? —le pregunto a Holden, pero mi voz es un susurro. Me duele la garganta mientras lucho por contener las lágrimas. «¿Cómo voy a decirles esto a Jaden y a Danielle?».

—Porque no quería meterme en problemas —admite Holden con un llanto amortiguado entre sus manos. Ya no parece él. Parece un niño, frágil y vulnerable, todo lo que Holden no es habitualmente—. No sabía qué podría pasarme —dice, levantando un poco la cabeza. Me mira, con los ojos hinchados. De repente, empieza a agitarse. Se levanta de la silla y se inclina sobre la mesa ayudándose con una mano, y comienzan a darle tantas arcadas que me sorprende que no vomite. Estoy helada cuando lo miro desde la hierba. Un entumecimiento doloroso empieza a tomar el control a medida que la realidad de la situación se hace evidente.

—Holden —susurro—. Ellos tienen que saberlo.

—¡No! —brama Holden. Se levanta de inmediato, respirando tan fuerte que es casi un jadeo, y se enjuga las lágrimas de las mejillas—. No —dice otra vez, en esta ocasión más bajo, más suave. Me mira con ojos desesperados y no puedo soportarlo—. Por favor, Kenzie —me ruega—. Fue un accidente.

—No puedes esperar que les oculte esto... —me alejo parpadeando. «¿De verdad esperaba que lo hiciera?». Holden no puede esperar que cargue con ese secreto. Rechazo llevar este peso, y él no puede pretender que no se lo diga a Jaden. Es Jaden. Tengo que hacerlo.

Se lleva la mano a la cabeza otra vez, y da varios pasos cautelosos a través de la hierba hacia mí. Cuando llega a mi lado, se arrodilla y me toma una muñeca, con los ojos llenos de pánico reflejándose en los míos.

—Kenzie, escúchame —dice—. Voy a intentar resistir a todo esto. Una vez que terminemos todos el colegio, podremos empezar de cero. Tendremos vidas alejadas. Entonces será más fácil. Todavía puedo tener un futuro.

—Holden —susurro—, no sé qué decir. No sé qué decirte.

Me toma la otra muñeca y coloca mis dos manos sobre su pecho. Puedo sentir sus latidos arrítmicos por debajo de su piel, más rápidos incluso que los míos—. Soy tu mejor amigo. No puedes decir nada sobre esto. Por favor, te lo ruego, Kenzie. Todavía puedo ir a la universidad, puedo hacer algo por mí mismo.

Lo miro directamente a los ojos, y veo el sufrimiento y el dolor en ellos, la culpabilidad y el miedo, el terror y los nervios. No conozco a este Holden.

—No sé... no sé si puedo —digo finalmente, sacudiendo la cabeza. ¿Mantengo el secreto para proteger a mi mejor amigo, sabiendo que le estoy ocultando la verdad a Jaden? ¿O se lo digo y destrozo a Holden? Siento cómo una lágrima solitaria se desliza por mi mejilla. No. Esto no va de a quién quiero proteger. Esto va de lo que está bien, y lo que Holden me pide es demasiado. No puedo callarme esto. Jaden debe saberlo.

Holden se derrumba físicamente delante de mí, los hombros le tiemblan, su pecho parece hundido. Aprieta mi muñeca con suavidad, deja de abrazarme y me mira a los ojos en silencio. No dice nada, sólo asiente una vez y empieza a andar, arrastrando los pies por el pasto.

No puedo creer que fuera mi Holden quien estaba allí aquella noche, el que estaba en la carretera, el responsable del accidente. Y a pesar de todo esto, no puedo evitar sentir que él sea todavía mi Holden. Está triste, y lo último que quiero es que se sienta sólo.

—Holden —digo con suavidad, siguiéndolo. No quiero que se vaya, no en ese estado, no después de lo que acaba de contarme. Quiero que se quede, pero me ignora completamente y continúa hacia la casa acelerando el paso. Está desesperado por salir de aquí tan rápido como ha llegado.

Cuando llega a la puerta principal la abre sin dudar, pero entonces, de repente, retrocede y choca conmigo. Al otro lado está tío Matt con la mano suspendida en el aire a punto de tocar el timbre. Sorprendido, da un paso atrás y balancea su mirada entre Holden y yo, antes de dibujar una sonrisa y decir:

—¡Ey, Kenzie! ¿Está tu padre por aquí?

Le robo una mirada de reojo a Holden. Está todavía más pálido de lo que lo estaba fuera, los ojos clavados en mi tío. Matt está delante de nosotros con su uniforme de policía de Windsor completo, con la mano libre apoyada en el cinturón justo debajo de su juego de esposas. La vista de un policía es suficiente para que a Holden se le congele la sangre. Y los nervios lo dominan.

—Kenzie, ya nos... ya nos veremos —masculla, y sin esperar ni un segundo más, pasa corriendo junto al tío Matt y sale hacia la calle.

—¿Está todo bien? —pregunta Matt. Vuelve la cabeza para mirar por encima del hombro a Holden, que abre la puerta de la camioneta de su padre y la cierra una vez se ha metido—. ¿Qué diablos le pasa?

—Nada —respondo. Me sorprende que llegados a este punto sea capaz de hablar, aunque casi no puedo mirar a Matt cuando el motor del coche del padre de Holden empieza a rugir. Los neumáticos chirrían sobre el asfalto a medida que aumenta la velocidad, y tal y como tengo la cabeza ahora no puedo quedarme aquí. Necesito estar sola para procesarlo todo, así que rápidamente doy unos pasos atrás hacia el recibidor.

—Papá salió a trabajar —le digo a Matt mientras agarro las llaves del coche de mamá de la mesilla, al lado del marco de Grace—. Oye, ¿puedes hacerle compañía a mamá hasta que yo vuelva, por favor?

Matt me observa detenidamente con una expresión solemne. Detesto que se ponga en plan profesional conmigo, y en un tono formal me pregunta:

—MacKenzie, ¿adónde vas?

Aferrando con fuerza las llaves de mamá, me deslizo dentro de un par de zapatos que descansan junto a la puerta y salgo a toda prisa al porche, directo hacia el coche. Por encima del hombro le digo:

—¡A ninguna parte!

29

No sé adónde ir. No sé qué hacer ni qué pensar. Sólo conduzco.

Siento un peso dentro de mí que me obliga a cuestionármelo todo. Estoy dividida entre mi mejor amigo y el chico de quien me estoy enamorando. Estoy dividida entre proteger a Holden y decirle la verdad a Jaden. Él y Dani se merecen saber lo que pasó en realidad esa noche de agosto. Necesitan saber por qué murieron sus padres.

Pero Holden...

No sé qué tipo de problemas podría tener. No sé qué pasaría si se supiera la verdad. Imagino que habría una nueva investigación sobre el accidente, pero ¿y luego qué? Sigo diciéndome a mí misma que fue culpa de Holden. Fue él quien se quedó dormido al volante. Pero fue un accidente. Un accidente que en parte pasó porque había estado trabajando mucho para forjarse un futuro. Y ahora soy yo la persona que tiene que decidir si le arrebato ese futuro o no. Cuando lo miraba a los ojos, casi parecía que la culpabilidad que lo ha estado carcomiendo durante todo este año ya era bastante castigo. ¿Y les va a servir de ayuda a los Hunter tener a alguien a quien culpar?

No hay nadie con quien pueda hablar de esto, nadie a quien pueda pedirle consejo que no esté relacionado con los Hunter, nadie a quien acudir. No quiero perseguir a Holden, básicamente porque no puedo mirarlo a la cara ahora mismo, y no puedo llamar a Will. Mamá ya tiene bastantes cosas en la cabeza para bombardearla encima con esto, y normalmente me siento bastante cómoda confiándole las cosas al tío Matt, pero obviamente no puedo contarle lo de Holden y el accidente de los Hunter: ¡es policía! No quiero guardarme este secreto; ¿cómo se supone que podría vivir con ello? Sólo tengo dos opciones: mantenerlo en secreto, o contarlo. Cualquiera de las dos cosas le hará daño a alguien.

Reprimiendo un gemido, me inclino hacia el volante, agarrándolo con fuerza con las dos manos y parpadeando rápidamente para contener las lágrimas. Ojalá Holden no me hubiera contado la verdad. Ojalá no supiera lo que sé, porque no imagino cómo se supone que voy a mirarlo a la cara mañana después de esto. ¿Y cómo voy a mirar a Jaden? ¿Y a Dani? ¿Cómo voy a mirarlos cuando tengo una información tan importante?

No sé adónde me dirijo, pero no quiero estar en Windsor, así que conduzco sin rumbo fijo. Sigo a lo largo de Main Street hacia el oeste, fuera de la ciudad, conduciendo justo por debajo del límite de velocidad mientras me concentro en controlar la respiración. Hay muchos coches en la carretera ahora mismo, pero intento imaginar que no están aquí. Que la carretera está vacía, aparte de mí. Intento imaginarme a mí misma como si fuera Holden, conduciendo fuera de la ciudad para despejar la cabeza de la misma manera que lo estoy haciendo yo ahora, e intentar entender lo rápido que todo puede cambiar en la vida. Enjugándome las lágrimas, tomo la salida y entro en la estatal. Va incluso más llena. Más coches, más luces. Sigo conduciendo, siguiendo la interestatal en dirección norte hacia Fort Collins. No sé adónde voy, ni si pararé cuando llegue dondequiera que sea. Sólo conduzco, mirando la luz brillante de los faroles.

Estoy de pie en el pasillo, llamo con suavidad a la puerta de la habitación, estoy temblando. Empieza a hacer frío fuera, y estos pasillos no son precisamente los más cálidos del mundo. No llevo chamarra porque salí de casa tan rápido que no tuve ni tiempo de tomar una. Tampoco tuve tiempo de peinarme, pero ahora mismo me da igual estar en un estado deplorable. Me da igual tener ríos de rímel que me corren por las mejillas. Me da igual haberme tenido que recoger el pelo en un chongo desaliñado en lo alto de la cabeza. Me envuelvo el torso con los brazos, me abrazo fuerte mientras espero pacientemente que la puerta se abra. Espero que esté aquí.

Me da la sensación de que ha pasado una hora cuando oigo que la perilla gira y, lentamente, la puerta se abre unos centímetros. Darren me mira por la pequeña rendija entre la puerta y el marco.

—¿Kenz? —dice. Estoy bastante segura de que soy la última persona a quien esperaba ver esta noche, pero aun así abre la puerta. No es tan tarde, pero parece medio dormido y sólo lleva unos bóxers y una camiseta—. ¿Qué haces aquí? ¿Qué pasa?

—Necesito hablar con alguien —sollozo. No logro recordar la última vez que estuve en el dormitorio de Darren. Parece que ha transcurrido una eternidad desde que salíamos. El tiempo ha pasado, las cosas han cambiado, pero ahora mismo es la única persona que conozco que es del todo neutral con respecto a la situación en que me encuentro. Él es la única persona con quien puedo hablar de esto, porque aunque Darren es demasiado pegajoso y protector, hubo un tiempo en que él sabía cómo consolarme. Siempre me escuchó, siempre me dio consejos, y da abrazos fuertes y reconfortantes. No conoce a los Hunter. Holden no es su amigo. Y me sigue diciendo que quiere estar ahí para cuando lo necesite, así que ahora tiene la oportunidad de demostrarlo.

—Entra —dice rápidamente, dando un paso atrás y guiándome hacia dentro. Cuando entro en la pequeña habitación, sus ojos cafés se quedan fijos en mí. Parece preocupado, y cuando cierra la puerta de nuevo y gira la perilla, me sigue por el suelo desordenado. Es un alivio que su compañero no esté. Me siento en el borde de la cama, que está sin hacer, y me retuerzo nerviosamente las manos—. ¿Tiene que ver con Jaden Hunter?

Levanto la mirada hacia Darren.

—¿Qué?

—Era él, ¿no? ¿Era él el chico por quien todavía sentías algo? —pregunta en voz baja, inclinándose hacia la cama, a mi lado. Me mira fija e intensamente. El hoyuelo de su mejilla izquierda no se ve cuando no se ríe, y yo solía detestar no poder verlo.

Dejo ir un suspiro lento y le lanzo a Darren una mirada torpe. Supongo que se lo imagina desde el fin de semana pasado cuando me vio con Jaden en el Walgreens. Seguro que era obvio.

—Sí, era él —murmuro. Ahora ya no tiene sentido negarlo.

Darren asiente una vez y deja caer la cabeza, mirándome a través de las oscuras pestañas.

—Así que se trata de él —pregunta con cautela, con la voz suave y cariñosa—. Ya sabes que no me gusta verte llorar, Kenz. Sólo dime una palabra y le doy una patada en el trasero.

—No, Darren —lo interrumpo, poniendo la mano encima de su puño cerrado. Poco a poco, desliza su mano sobre la mía. Observo la habitación. La presión en mi cabeza sigue creciendo, así que aparto la mano de Darren y me aprieto las sienes con los dedos, tratando de masajearlas suavemente y así aliviar el dolor—. ¿Te acuerdas de lo que les pasó a los padres de Jaden? —le pregunto, con los ojos fijos en una botella vacía de cerveza tirada en el suelo. Me le quedo mirando en un esfuerzo por mantenerme firme porque el suelo está empezando a dar vueltas a mi alrededor otra vez—. ¿El accidente del verano pasado?

Con el rabillo del ojo veo cómo Darren asiente.

—¿Qué pasa?

Se me escapa un leve hipido. Creo que he llorado durante todo el camino hasta Fort Collins y ahora ya no me quedan lágrimas que derramar. Tan sólo soy capaz de sollozar e intentar tragarme el doloroso nudo que siento en la garganta. No puedo quedarme la confesión de Holden para mí sola. Necesito consejo, y Darren es la única persona que puede dármelo ahora mismo. Inhalando profundamente, aparto los ojos de la botella de cerveza y los levanto hacia Darren.

—No ocurrió como cree la policía —empiezo, y tan pronto como lo digo en voz alta se me remueve el estómago. «¿Cómo pudo pasar? ¿Por qué Holden?».

Darren sigue en silencio cuando se toma un momento para considerar lo que le estoy contando. Ladea la cabeza, listo para escuchar con atención.

—¿Qué quieres decir?

Holden no quiere que se lo diga a nadie, pero tengo que hacerlo. Y por lo menos es a Darren a quien se lo estoy contando, y no a Jaden. De momento. Recorro mi pelo con los dedos y, soltando un suspiro agónico, trato de reconstruir todo lo que Holden me contó. Los hechos están desordenados en mi cabeza, así que me paso un minuto intentando reajustarlos de nuevo. Cuanto más tardo, más confundido está Darren.

—Los padres de Jaden no tuvieron el accidente por evitar a un animal —digo finalmente, con una voz tan débil que no llega ni a un susurro—. Se salieron de la carretera por esquivar a Holden.

—¿Qué? —Darren se separa de mí físicamente por un momento—. ¿Estaba Holden en la carretera?

—Se quedó dormido y eso debió de hacer que se salieran de la carretera o algo así —tartamudeo. Ahora mismo, me siento inútil. No hay nada que pueda hacer por cambiar lo que sucedió aquella noche, no importa lo mucho que desee hacerlo. «Si Holden no hubiera estado en esa carretera, Bradley y Kate todavía estarían...». No. No puedo inducirme a imaginar eso. No puedo pensar de esta manera, no a menos que quiera acabar enfurecida con Holden. Lo último que necesita ahora mismo de mí es que me enoje con él. Aparto ese pensamiento y fijo mi atención de nuevo en Darren, echando la cabeza hacia delante y hundiéndola entre mis manos—. ¡Lo mantuvo en secreto durante todo un año! ¡Me lo acaba de contar! ¿Qué se supone que tengo que hacer ahora?

—A ver si lo entendí —dice Darren, y me pone la mano en el hombro. El colchón cruje cuando se acerca a mí hasta que su pierna toca la mía—. ¿Tu mejor amigo provocó el accidente de coche que mató a los padres de tu novio?

—Sí... Y lo peor es que Jaden no lo sabe.

—Eso es terrible —dice Darren. Ni siquiera se queja por el hecho de que Jaden sea mi novio, aunque no sea oficial. En lugar de eso, se limita a fruncir el ceño y a estrechar su contacto en mi hombro. Por cómo ha intentado varias veces que volviera con él últimamente, pensaba que se lo tomaría peor, pero no lo parece. Y, de alguna manera, se lo agradezco. Ahora no es momento de discutir sobre nuestra relación fallida—. ¿Por eso estás llorando? —me pregunta—. ¿Porque él no lo sabe?

—Porque voy a tener que ser yo quien se lo diga. —El temor se apodera de mí y siento un dolor en el pecho que me impide respirar. «¿Cómo se lo voy a decir a Jaden y Dani? ¿Cómo se supone que se lo voy a decir?». Pensé que contarle a Jaden lo de mamá y Grace sería lo más duro que tendría que hacer, pero parece que no es así. Ahora tengo que contarle al chico de quien me estoy enamorando que mi mejor amigo podría haber sido el motivo por el cual murieron sus padres. Las náuseas vuelven otra vez. Me flaquean las rodillas y mi cabeza no para de dar vueltas—. Parece que los Hunter por fin lo superaron, que están saliendo adelante, que vuelven a ser felices —murmuro—. Y ahora tengo que asestarles un golpe que podría hundirlos de nuevo en la miseria.

Darren empieza a masajear mi espalda en lo que yo entiendo que es un intento de consolarme, aunque está lejos de lograrlo.

—¿No debería ser Holden quien se lo dijera?

—Sí, pero no lo hará —respondo. Miro al techo y me paso las manos por el pelo, desesperada. Maldito Holden—. Y yo no puedo guardarle el secreto, así que parece que voy a tener que ser yo quien comunique la noticia. Y no quiero que nadie salga herido.

—No tienes por qué decírselo, Kenz —dice Darren. Rascándose la nuca, usa mi hombro como punto de apoyo para levantarse. Camina a través del suelo abarrotado de cosas y toma una botella de agua casi vacía del escritorio, y mientras toma un trago largo me observa fijamente por encima de la botella—. Si se lo dices a Jaden, ¿no vas a herirlos a los dos? Como tú misma has dicho, los Hunter empiezan a salir adelante. —Lanza la botella vacía hacia la papelera rebosante, pero falla y rebota en el suelo—. ¿Por qué removerlo todo otra vez?

—¿Lo dices en serio? —Parpadeo varias veces mientras trato de averiguar si me está tomando el pelo o me habla en serio, y cuando comprendo que habla en serio, sacudo la cabeza con horror—. ¡Imagina que Jaden descubriera que se lo he ocultado! Nunca me lo perdonaría.

—Si no estuvieras con él, no tendrías la obligación de contárselo —masculla Darren entre dientes. Se voltea de espaldas a mí y rebusca dentro del cajón de su ropero hasta que saca unos *pants*. Lo miro en silencio mientras lo hace. Luego suelta un profundo suspiro y se sienta de nuevo en la cama a mi lado. La luz le da en la curva de la nariz, y hace que me fije en ella. Solía encontrar muchas cosas atractivas de Darren, como el maldito hoyuelo en su mejilla izquierda, que está empezando a aparecer cuando las comisuras de sus labios se ondulan en una suave sonrisa. Sus tiernos ojos cafés se encuentran con los míos y se hace el silencio a nuestro alrededor. Estamos sentados tan cerca que le resulta fácil deslizar la mano y presionar con la yema del pulgar mi barbilla. Me levanta la cabeza sólo un poco, forzando que mis ojos se encuentren con los suyos—. Ya lo sabes, Kenz —murmura en voz baja, inclinándose hacia mi cara—, no estarías metida en esta situación si todavía estuvieras conmigo.

—Darren —instintivamente le aparto la mano y me alejo de él. Una nueva sensación de furia se apodera de mí y me arden las mejillas por el repentino enojo. Ya estoy lo bastante afectada por la situación. ¿Cómo se atreve Darren a hacerme esto?—. ¡Este no es el maldito momento para esto!

Hay un destello de dolor en los ojos de Darren por mi reacción abrupta, pero parece reponerse enseguida, porque se voltea airado mientras se pone de pie.

—Muy bien —dice. Cruza de un par de zancadas la pequeña habitación, gira la perilla de la puerta y la abre. Se da la vuelta y se queda quieto con una firme y desafiante mirada—. Vete, Kenz.

—De acuerdo —grito. Respirando con fuerza, me levanto y agarro con el puño las llaves del coche de mamá tan fuerte que se me clavan en la piel. No debí haber venido. No debí haber esperado que Darren me ayudara. Me sudan las manos, y cuando llego a la puerta, paso por delante de él hacia el pasillo casi corriendo. Me volteo por última vez, y a pesar de tener los ojos hinchados, el rímel corrido por las mejillas y los labios resecos, tengo el suficiente valor para mirarlo directamente a los ojos—. Y para que lo sepas —le espeto—, tus consejos ya no son lo que eran.

—Entonces no vuelvas buscándolos otra vez —dice inexpresivo. Sin dejar pasar un segundo más, da un paso atrás y cierra de un portazo, y me quedo sola en el frío pasillo.

30

—¿Me estoy perdiendo algo? —pregunta Will a la mañana siguiente al entrar en el estacionamiento del colegio. Mientras conduce, esquivando a los de primer año que merodean por todas partes, me mira de reojo y luego por encima del hombro a Holden, que está en el asiento de atrás. Sospecha que está ocurriendo algo que se le escapa—. ¿Qué les pasa, chicos?

—Sólo estoy cansada —murmuro, mirando sin ánimo hacia fuera a través de los cristales sombreados de mis lentes de sol. Hace un día apagado y nublado, gris, que cubre todo Windsor y que probablemente tiene tanto que ver con mi estado de ánimo como con las nubes, pero me niego a quitarme los lentes de sol.

—Sí, yo también —dice Holden en voz baja desde el asiento trasero. Me volteo hacia atrás desde el asiento del copiloto, pero su cara está ladeada hacia la ventanilla, la mandíbula tensa. Permaneció callado durante todo el camino hacia el colegio, igual que yo.

De hecho, ni siquiera quería ir al colegio esta mañana. Quería evitar a Holden, y a Jaden, y también a Dani. Hubiera aprovechado más el tiempo saltándome las clases y quedándome en casa, metida en la cama con un puñado de cosas para comer a mi lado. Incluso fingí que estaba enferma al despertar, e intenté que me subiera la fiebre bebiéndome un vaso de agua caliente antes de bajar, con debilidad simulada, hacia la cocina. Creo que por una milésima de segundo mis padres se lo creyeron. Pero entonces papá se rio y se fue a trabajar. Mamá sacudió la cabeza y aprovechó para preguntarme por enésima vez qué pasó anoche. Eso fue suficiente para que echara a correr escaleras arriba, vestirme tan rápido como pude y meter en la mochila todo lo que iba a necesitar hoy, como los lentes de sol que me niego a quitarme porque así no tengo que mirar a Holden a los ojos.

—¿De verdad? —pregunta Will, con tono escéptico mientras se estaciona. Detiene el motor y se voltea en su asiento. Se hace el silencio en el coche, pero puedo oír las voces de un grupo de los de segundo que pasan caminando por nuestro lado. Will apoya el codo en la parte de arriba de su asiento y mira hacia atrás a Holden con el ceño fruncido—. ¿Tiene esto que ver con los Hunter? Porque me parece que se están pasando con este tema.

Bajo la visera para el sol y a través del diminuto espejo veo a Holden ladear la cabeza para lanzarle una mirada afilada a Will. Después de la confesión de la noche anterior, está claro que no agradece su inocente pregunta. Will no sabe que hay mucho más en la incomodidad de Holden hacia los Hunter de lo que pensábamos al principio, y detesto no ser capaz de hablar de ello con él. Por el bien de Holden, esta mañana guardo silencio.

—No —suelta Holden con firmeza. No suena muy convincente, pero es lo suficientemente agresivo para que Will deje de preguntar.

Holden toma su libro de texto del suelo, busca la manija de la puerta y la abre. Tiene que agacharse para salir del Jeep, y entonces se dirige a nosotros para decirnos:

—Hoy no voy a ir a entrenar, así que nos vemos a la salida. —Sin esperar respuesta de ninguno de los dos, cierra de un portazo y desaparece entre la multitud de estudiantes en medio del estacionamiento. Solemos ir los tres juntos hacia clase a primera hora, así que por si no era obvio que algo pasa, ahora ya no hay ni una maldita duda.

Will sigue a Holden con la mirada hasta que queda fuera de la vista, y entonces me clava los ojos buscando una explicación.

—Pero ¿qué carajos le pasa últimamente? —Sacude la cabeza con incredulidad. Will pocas veces suelta maldiciones, así que parece que está perdiendo la paciencia.

—No lo sé —miento, encogiéndome de hombros. Me subo los lentes por el puente de la nariz para disimular que estoy ocultando algo, agarro rápidamente la mochila del suelo y salgo del Jeep. No puedo hacer esto todos los días. No puedo mirar a Holden cada mañana antes del colegio sin imaginármelo conduciendo por la carretera el pasado agosto. No puedo mentirle a Will cada día. No puedo ocultarles la verdad a Jaden y a Dani cada día. De otro modo, acabaré sintiéndome tan culpable como Holden, y esa culpa será suficiente para consumirme.

—¿Estás segura de que no lo sabes? —insiste Will, encontrándose conmigo delante del cofre del coche. Con un movimiento rápido de muñeca, me quita los lentes de sol de la cara y los sostiene fuera de mi alcance—. Porque tú también estás bastante rara.

—Ya te dije. Estoy cansada —mascullo. Le arrebato los lentes de la mano, pero ahora que Holden se ha ido ya no me molesto en volvérmelas a poner. Así que las meto en la mochila y empiezo a caminar.

Will levanta las manos en señal de rendición y se separa de mí unos pasos con dramatismo, incrementando la distancia entre nosotros.

—Pues muy bien, ahora ya tienes a dos amigos malhumorados —bromea, pero yo no me río. Si supiera cuál es la situación real, sin duda no se lo tomaría a broma.

Mantengo la cabeza baja mientras nos dirigimos a la puerta principal del colegio, y meto una mano en el bolsillo frontal de la enorme sudadera que llevo puesta. Todavía tenemos unos cinco minutos hasta que empiece la primera clase, el tiempo justo para ir hasta el casillero y cuchichear en los pasillos. Si tuviera que elegir un día en que preferiría hacer cualquier otra cosa antes que venir al colegio, ese día sería hoy.

Will y yo avanzamos por el patio en silencio cuando oigo que alguien me llama desde la distancia con una voz débil. No MacKenzie, ni Kenzie, sino Kenz. Por eso sé que es Jaden antes siquiera de voltearme, me detengo en seco y me preparo. No importa lo mucho que quiera evitarlo hoy, no voy a poder. En mi corazón sé que lo que quiero es estar a su lado. Pero tengo que mantener la calma, estar serena y ser fuerte y controlar la situación hasta que tome una decisión. Inhalo profundamente y me volteo. Will también lo hace. Caminando directo hacia nosotros vienen, por supuesto, Jaden y Dani.

Todavía recuerdo el primer día que volvieron al colegio después del accidente. Caminaban lentamente al cruzar el patio, con la mirada fija en el suelo, Jaden rodeaba con el brazo los hombros de Dani. Casi nadie reconoció a Dani ese día. Se había cortado y teñido el pelo de negro, y a segunda hora ya había roto en lágrimas y se había marchado a casa. Jaden, sin embargo, aguantó hasta el final de las clases. Se oyeron muchos susurros ahogados ese día, hubo muchas miradas de empatía y conmiseración. Nadie sabía qué decir, y si alguien dijo algo no fueron más que unas pocas palabras de consolación. Yo permanecí en silencio todo el día. Mantuve la cabeza baja en clase, no me detuve a hablar en los pasillos, y me fui a casa a la hora del almuerzo. Tenía mucho miedo de encontrarme de frente con Jaden. Tenía mucho miedo de que él ya no fuera el mismo chico del que me había enamorado hacía seis meses.

Sin embargo, ahora es otra historia. Jaden y Danielle Hunter avanzan por el patio con confianza en ellos mismos, con las cabezas levantadas y los ojos azules más brillantes que nunca. Jaden saluda con la cabeza a uno de sus compañeros del equipo de futbol con el que se cruza, y Dani no puede parar de enroscarse las puntas del pelo con los dedos. No parece la misma chica de pelo rubio, pero tampoco la chica desafiante de pelo negro. Hay una exuberancia en Dani que no había visto en ella desde hace mucho tiempo. Seguridad en su caminar. Una sonrisa sincera en el rostro. Ahora lleva el pelo de un castaño oscuro que realmente la favorece. El tono no es idéntico al de su madre, pero se le acerca mucho más que el de antes. Ayer, sólo en la clase de español, oí a tres personas distintas comentar lo genial que le queda.

—Ey, chicos —los saluda Will, ofreciéndoles la mano para chocarlas. Will es amigo de casi todo el mundo, así que está contento de ver a Jaden y Dani cuando llegan a nuestro lado, especialmente ahora que ya no tenemos que mantener la distancia con ellos.

—Dice Kenzie que vendrán a mi fiesta este fin de semana, ¿no?

—¡Sí! ¿Cómo tenemos que vestirnos? —pregunta Dani. Las puntas de su cabello están onduladas, pero ella las sigue enroscando alrededor de los dedos, le resulta imposible evitarlo. En todos los años que hace que conozco a Dani, no la había visto nunca tan contenta y feliz.

—No hay normas —le dice Will—. Lo que te haga sentir cómoda.

La fiesta de este fin de semana es lo último que tengo en mente ahora mismo. Los tres, Holden y los Hunter, estarán allí, y una fiesta los sitúa más cerca de lo que lo están en el colegio. A Holden le resultará muy difícil evitarlos entre las paredes de una casa. Ahora mismo intento no pensar en los problemas que surgirán, así que me desconecto de la conversación entre Will y Dani y miro a Jaden. Sus ojos ardientes me queman.

—Hola —murmura, dando un paso adelante. La sonrisa que se dibuja en sus labios es genuina, y el brillo de sus ojos azules es tan sincero que da gusto mirarlo. Después de todo lo que ha pasado, Jaden encontró la manera de estar contento y feliz. Dani está en el mismo camino, aunque el suyo es un poco más lento, y ahora que los dos están delante de mí, me doy cuenta de repente de que los gemelos Hunter son felices.

En este preciso instante soy consciente del valor que voy a necesitar para poder decirles la verdad sobre lo que ocurrió aquella noche del pasado agosto. Jaden y Dani han pasado un año extremadamente difícil, pero mes tras mes, y poco a poco y con confianza se han recuperado del golpe sufrido. Meses atrás, Dani nunca sonreía; meses atrás, Jaden y yo no nos hablábamos, y ahora no quiero estropearlo. No me perdonaría nunca romper sus corazones otra vez, pero ¿podré perdonarme haberles escondido la verdad? ¿Podré vivir conmigo misma sabiendo lo que sé sin decírselo?

Continúo diciéndome que Holden no es un criminal, no es una mala persona. Sólo cometió un error terrible. Pero se equivoca, y no sé si mi lealtad hacia él es suficiente para evitar que haga lo correcto. Si se tratara de cualquier otro secreto, cualquier otro, la lealtad se mantendría, pero ¿eso? Eso es demasiado, y yo sé en mi interior que tengo que decírselo a los Hunter por muy duro que sea. Tengo que hacer lo que es correcto.

Me siento tan abrumada por todo, que ahora que Jaden está delante de mí, sólo soy capaz de desplomarme sobre él. Envolviéndolo con mis brazos, hundo la cara en el hueco de su cuello y absorbo su calidez. Creo que está sorprendido por esta repentina muestra de cariño, pero se apresura a abrazarme, estrechándome contra él. Se me aferra con fuerza y me siento cómoda, a pesar del hecho de saber que pronto voy a ser la que haga que se desmorone con las novedades. Después de anoche, el confort y la seguridad de Jaden es todo lo que necesito, aunque él no sepa exactamente el motivo por el cual lo necesito.

—¡Ya están dando un espectáculo! —bromea Dani riendo, pero la ignoro y abrazo a Jaden todavía más fuerte. Puedo imaginarme a ella y a Will poniendo los ojos en blanco al vernos, pero no me importa. Pasado un minuto, Jaden se separa de mí, aunque deja los brazos alrededor de mi cuerpo. Mis ojos se reflejan en los suyos y estudia mis facciones buscando una explicación por mi comportamiento. La angustia que siento debe de ser obvia.

—¿Qué pasa, Kenz?

—Nada —le miento. Pongo la mano sobre la tela de su chamarra y hago un dibujo con el dedo, incapaz de mirarlo. Hago todo lo que puedo para no mostrar lo culpable que me siento, y bajo la voz para decirle—: Es sólo que me preocupo mucho por ti.

Poco a poco, la cara de preocupación de Jaden se transforma en una sonrisa y desplaza su mano hacia mi nuca. Su suave contacto me irradia calor.

—Ya lo sé —murmura e, inclinándose hacia delante, me estampa los labios en la frente. Entrecierro los ojos y le tomo la muñeca con un suspiro, sacando toda la presión que se ha estado generando dentro de mí desde anoche.

Voy a decirles a los Hunter la verdad, pero no ahora. Necesito encontrar el momento adecuado.

31

La música resuena por toda la casa de Will a través de las bocinas que puso directamente en la entrada principal a ambos lados de la puerta, y el sonido saluda a todos los que llegan. Hay un zumbido de energía en el aire y todos están de buen humor. No suelen celebrarse muchas fiestas por aquí, así que cuando hay una, todos la pasan en grande. La madre de Will salió para dejarnos la casa para nosotros solos, por lo que la lista de invitados de Will acabó siendo más larga de lo que fue la última, hace casi un año. Debe de haber unas cuarenta personas, la mayoría alumnos de último año, y aún faltan algunos por llegar. Como Jaden y Dani.

Estoy apoyada en la barra bebiendo una lata de cerveza sin ganas. Ni siquiera me gusta, y no me gusta mucho beber, en general, pero intento parecer más sociable mientras escudriño la casa por encima del contorno de la lata. Acaban de dar las nueve de la noche, así que todavía es temprano, y hasta ahora todo el mundo se está comportando. Nadie está derribando los muebles ni derramando bebida.

Todo el mundo está relajado, platicando unos con otros, o cantando con la música a todo volumen o bailando en la sala. Probablemente tendremos que bajar el volumen pronto, antes de que los vecinos de Will vengan a llamar a la puerta.

Durante la pasada hora he estado en la enorme cocina, dando vueltas alrededor de la isla central, hablando con quien fuera que entrara, y con un ojo fijo en la puerta principal. Cada vez que entra alguien y veo que no es ninguno de los Hunter, crece mi impaciencia. Jaden me envió un mensaje hace cinco minutos diciéndome que estaban a punto de salir, de modo que al menos sé que no se han echado para atrás.

Mi atención va de la puerta principal hacia Holden cuando lo veo entrar en la cocina con el rabillo del ojo. Mira alrededor con cautela para asegurarse de que no haya moros en la costa. Lo he estado observando de cerca esta noche. Platicó con algunos de los chicos del equipo y algunos de sus compañeros de clase, pero es muy evidente que algo le pasa. Se mueve con nerviosismo, su risa se ve forzada y tiene la mirada baja. Ha habido algo distinto en Holden todo este tiempo, desde el último agosto; sólo que no me había dado cuenta hasta ahora. No le había prestado atención. Con ansia, cruza la cocina hacia mí, con los ojos oscuros mirando hacia abajo, y entonces se apoya en la barra a mi lado. Sus brazos rozan los míos, e intercambiamos una mirada de reojo. Ahora estamos juntos en esto.

—¿Ya llegaron? —pregunta entre dientes. No tiene que concretar; sé a quién se refiere.

—No —le digo—, pero están en camino. —Intento disfrutar la noche, pero los nervios me están arrebatando lo mejor de mí. Me preocupa que Holden vuelva a ser grosero con ellos sin más motivo que su propia culpa, pero al mismo tiempo tengo ganas de que lleguen. Estoy emocionada por ver a Jaden. Holden levanta la mirada hacia el cielo y toma un sorbo de su cerveza. No puede evitar el latido del interior de su mejilla.

—Gracias, Kenzie —dice mirándome a los ojos. Muestran una mezcla de sinceridad y gratitud—. Por no... habérselo dicho —añade—. Esta noche me mantendré al margen, ¿de acuerdo?

—De acuerdo —digo en voz baja, frunciendo el ceño. Está claro que yo entiendo por qué Holden no quiere estar cerca de los Hunter, pero los demás no. Will no sabe de dónde proviene la incomodidad de Holden, y estoy segura de que Jaden y Dani se habrán estado preguntando qué demonios han hecho para que Holden actúe de esa manera tan rara con ellos—. Si no quieres hablar con ellos, al menos no te comportes como un estúpido. Intenta ser simpático. —Me separo de la barra, me pongo delante de él, y añado—: Después de todo, es lo mínimo que puedes hacer.

Holden asiente brevemente. Luego se separa de mí unos pasos y tira la lata de cerveza al cubo de la basura. No toma otra, y yo lo sigo con la mirada hasta que se mete en el baño. Suspiro y también tiro lo que queda de la mía a la basura, aunque la lata está todavía medio llena. No sé a quién trato de impresionar, así que al final salgo de la cocina y me uno al resto de la gente en la sala, donde se lleva a cabo una intensa partida de Verdad o Castigo. Will no ha bebido esta noche, pero parece que sí por cómo se está riendo a carcajadas. Trato de llamar su atención, pero está demasiado absorto para verme entrar en la sala, así que me dirijo a la puerta mirando cómo se desarrolla la partida. Kailee y Jess se están riendo sentadas en el caro sillón de cuero que hay junto a la pared más alejada, así que tampoco me ven, y decido quedarme en la puerta por miedo a que me hagan jugar. Veo a Caleb, del equipo de futbol, que da un trago triple, mientras Olivia Vincent admite haberse involucrado con Holden después del baile de inicio de año. Entretanto, Will se inventa la coreografía más estrambótica del mundo.

Estoy reprimiendo una carcajada cuando un par de manos firmes se deslizan desde atrás por mi cintura y me agarran por las caderas. Mi cuerpo entero se tensa y contengo el aliento. Sé que es él antes de voltearme; apoya la barbilla en mi hombro y roza con los labios justo el punto hueco y blando de debajo de mi oreja.

—Kenz —murmura. Siento su aliento caliente en mi piel.

El escalofrío que me recorre la columna es agradable y me volteo para encontrarme con sus ojos.

—¡Por fin! —exclamo, con un suspiro de alivio. Me parece haber estado horas esperando a que viniera, y estoy muy contenta de que por fin haya llegado. Huelo una deliciosa fragancia en él. Lleva otra vez sus *jeans* negros preferidos y una camisa azul cielo. Le resalta bastante con los ojos, y los primeros botones están desabrochados, por lo que puedo verle la marca de nacimiento en el cuello, que definitivamente es adorable.

—Lo siento, llegamos un poco tarde —dice encogiéndose de hombros tímidamente, luego mira a Dani, que está a su lado—. Alguien tardó una eternidad —añade con sarcasmo.

Dani le golpea suavemente el brazo y niega con la cabeza. Está impresionante con su nuevo pelo. Se lo rizó un poco. Por primera vez en mucho tiempo, lleva el kit completo de maquillaje, pero no es el colorete ni la raya oscura de los ojos lo que la hace estar preciosa esta noche. No, es todo lo demás. Es el brillo que ilumina su cara, el destello de sus ojos. Ver a Dani feliz es lo que resulta realmente maravilloso.

—No he ido a una fiesta desde hace mucho —admite en voz baja, y yo casi no la oigo con el sonido de la música.

—No te preocupes. Está todo muy relajado —afirmo, luego me volteo hacia la partida que tiene lugar detrás de mí en el mismo instante en que rompen en unas risotadas—. Verdad o Castigo, aquí; bebidas en la cocina, y el baño al fondo. Arriba queda fuera del límite permitido.

—Bueno —dice ella. Poco a poco echa una ojeada a la sala para ver quién vino y quién no. Al cabo de un momento aparece una sonrisa en su cara—. ¡Oh, Kailee y Jess están aquí! Nos vemos luego, chicos —dice, y, para mi sorpresa, se dirige con decisión hacia la sala sin una pizca de aprensión. Parece una persona totalmente diferente, y miro con incredulidad cómo atraviesa la sala y se sienta en el sillón, al lado de Jess y Kailee, como si hubieran sido amigas de toda la vida. Ahí está la Dani de siempre.

—Kenz —dice Jaden. Mi mirada se aparta al instante de Dani. Muestra una sonrisa provocadora mientras dice—: ¿Me acompañas a buscar una bebida? —Sin esperar respuesta, me toma la mano y entrelaza nuestros dedos. A pesar de lo habitual en que se ha convertido esto últimamente, mi corazón se acelera y una agradable calidez se esparce por mi cuerpo.

Cruzamos la sala y vamos juntos a la cocina; además de unos individuos raros merodeando por la casa, la mayoría de la gente parece estar en la sala. En la cocina no hay nadie aparte de Eleanor Boosey, que está llenando un vaso de agua de la llave de espaldas a nosotros.

Soltándole la mano a Jaden, me acerco a la gran isla central, que está llena de latas de cerveza y de refrescos, así como de recipientes con papas fritas y salsas. Apoyando las manos planas sobre la barra, me impulso hacia un espacio vacío en el borde, me siento y me quedo con las piernas colgando. Perdí de vista a Holden, así que esta noche voy a tener que usar distintas tácticas para esquivarlo. Este es el motivo por el cual tengo puesto un ojo en Jaden y otro en el pasillo.

—No dejaba de preguntarme cuándo ibas a llegar —le digo.

—¿Ah, sí? —se pavonea Jaden, sonriendo maliciosamente. Se mueve alrededor de la isla y agarra una lata de cerveza. La abre y toma un sorbo mientras me mira—. Yo también me preguntaba algo —dice. Deja la lata al lado de mi muslo, se me acerca y presiona su cuerpo entre mis piernas, clavándome las caderas. Recorre con los dedos los rotos de mis *jeans* negros y la piel que asoma a través de ellos, y se pasa la lengua por el labio inferior. Me mira a través de sus largas pestañas. Su boca forma una seductora sonrisa y dice con malicia—: ¿Cuándo vamos a volver a ser irrespetuosos?

—¡Jaden! —Abro la boca de golpe por su descaro, y mis ojos se disparan rápidamente por la cocina para asegurarme de que nadie nos oyó; pero sólo Eleanor sigue aquí. Pasa por nuestro lado caminando con su vaso de agua, intercambia una breve sonrisa y un «¡ey!» con Jaden, y luego sale de la cocina.

Jaden se pone colorado.

—Lo siento —dice en voz baja—, me pasé. Tomé un poco mientras esperaba que Dani estuviera lista. —Da un paso atrás y sus manos dejan de tocarme, aunque ojalá no lo hubieran hecho. Jaden me parece increíblemente atractivo cuando está flirteando, y después de la semana que he tenido, la verdad es que ahora mismo adoro esta faceta suya—. ¿Te la pasas bien?

—Todavía no —digo, sonriéndole directamente.

Sólo pienso en besarlo con furia por todas partes, pero en medio de la cocina me parece demasiado. Miro alrededor otra vez, y cuando me aseguro de que nadie nos oye, le pongo la mano en el hombro y me inclino hacia él acercando los labios a su barbilla.

—Jaden —murmuro—, ¿quieres ir arriba?

—Pensaba que nadie tenía permiso para subir —dice con el rostro inexpresivo.

Apartándome de él otra vez, pongo los ojos en blanco por su inocencia.

—Exacto.

Le cuesta un poco darse cuenta de qué le estoy sugiriendo exactamente, y me doy cuenta de que Jaden es algo lento a la hora de entender indirectas. Es adorable, y la verdad es que no puedo evitar sonreír cuando su expresión se transforma por completo tan pronto como lo entiende. Sus pálidas mejillas se sonrojan y asiente ansioso.

—Pues, sí, quiero ir arriba —responde. Me tiende la mano para ayudarme mientras bajo de la barra. Vamos con los dedos entrelazados mientras me guía para salir de la cocina, y de pasada tomo su cerveza.

En la sala, la partida de Verdad o Castigo ha terminado y todos están platicando. Will mueve la cabeza al ritmo de la música. Dani está enfrascada en una conversación con Jess y Kailee. No veo a Holden en la sala, aunque sé que puede aparecer en cualquier momento, así que empiezo a caminar y hago que Jaden me siga por la escalera tan rápido como podemos. Ya puedo imaginar los guiños burlones que Kailee me dirigirá en clase de física la semana que viene si nos vio a los dos desapareciendo escaleras arriba.

Por eso subo los escalones de dos en dos, corriendo y arrastrando a Jaden y su espléndida sonrisa tras de mí. Muchos de los objetos de valor y arte de los padres de Will los subieron para protegerlos de posibles daños, de modo que el oscuro pasillo está lleno de trampas que debemos esquivar. El recorrido se hace largo hasta la habitación de Will, y el corazón me late con fuerza sólo de imaginar lo que va a pasar cuando lleguemos. Oigo la respiración de Jaden cerca, detrás de mí, mientras espera, con su mano todavía en la mía, que abra la puerta.

La habitación de Will está a oscuras, pero no enciendo la luz. No la quiero encendida. Arrastro a Jaden al interior y dejo la lata de cerveza en la cómoda; luego uso mi mano libre para palpar en la oscuridad mientras nuestros ojos se toman un minuto para acostumbrarse. Holden y yo hemos pasado aquí la noche y casi tropiezo con las camas inflables que hay en el suelo.

—Mmm... ¿Kenz? —dice Jaden con voz baja y ronca, apretándome la mano y jalándome hacia él. A través de la oscuridad, su perfil va apareciendo poco a poco, y puedo ver el brillo en sus ojos, aunque no su color. El silencio reina aquí arriba. La música del piso de abajo se oye muy poco, compitiendo con nuestra ansiosa respiración. Nos soltamos las manos, él da un paso adelante y presiona sus caderas contra las mías. Casi me desmayo cuando se acerca, pero él sólo roza con suavidad sus labios contra los míos, y entonces se detiene.

—Pasé todo el año deseando poder besarte otra vez —susurra.

—Yo también pasé un año entero deseándolo —murmuro. Sé que va a besarme, sé que quiere besarme, y mi respiración se atasca en mi garganta mientras espero. Puedo ver su pecho subiendo y bajando en la oscuridad antes de que, despacio, muy despacio, sus labios atrapen los míos.

Cierro los ojos y me sumerjo en esa excitante sensación de su boca en contacto con la mía otra vez. El beso empieza suave y dulce, tierno y cariñoso, pero entonces, en cuestión de segundos, el deseo se vuelve abrumador, y el beso se vuelve más rápido, más profundo, más brusco. Sus manos están a cada lado de mi cara, las yemas de los dedos enredadas en mi cabello, y rodeo su cuello con mis brazos, atrayéndolo, con ansia, más cerca de mí. La energía lujuriosa que corre por mis venas enciende mi deseo, y empiezo a empujarlo y a guiarlo a ciegas hasta que choca con la cama.

Sin despegar sus labios de los míos, Jaden se sienta y me jala, sus brazos rodean mi cuerpo mientras hace que me siente sobre él. Rodeo su cintura con las piernas y le muerdo el labio; cuando nos despegamos para recobrar el aliento, mi mano va a parar a su camisa. Esta vez desabrocho los botones con hábiles movimientos y acaricio su pecho con las yemas de los dedos. Al mismo tiempo, las cálidas manos de Jaden se deslizan bajo mi camisa, recorriéndome la piel de la espalda. Cuando desabrocho el último botón de su camisa, sigo con la mano hasta su cinturón.

Nunca tengo bastante de él. Intento besarlo con más intensidad, pero es imposible. Necesito más, y en el calor del momento, una nueva revelación me golpea con toda la fuerza. Ya no me estoy enamorando de Jaden Hunter: ¡estoy enamorada de Jaden Hunter!

Separo mis labios de los suyos, abro los ojos de golpe y presiono con ambas manos su pecho desnudo, poniendo distancia para poder absorber el amor y la pasión en sus destellantes ojos azules.

—Jaden —susurro, y trago saliva con fuerza—, te quie...

Me corto de sopetón cuando la puerta se abre de golpe sin avisar. Giro la cabeza tan deprisa que casi me da un tirón. Will está en la puerta, asomando por el marco y mirando hacia el interior de la habitación.

—¿Kenzie?

—¿Qué, Will? —gruño. No me imagino un momento peor que este para que aparezca, y empiezo a pensar que Jaden y yo, de una forma u otra, vamos a ser siempre interrumpidos. Fue vergonzoso la primera vez con Dani, pero ahora es sólo frustrante, sobre todo porque estaba a punto de decirle a Jaden algo importante. De todos modos, Will no parece enojado por que hayamos subido, ni por que estemos en su cama, de hecho, no parece ni siquiera importarle, porque parece preocupado más que otra cosa.

—¿Invitaste a Darren? —me pregunta.

—¿Qué? Claro que no. —Aparto las manos del pecho de Jaden y me quedo mirando a Will, confundida—. ¿Por qué diablos iba a invitarlo?

—Porque está aquí.

32

Me precipito escaleras abajo a la velocidad de la luz con Will pegado a mis talones. Tengo las mejillas rojas de la furia que me invade; el pulso se me acelera a mil. Por supuesto que no invité a Darren, y teniendo en cuenta que soy la única persona en esta casa que se podría considerar amiga suya, sé que soy yo la razón por la cual está aquí. Así que también soy yo quien debe pedirle que se vaya, no sólo porque no está invitado, sino porque no lo quiero aquí, especialmente después de lo que me hizo el lunes.

Abajo, la música sigue estando muy alta, y me detengo en el pasillo mirando por toda la casa con la intención de localizar a Darren. Escudriño la sala, pero no está allí, así que me dirijo a la cocina con los ojos entrecerrados. Estoy enojada con él por haberse presentado aquí y también por arruinar mi momento con Jaden, aunque no sea consciente de ello. Tan pronto como pongo un pie dentro, lo veo.

Apoyado en la barra con una cerveza en la mano,

Darren parece casi fuera de lugar. Él está ya en la universidad y nosotros en el último curso del bachillerato, incluso algunos todavía en el penúltimo, así que no conoce a nadie. Además, la barba de pocos días que lleva lo hace parecer mucho mayor que el resto de nosotros, y sus ojos cafés se abren cuando se percata de que estoy allí.

—Ey, hola —dice con total tranquilidad, sonriendo, ajeno a mi rabia—. Te estaba buscando.

—¿Qué haces aquí? —le suelto, cruzando la cocina hacia él. Will se queda detrás de la puerta, observando de lejos, poco dispuesto a involucrarse. No puedo culparlo. Darren no es su problema: es el mío.

—Te estaba buscando —repite Darren poniendo los ojos en blanco. Toma un trago de la cerveza que se sirvió él mismo y luego se aparta de la barra. Camina hacia mí, haciendo girar las llaves de su camioneta alrededor del dedo índice en un gesto bravucón—. Me sentía mal por lo que pasó la otra noche.

Su respuesta no explica exactamente por qué decidió aparecer aquí esta noche, pero al menos tiene algo de sentido que reconozca que se equivocó el lunes al querer aprovecharse de mi vulnerabilidad.

—Es como deberías sentirte —mascullo, cruzando los brazos encima del pecho y dirigiéndole una mirada desafiante.

—No —responde Darren negando con la cabeza—. Me sentía mal por ti.

Los ojos se me abren como platos. Estoy atónita.

—¿Por mí?

—Pues sí —dice apurando de un trago la cerveza que quedaba. Aprieta la lata con la mano, la arruga y la lanza sobre la barra de cualquier manera. Oigo el suspiro de Will desde detrás de la puerta—. Me sentía mal porque ya me has ignorado demasiadas veces, y ahora estoy enojado contigo, y quería hacerte saber que hemos terminado. Yo te convenía, pero tú no eres capaz de verlo, así que ya no voy a perder más tiempo contigo. Ni siquiera quiero que seamos amigos.

Alguien se aclara la garganta detrás de mí, y cuando miro por encima del hombro veo a Jaden al lado de Will, junto a la puerta. Se está abotonando la camisa, y su expresión es dura mientras mira a Darren con los ojos entrecerrados. No creo que tampoco le haya gustado que nos interrumpieran, especialmente si fue mi ex.

—¿Hay algún problema?

—No, Jaden Hunter, ninguno —responde Darren, satisfecho. Se adelanta algunos pasos, así que ahora está justo entre Jaden y yo, y entonces se encoge de hombros—. Al menos yo no tengo ninguno. Tú, tal vez... Bueno, supongo que ahora mismo tienes un montón de problemas con el tema de Holden. Me sorprende incluso verte aquí, para serte sincero.

—¿Qué tema de Holden?

La boca se me abre de par en par al tiempo que el color abandona mi cara. Aquí está otra vez esa sensación repugnante de puñetazo en el estómago. No, Dios mío, no. Darren no sabe que todavía no le he dicho la verdad a Jaden, así que ahora, intencionadamente o no, metió la pata. Se hace un largo silencio mientras la música retumba en la otra sala. El ambiente se hace denso mientras intercambiamos miradas de confusión. Jaden mira a Darren, esperando una explicación, pero este está pensando. Will me mira con el ceño fruncido, y sé lo que se está preguntando: se está preguntando si hay algo que yo sepa y él no, y así es.

Darren vuelve a mirarme, su comportamiento apático y despreocupado ha desaparecido. Ahora hay algo más en su expresión: confusión y sorpresa, intriga y diversión. Poco a poco, sus ojos regresan a Jaden.

—¿No te lo dijo?

—¿Decirme qué? —pregunta Jaden. Su expresión desafiante se ha suavizado y sus ojos se han llenado de preocupación. Se me acerca con cautela y el corazón se me rompe en mil pedazos cuando me mira fijamente a los ojos. Está esperando una respuesta, pero no puedo darle ninguna.

—Jaden —murmuro, y rodeo rápidamente la isla central y aparto a Darren para poder pasar. Me detengo delante de Jaden, agarro una punta de su camisa y lo empujo con suavidad hacia la puerta, desesperada por sacarlo de allí antes de que Darren diga algo que no debería. No es así como quiero que Jaden descubra la verdad. No aquí, no ahora—. Por favor, vuelve arriba —le ruego—. Estaré allí en un minuto.

—Oh, Kenz —dice entonces Darren, y suelta un silbido. Sacude la cabeza en señal de incredulidad, pero no puede ocultar el placer en su voz y la diversión en sus ojos. Camina como si nada hacia nosotros, apoya el brazo contra la barra y nos mira con una sonrisa cínica dibujada en sus labios—. Me dijiste que mi consejo no valía nada, pero parece que lo seguiste. Después de todo decidiste quedarte callada, ¿no?

Jaden se tensa y se mantiene firme delante de mí, impidiendo que pueda echarlo de la cocina. Me toma por la muñeca y la sujeta fuerte contra su pecho.

—MacKenzie —dice con firmeza. Suena impaciente e irritado, y nunca había usado mi nombre completo—. ¿De qué está hablando?

—Eso —interviene Will, acercándose. Se rasca la nuca—. ¿De qué está hablando, Kenzie?

Justo en ese instante, se abre la puerta de atrás y Holden entra en la casa, trayendo con él una fría brisa que se mete en la cocina. Tiene la cabeza agachada y se está limpiando los pies en el tapete mientras se guarda el celular en el bolsillo de los *jeans*. Parece que salió a tomar aire, y escogió el peor momento para entrar. Cierra la puerta detrás de él, da un paso adelante y levanta la cabeza. Es entonces cuando se estremece, se queda paralizado, mientras sus ojos oscuros intentan evitar los de Jaden. Luego mira a Will, y luego a Darren y después a mí. Debió de leer mi expresión de pánico, porque de repente él también parece alarmado.

—Se está callando algo sobre su amigo recién llegado —dice Darren subiendo la voz para hacerse oír por encima de la música. Su cara está radiante por la mezcla de la cerveza y un gozo sádico cuando dice—: Holden, ¿por qué no te acercas? —Le hace señas, pero Holden no se mueve.

—Darren —digo, liberando mi muñeca de la mano de Jaden y volteándome para encararme a él. Mis ojos están inundados de desesperación. No puede hacer esto. No puede causar tanto caos, tanto dolor, y todo porque está celoso, todo porque elegí estar con Jaden y no con él—. No —susurro—. Por favor. No me estoy quedando callada. ¡Es sólo que todavía no he tenido la oportunidad de decírselo!

—¿Cómo, Kenz? —Darren finge que se extraña, abriendo los ojos mientras vuelve a mirarme fijamente sin una pizca de compasión—. ¿No pensaste que tu novio debería haberlo sabido tan pronto como te enteraste?

La paciencia de Jaden se está acabando, porque suelta un bufido y dice:

—¿Puede alguien decirme qué carajos pasa?

—Quizá Holden pueda —dice Darren. Ladea la cabeza y mira por encima de mí a Holden, que todavía sigue paralizado en la puerta de atrás. Darren sabe exactamente lo que está haciendo. Y lo peor de todo es que parece disfrutar del poder que tiene sobre todos nosotros—. Tú eres quien puede contar la verdad mejor que nadie, ¿no es así, Holden? Ya sabes, puesto que tú eras el único que estaba allí esa noche.

El mismo terror que había en los ojos de Holden el lunes vuelve a apoderarse de él, sólo que esta vez con mayor intensidad. Me mira, pero ahora no tiene tiempo para enojarse conmigo por haberle contado a Darren su secreto. Ahora mismo hay asuntos más urgentes. Poco a poco sacude la cabeza suplicándole a

Darren con la mirada petrificada que no vaya más allá, que no diga nada más.

—Darren... —murmura, con la voz entrecortada.

Pero este no va a parar. No quiere hacerlo. En lugar de eso, da un paso atrás teatralmente y nos mira a Holden y a mí, simulando estar en *shock*.

—¿Ninguno de los dos se lo piensa contar? Pues muy bien. —Carraspea para aclararse la garganta mientras se da la vuelta hacia Jaden.

Se me hiela la sangre y me entumezco cuando me doy cuenta de lo indefensa que estoy en este momento. No hay nada que pueda hacer para evitar el desastre que está a punto de ocurrir.

—Jaden —dice Darren, aunque de golpe desaparece el placer que parecía sentir por la situación, porque frunce el ceño y se muerde con fingido nerviosismo el labio inferior—. Amigo, odio tener que ser yo quien te cuente esto, pero... pero tus padres tuvieron el accidente por culpa de Holden. —Se hace un instante de completo y puro silencio cuando cierro los ojos, poniendo fin a la escena que acaba de arrasarnos y que lo dejó todo en silencio, no oigo la música, ni mi propia respiración, pero entonces, casi tan rápido como había desaparecido, el ruido vuelve con toda su fuerza, incluso más alto que antes. La música me taladra los oídos al mismo tiempo que Will toma una profunda bocanada de aire, y entonces la oigo: oigo la voz de Dani susurrando con voz débil:

—¿Qué?

Mis ojos se abren de golpe. Dani aparece por la

puerta, detrás de Jaden. Will, estupefacto, tiene la boca totalmente abierta. Levanta una mano temblorosa para cubrírsela y sus ojos de color azul eléctrico destellan de dolor y se rodean de arrugas. Dani todavía es frágil, y antes de que pueda oír más explicaciones, rompe a llorar y se da la vuelta. Siento el corazón roto y pesado en el pecho mientras escucho el sonido de sus pasos corriendo hacia la puerta principal. Oigo cómo se abre, pero no cómo se cierra.

Me veo obligada a mirar a Jaden. Sus ojos rebosan furia y al mismo tiempo parecen llenos de confusión e incredulidad, pero no me está mirando a mí. No, está mirando a Holden desde el otro lado de la cocina mientras la ira va apoderándose de él. Sacude la cabeza con consternación al tiempo que sus ojos azules se entrecierran no con agresividad, sino con el enojo que provoca el dolor. El tipo de enojo ardiente y abrasador.

—¿Es verdad eso? —pregunta apretando los dientes—. Holden, ¿estabas allí?

Holden intenta acompasar la respiración, pero creo que va a desmayarse. Apoya la mano en el borde de la barra para mantener el equilibrio, de espaldas a nosotros, con la cabeza agachada. No estaba preparado para enfrentarse a esto esta noche. Ninguno de nosotros lo estábamos.

—Fue un accidente —dice sin fuerzas. Sus palabras suenan ahogadas mientras se esfuerza en sacarlas de su boca—. Fue un accidente —repite.

—Holden —murmura Will, pero él no dice nada

más. Agarra una silla de la cocina y se sienta, soltando el aire.

—¿Qué pasó? —pregunta Jaden, exigiendo una respuesta. Aparta a Darren de su camino y pasa por delante de mí como un rayo, bordeando la isla central hasta llegar delante de Holden. Lo agarra por los hombros y lo aparta de la barra, forzándolo a mirarlo—. ¿Qué... pasó?

Pero Holden no puede hablar, no puede abrir la boca, no puede hacer nada. Todo lo que consigue hacer es cerrar los ojos y sacudir la cabeza. No es capaz de darle a Jaden las respuestas que necesita, no en este estado, no aquí, no así. A Jaden no le queda más remedio que soltarlo, y entonces se voltea hacia Darren y hacia mí, con las mejillas enrojecidas. Se pasa la mano por el pelo sin detenerse. Sigue adelante, pasa por delante de mí, directo hacia la puerta, sin decir nada más. No me mira, y eso me dice todo lo que necesito saber: está enojado conmigo, y entonces llegan las lágrimas. Se liberan tan pronto como oigo que la puerta de la entrada se cierra con estrépito, y sé que no puedo dejarlo ir, no sin explicarme. Mi pecho se agita, me volteo y estoy a punto de echar a correr hacia Jaden cuando las frías manos de Darren me agarran por el brazo.

—Terminamos, Kenz. Para siempre —sentencia. Ahora es más sincero que cínico, pero no parece tener remordimientos por lo que acaba de hacer. Me aprieta el brazo—. ¿Y qué fue lo que dijiste el otro día? Ah, sí. Que si se lo ocultabas, nunca jamás te perdonaría. Así que será mejor que empieces a pensar en pedirle disculpas, y cuando no te funcione, no vengas corriendo a buscarme.

—¡Eres un perfecto imbécil! ¡Hace meses que terminamos! —le escupo. Libero mi brazo y lo empujo con las dos manos para apartarlo de mí. Lo arruinó todo, y tengo que darme prisa en alcanzar a Jaden antes de que desaparezca. Necesito arreglar esto. Los dejo a los tres en la cocina y vuelo por el pasillo. La música, las risas y las voces de la sala resuenan en mis oídos. Los otros siguen ahí, disfrutando de la noche, ajenos a lo que acaba de ocurrir en la cocina. Jess me llama mientras paso corriendo, pero la ignoro, y cuando llego a la puerta la abro. La brisa helada de la noche me golpea en la cara, enfría mis lágrimas, y tan rápido como puedo, busco entre todos los coches estacionados fuera de la casa de Will hasta que finalmente localizo a Jaden, que se dirige como un rayo hacia el Corolla negro.

—¡Jaden! —grito, corriendo descalza por el porche escaleras abajo y a través de la hierba fría. Me duelen los pies, pero no me importa. No espero que se quede, pero tampoco quiero que se vaya sin escuchar lo que tengo que decirle—. ¡Espera! ¡Por favor!

Jaden se detiene justo antes de llegar al coche, y se voltea tan repentinamente que choco contra él.

—Tú lo sabías —dice con rabia. El azul de sus ojos es fiero y afilado, está lleno de decepción, dolor y furia, todo al mismo tiempo—. Maldición, lo sabías, MacKenzie, y no me lo dijiste.

—¡No sabía cómo hacerlo, Jaden! ¡Estaba esperando el momento adecuado!

—¡No iba a llegar nunca el momento adecuado para decirme algo como esto! ¡Debiste habérmelo dicho enseguida, maldición! —Expulsa el aire de sus pulmones y mira hacia el cielo mientras intenta ordenar sus pensamientos, y a continuación mira hacia abajo y abre la puerta del acompañante. Ya dentro, y sentada en el asiento del conductor, Dani está sollozando—. ¡Muy bien, Kenzie! ¿En qué demonios estabas pensando?

—¡No quería herirte! —le grito, antes de ahogar un sollozo en medio del jardín de Will. Lágrimas calientes me arrasan las mejillas. No quería que esto pasara. Quería que la verdad saliera de mí, no de nadie más.

—Mantente alejada de nosotros por ahora —murmura Jaden, mientras se mete en el coche mirándome con esos ojos que me tienen sometida. Lo peor de todo es la decepción que veo en ellos. Le fallé otra vez. Y antes de cerrar la puerta dice—: Se te da bien hacerlo.

33

Acaban de dar las ocho de la mañana y he estado mirando al techo de Will durante casi una hora. No he podido descansar ni un segundo, no sólo por la incomodidad de la cama inflable, sino porque no puedo dejar de pensar en lo que pasó anoche, de reproducir los acontecimientos en mi cabeza una y otra vez. Estoy enojada conmigo misma por habérselo contado a Darren el lunes, pero por otro lado nunca imaginé que podría actuar de esta manera. Jamás pensé que podía ser tan cruel.

Siento como si mi cabeza fuera de plomo, y no estoy segura de cómo debe de sentirse Holden esta mañana. Anoche, después de que los Hunter y Darren se marcharan, vomitó dos veces mientras le confesaba toda la verdad a un callado y alucinado Will. Y no fue en absoluto por las dos latas de cerveza que se había bebido.

La fiesta se había terminado antes de medianoche, y todo lo que ocurrió después del horrendo episodio en la cocina parece un recuerdo borroso. Holden y yo nos sentamos en el piso de arriba, uno al lado del otro, en el suelo del pasillo, escuchando la música. Ninguno de los dos quería volver a bajar. Yo estaba hecha polvo, y lloré hasta quedarme sin lágrimas. Holden me había culpado por habérselo contado todo a Darren. Yo le eché la culpa por haber sido el causante de todo esto. Lloramos, y luego gritamos, y lloramos un poco más. Y cuando se nos pasó el arrebato a los dos, nos quedamos allí sentados, paralizados.

Me siento consumida ahora que estoy aquí tumbada, con los ojos pegajosos por el rímel y la luz del sol que se filtra en la habitación de Will. Sé que lo de aquella noche fue un accidente. Sé que Holden no quería que nada de eso pasara, pero no puedo evitar pensar que sea culpa suya.

Oigo a Will soltar un suspiro, y con voz baja y ronca pregunta:

—¿Están despiertos?

—No he dormido nada —murmura Holden desde el otro lado de la habitación.

No sabía que ellos también estaban despiertos. Apartándome la manta, me apoyo en los codos y levanto la cabeza para mirarlos. Will está sentado con las piernas cruzadas en la cama, frotándose los ojos con el borde de la camiseta. Holden está en la otra cama inflable, boca abajo, con la barbilla apoyada encima de las manos. Tiene la mirada perdida en la pared.

—Me siento como una mierda —les digo, pasándome los dedos por el cabello enredado. Hace mucho calor en la habitación y huele a chico, así que me levanto y abro la ventana; me inclino sobre el alféizar mientras el aire fresco se cuela en la habitación. Me duele tanto la cabeza que mantener los ojos abiertos resulta una tortura.

—Odio preguntarlo... —empieza Will con cautela, paseando la mirada entre Holden y yo. Se apoya en la cabecera de la cama y jala el edredón para taparse hasta la barbilla—, pero ¿qué vamos a hacer ahora?

Holden suelta un gemido ahogado contra la almohada y se tapa hasta la cabeza. Siento que la sangre me hierve, y me queda claro que no tiene un plan. La situación va a ser complicada. Va a ser un lío. Pero hay que arreglarla, y hay que hacerlo rápido. La actuación de Darren de anoche no pasó precisamente desapercibida, y creo que no me equivoco al decir que ninguno de nosotros tiene ni idea de lo que va a ocurrir una vez que la noticia salga a la luz. No veo que vaya a ayudar en nada que Holden hunda la cabeza en la almohada.

Me siento en los pies de la cama de Will con las piernas cruzadas.

—Pues sí, Holden —digo mirándolo—. ¿Qué vas a hacer? Esto lo ocasionaste tú. —Me masajeo las sienes con manos temblorosas y luego murmuro entre dientes—: Si me hubieras dicho la verdad en su momento...

Holden pega un salto en la cama, levanta las manos hacia mí, con el pelo oscuro enmarañado y los ojos vertiendo lágrimas de ira.

—¡Ya te lo dije! ¿Acaso sabes en qué tipo de mierda me hubiera metido?

—Quizá te merezcas tener estos problemas —digo, alzando la voz al mismo volumen que la suya—. Si fue por tu culpa debiste haberlo contado cuando pasó. ¡Debiste haber pagado el maldito precio, Holden, porque no ibas a conseguir ocultárselo a los Hunter para siempre! ¡Porque decir la verdad es lo correcto!

Me le quedo mirando fijamente, analizándolo. Parece mentalmente agotado, pero no me sorprende. Ha estado llevando esta carga en sus espaldas durante más de un año, y el peso no ha hecho más que aumentar. Nunca será capaz de liberarse hasta que diga la verdad. No a mí, no a Will, sino a los Hunter. Es la única manera. Después de un minuto de silencio, digo:

—Vamos a ir allí.

Los ojos de Holden se abren como platos.

—¿Cómo?

—Vas a decirles la verdad a Jaden y a Dani. —Mi voz es firme y estoy decidida a arreglar esto. Ya he decepcionado a Jaden antes, y no puedo soportar la idea de hacerlo de nuevo. Puede que no me perdone dos veces, así que necesito hablar con él lo antes posible. Necesito explicarme, y Holden también—. Se merecen saber exactamente lo que pasó, y necesitan oírlo de ti. Así que levántate —digo, impulsándome para ponerme de pie—, porque tienes que hacer esto, y tienes que hacerlo ahora.

—Kenzie, ¡no puedo!

—¡Holden! ¡Por favor! —grito con desesperación.

—Holden... —dice Will en voz tan baja que suena como un graznido—, Kenzie tiene razón, así que escúchala. Si tú hiciste esto...

—¡Cierra la boca! —le suelta Holden—. ¡Ya lo sé! ¿De acuerdo? ¿O crees que no lo sé? Porque sí lo sé. ¡Tuve que vivir con esto durante más de un año! —levantó más la voz y farfulla las palabras. En todos los años que hace que conozco a Holden jamás lo he visto ponerse de estar manera. Tan vulnerable e inseguro de sí mismo, tan débil y aterrado—. ¿Sabes lo que es eso? ¿Puedes imaginar lo que se siente al verlos cada día? ¿Lo duro que era cuando me pedías estar con ellos constantemente? Casi no puedo mirarlos a los ojos. Es desgarrador, Kenzie... Y me arrepiento. Me arrepiento mucho. Pero eso no mejora nada, ¡sólo lo empeora! Todo se ha convertido en una mierda desde aquella noche: el futbol, mis notas... No puedo pensar con claridad... No puedo dormir...

—Holden.

—¡Y todo porque me dormí durante dos segundos!

—Holden —digo más alto. Él se calla—. Todo estará bien.

Echando la cabeza hacia atrás suelta una larga exhalación y se queda mirando al techo, tapándose la cara con las manos. En el silencio que se crea, Will me mira desde el borde de la cama, e intercambiamos una incierta pero esperanzadora mirada. Sé que él quiere que Holden haga lo correcto. Tratándose de un asunto tan grave, tan importante, ser amigos no es suficiente. Queremos ayudarlo, pero no podemos protegerlo.

—Lo conseguiremos —dice Will con calma, aunque Holden siga mirando al techo—. Me estoy volviendo loco sólo de pensar en todo esto, así que no tengo ni idea de lo que debe de ser para ti, pero... pero hay que hacerlo, Holden. —Will suspira con fuerza y le pone las manos en los hombros—. Tienes que hablar con los Hunter. No te queda otra opción.

—¡No! —Holden retrocede, empujándose con los pies, con las fosas nasales dilatadas—. Puede que ya no sea un accidente. ¿Qué pasa si se trata de un asesinato? ¿O de un homicidio imprudente? ¿Saben lo que significa que me acusen de eso? ¡La cárcel! ¡Durante años! —grita. Ahora las lágrimas le caen por las mejillas. Pasa por delante de mí para asomarse a la ventana a respirar aire fresco. Está de espaldas a nosotros, pero podemos ver que su respiración es agitada y los hombros le suben y bajan deprisa—. Ya saben que mis padres no podrían pagar un buen abogado, así que adiós al futbol, adiós a la universidad, adiós al futuro, ¡adiós a todo lo que tenga que ver conmigo! Sé que es lo correcto, pero ¡va a arruinarme la vida!

Ni Will ni yo respondemos. Las palabras se amontonan en mi garganta. Holden tiene razón: esto nos queda muy grande. El secreto está desvelado y tiene que salir a la luz, pero de repente todo ha cambiado, y ahora no estoy segura de que alguna vez pueda volver a la normalidad.

—Holden —digo finalmente, bajando la voz—. Mira, nadie te va a acusar —le aseguro, aunque no lo sé con certeza. No sé qué les pasa por la cabeza a Jaden y a Dani ahora mismo. No sé qué piensan hacer con todo esto, e intento no pensar en lo feo que puede llegar a ser—. Estamos contigo. Pero ahora mismo, lo primero que tienes que hacer es ir a hablar con Jaden y Dani, porque si no lo haces... —Me detengo un segundo, mis ojos están clavados en las gotas de sudor del cuello de Holden—. Si no lo haces, entonces no sé si voy a poder mirarte nunca más de la misma manera —digo finalmente—. Tienes que hacer esto del modo correcto.

Holden agacha la cabeza. Sigue apoyado en la ventana, la respiración agitada, y vuelve a reinar el silencio.

—Kenzie —murmura con voz débil. Me mira por encima del hombro y sus ojos oscuros parecen habérsele hundido en la cara—. Ve y habla con Jaden. No voy a ir contigo.

¿Cómo? Niego con la cabeza sin podérmelo creer, totalmente aturdida. Pensé que conocía a Holden. Pensé que lo haría no por mí, sino por él mismo. Me equivoqué. No va a hacerlo. No va a hablar con los Hunter. No va a dar la cara por lo que hizo. Desesperada, me volteo para mirar a Will, rogando por que él pueda hacer algo, lo que sea.

—Ve —masculla este dirigiéndose a mí y levantando las manos en señal de rendición. No hay nada que ninguno de los dos podamos hacer o decir para que Holden cambie de idea ahora mismo, y yo no puedo quedarme aquí y perder tiempo discutiendo con él. Puede que Holden no quiera hablar con Jaden, pero yo necesito hacerlo, y pronto.

Asiento y abandono la habitación en silencio, recogiendo mis cosas por el camino. La frustración me quema la garganta, y no me doy cuenta de que he estado luchando por contener las lágrimas hasta que me detengo para mirar a Holden. Sigue en la ventana, paralizado e irreconocible. Me aferro a una diminuta fracción de esperanza de que se dé la vuelta y finalmente acceda a venir conmigo, decirle a Jaden y a Danielle la verdad sobre lo que les pasó realmente a sus padres el agosto pasado.

Pero no lo hace.

34

Estoy inclinada hacia delante sobre el volante del coche, agarrándolo fuerte mientras conduzco desde casa de Will hasta la casa de los abuelos de Jaden. Estoy tan concentrada en la carretera que apenas parpadeo mientras me repito mentalmente lo que voy a decirle con exactitud a Jaden cuando lo vea. Si es que lo veo. Quizá se niegue a escucharme. Quizá, después de haberlo decepcionado dos veces, ya está harto de mí. Pero tengo que intentarlo, así que sobrepaso el límite de velocidad mientras mi corazón palpita totalmente descontrolado.

Son las ocho y media de la mañana, y a estas horas de un domingo las calles están desiertas. Por suerte, mamá me ha dejado quedarme el coche todo el fin de semana. No por mi bien, sino por el suyo. Decidió que si no tiene el coche a mano, las estanterías del vino de la tienda quedan fuera de su alcance.

El corto recorrido hasta la casa de los abuelos de Jaden se me hace eterno, en gran parte porque me devoran los nervios sólo de pensar en lo que puede ocurrir, pero tan pronto como me planto delante de la casa me derrumbo. El estacionamiento de la entrada está vacío. No están ni el coche ni la barca de Brad. Me estaciono y apago el motor. Tengo tantas cosas en la cabeza ahora mismo que avanzo dando traspiés mientras me esfuerzo por llegar hasta el porche. Antes que nada, necesito pedirle disculpas a Jaden. Y necesito explicarme. Y necesito decirle la verdad ya que Holden no va a hacerlo. «Por favor, que estés en casa —rezo—. Por favor, escúchame. Por favor, perdóname.»

La brisa hace que algunos mechones sueltos de mi pelo me vuelen por delante de la cara mientras tomo aire profundamente y llamo al timbre. Me quedo en la puerta con el aliento entrecortado, esperando. Ahora que estoy aquí, soy consciente de que no tengo ni idea de qué esperar del otro lado. Quizá debería mantener algo de distancia al principio. Quizá soy una egoísta por el mero hecho de estar aquí. Necesitarán tiempo para procesarlo todo.

Ha pasado un minuto y nadie ha abierto, así que me doy la vuelta para marcharme. Tengo una sensación de vacío en el estómago, y estoy a punto de salir corriendo hacia el coche cuando oigo que alguien corre el pasador de la puerta. Me quedo helada.

—¡Kenzie! —exclama Nancy mientras abre la puerta. Parpadea durante un instante, pero luego una sonrisa radiante le ilumina la cara a través de sus facciones rosadas—. ¡Qué sorpresa verte aquí!

Me quedo helada por el hecho de que alguien haya abierto, y estoy tan sorprendida por su amable reacción que ni siquiera puedo hacer el intento de devolverle la sonrisa. En lugar de eso, todo lo que se me ocurre es decir sin rodeos:

—Vine a ver a Jaden. ¿Está aquí?

—Ah, no, está en el lago con Danielle —responde. Se inclina hacia delante para indicarme con la mirada que el espacio de la entrada donde acostumbra a estar la barca de Brad está vacío—. Salieron con la barca. Ya hace rato que se fueron, así que no deberían tardar mucho más. ¿Quieres entrar y esperarlos? ¿O quizá prefieres ir a buscarlos allí?

—Sí, eso haré. Voy a intentar encontrarlo. Es un poco urgente. —El lago. Hago girar nerviosamente las llaves en mis manos mientras mi corazón late todavía más rápido. A cada segundo que pasa, más desesperada estoy por encontrarlo. Pero entonces me doy cuenta de que... Nancy está sonriendo. ¿Por qué está sonriendo? Me detengo en la escalera del porche y le pregunto—. ¿Estás... estás bien, Nancy?

—Sí. ¿Por qué? —Abre más los ojos y se pone la mano en el pecho. Ladea la cabeza, pensativa—. Oh, Dios. ¿Parezco enferma? Últimamente he tenido algunos sofocos.

—No... no, no pasa nada. —No lo sabe. Jaden y Danielle no deben de habérselo contado. Me llena el más abrumador sentimiento de alivio. Por lo menos Nancy y Terry no tienen el corazón roto ahora mismo. Jaden y Dani, sin embargo, sí. Nancy me observa un poco desconcertada, pero no puedo ser yo quien se lo diga, quien le cuente todo esto, así que sigo bajando la escalera.

Corro hacia el coche de mamá y me subo. Pongo en marcha el motor otra vez y jalo el cinturón, pero no lo abrocho inmediatamente, sino que agarro el teléfono del tablero y abro el chat de mensajes con Will.

> Voy al lago a buscar a Jaden y a Dani. Dile a Holden que le queda una última oportunidad, y que si quiere aprovecharla, vaya también hacia allí.

Y para mi sorpresa, tratándose de Will, contesta casi de inmediato. El texto dice:

> Lo intentaré.

La mañana es gris y el cielo está lleno de nubes, aunque a lo lejos se ve un rayo de sol. Me quedo mirándolo mientras conduzco, y me lo tomo como si fuera una señal de que todo va a estar bien. Jaden me perdonará. Me creerá. Tiene que hacerlo, porque ya me dio una segunda oportunidad y me niego a desperdiciarla. No ahora, no después de todo lo que ha pasado.

Paso conduciendo por delante del 7-Eleven donde Jaden y yo nos encontramos por casualidad hace varias semanas, y siento otra señal de esperanza. Muchas cosas han cambiado desde entonces, cosas que nunca imaginé que cambiarían. Algo pasó esa noche. Algo se encendió entre Jaden y yo de nuevo, y cada día desde entonces no he hecho más que pensar en él. Lo que no imaginé es que pudiera acabar así. Sigo respirando profundamente, y luego entro en el pequeño estacionamiento que está justo al lado del lago.

En cuanto llego, localizo la barca de Brad en la rampa, sobre el remolque. El pecho se me contrae cuando veo a Dani en el asiento del conductor, con el brazo apoyado en el volante y el cuello estirado mientras mira por el cristal trasero. Todavía se me contrae más cuando veo a Jaden. Está detrás del coche manipulando el remolque de la barca, asegurándose de que todo esté bien sujeto. Ninguno de los dos me ha visto, pero parece que los encontré en el momento adecuado. Se van a ir dentro de un minuto, de modo que me estaciono en el primer espacio libre que encuentro.

No lo voy a pensar dos veces. No voy a perder ni un segundo. Agarro las llaves y salgo al refrescante aire de la mañana. No hace frío. Por lo menos no me lo parece. No sabría decirlo. Estoy demasiado acalorada, tengo las mejillas muy calientes. Intento recordar las palabras que pensé en decir mientras avanzo por el asfalto hacia Jaden. Esto no será fácil, pero tengo que hacerlo.

Me detengo a unos cuantos metros de la rampa. Ahora que estoy aquí, no sé cómo empezar, pero por suerte no tengo que decir nada porque Jaden me ve. No se mueve ni reacciona, sólo se queda quieto con una expresión de ligera sorpresa. Sus fríos ojos azules taladran los míos, y yo espero, muriéndome de ganas de que diga algo.

—Kenzie —suspira al fin. No me gusta que parezca sorprendido de verme aquí (no me gusta la idea de que él no esperara que yo tratara de arreglar esto).

—¿Podemos hablar? —digo.

Jaden me mira de arriba abajo, estudiándome. Al igual que Holden esta mañana, también parece cansado. Dudo que haya dormido mucho esta noche, si es que logró dormir algo. Tiene el pelo enmarañado y lleva unos viejos *jeans* rasgados y la misma sudadera negra que llevaba esa noche del 7-Eleven. Finalmente, asiente, y luego se dirige a la puerta del coche.

—Dani —dice—, lleva la barca a casa, por favor.

Ella se me queda mirando a través del cristal de la ventanilla, su expresión es tan neutra como la de Jaden. Puedo ver un destello de la antigua Dani, de la Dani de hace semanas, no de la Dani feliz que ha estado por aquí recientemente, la que ha estado sonriendo más a menudo. Esto es exactamente lo que temía. Sabía que esta noticia hundiría a los Hunter de nuevo. Sabía que esto los enviaría de vuelta a la casilla de salida. Sabía que esto los llevaría de nuevo contra lo que han estado luchando durante todo el camino que han recorrido.

—Lo siento —susurro mirándola, pero ella sacude la cabeza lentamente, con decepción en los ojos. Perdió toda la confianza que había depositado en mí; aparta la mirada y vuelve a encender el motor del coche para sacar la barca de su padre del agua. Me le quedo mirando mientras desaparece calle abajo, intentando imaginar el torbellino que debe de tener ahora mismo en la cabeza. Sólo cuando el coche y la barca están por completo fuera de mi vista, vuelvo a mirar a Jaden. Tiene los ojos puestos en mí y las manos metidas en los bolsillos de los pantalones. Suelta un lento suspiro y entonces se voltea. Da una patada al suelo mientras camina hacia las mesas vacías de pícnic. Lo sigo y me siento en el banco delante de él, al otro lado de la mesa.

Los dos estamos callados, y puedo oír el suave murmullo del agua y el ligero silbido de la brisa. Hay familias en el parque. Barcas en el agua. Niños más allá, a lo lejos, en la arena. Pero me da la sensación de que están muy lejos. Ahora mismo sólo soy capaz de concentrarme en Jaden. Está molesto y enojado. Lo lleva escrito en los ojos. No puedo culparlo por ello.

—Jaden... —No sé por dónde empezar, así que me quedo mirando la mesa de madera. La pintura verde está descarapelada y descolorida—. ¿Cómo estás?

—¿Cómo crees que estoy, Kenzie?

Levanto la mirada. Ya sabía que no iba a decirme que estaba bien, pero ver la tristeza en sus ojos azules me duele más de lo que pensaba.

—Primero descubrimos que todo lo que pensábamos que sabíamos está bastante lejos de la verdad, y luego descubrimos que tú lo sabías y aun así no nos dijiste nada. —Toma aire y vuelve la cara hacia un lado, los ojos fijos en el agua—. Fue una noche larga, y todavía no sé exactamente lo que ocurrió el año pasado. ¿Dónde está Holden? —Vuelve a mirarme con la mandíbula tensa. Detesto ver a Jaden enojado, pero tiene todo el derecho a estarlo—. Porque tiene que darnos algunas explicaciones.

—Lo siento mucho, pero no va a hablar contigo —le confieso. «Vete al diablo, Holden», estoy pensando. Debería estar aquí ahora, sentado a mi lado, mirando a Jaden directamente a los ojos—. Le rogué que viniera conmigo, pero... está muerto de miedo.

—¿Me tomas el pelo? —Los ojos de Jaden se abren con rabia—. Es un maldito cobarde, entonces. ¿Cómo puede... cómo puede haber estado mintiéndonos durante tanto tiempo? —Niega con la cabeza muy rápido y mira al cielo nublado. Su mandíbula se contrae—. Sólo necesito saber qué pasó. Qué pasó realmente. ¿Se durmió...? ¿Es eso?

Me trago el nudo que tengo en la garganta y asiento. Esto es lo que no quería hacer: no quería tener que contarle a Jaden lo que pasó en lugar de Holden. Me pongo enferma sólo de pensarlo.

—Habían tenido entrenamiento de futbol esa semana —empiezo con la voz temblorosa—. Y el futbol lo es todo para Holden. Ya sabes que necesita una beca desesperadamente para ir a la universidad. Había trabajado mucho y estaba estresado. Salió a dar un paseo en coche para despejarse la cabeza. Creo. Dios, no puedo recordarlo. —Me aprieto las sienes con las manos e intento pensar en todo lo que Holden me contó la otra noche en el patio trasero de mi casa. Parece que ya pasó mucho tiempo, y hay tanto que procesar que todavía no lo he asimilado todo—. Estaba agotado y no debería haber salido. Estaba... estaba conduciendo, y supongo que se quedó dormido durante unos segundos. Se desvió y... me dijo que el claxon de un coche lo despertó. Supongo que tardaría un momento en despejarse. Me dijo que vio unas luces de freno pero... pero que pensó que no había pasado nada, y siguió conduciendo. No supo lo que había ocurrido realmente hasta la mañana siguiente. —Tomo una intensa bocanada de aire y me muerdo el interior de la mejilla—. Lo siento mucho, Jaden.

Él aprieta las manos contra su boca y baja la cabeza.

—¿Por qué no ha dado la cara? —murmura entre dientes después de un instante—. ¿Cómo demonios fue capaz de mirarme durante los entrenamientos, durante los partidos?

—Creo que estaba contento de que yo me mantuviera alejada de ti, porque podía usar mi temor a estar a su lado como excusa. Por eso cuando empezamos a salir de nuevo él sintió pánico, porque ya no tenía excusa. Y por eso tuvo que decírmelo. Ya no tenía dónde esconderse.

—¿Desde cuándo lo sabes? —Jaden levanta la mirada, sus penetrantes ojos azules están cargados de dolor. Sé lo duro que debe de ser para él oír todo esto, pero está aguantando—. ¿Cuándo te lo dijo?

—El lunes por la noche.

—¿Por qué... por qué no me lo dijiste, Kenz? —pregunta, y su voz se rompe. Lo decepcioné. Lo sé. El dolor y la decepción están grabados en su cara mientras espera una respuesta.

—Iba... iba a hacerlo, Jaden —tartamudeo apresurada, y estiro los brazos por encima de la mesa para tomarle las manos. No las aparta, así que se las aprieto suavemente. Su piel está fría—. Lo estaba intentando, pero... no sabía cómo hacerlo ni dónde ni cuándo. ¿Cómo se supone que tenía que decirte algo así? No quería hacerte daño otra vez, y por eso esperaba el momento adecuado. Y es sólo que... este no llegó. —De golpe pienso en Nancy otra vez. Pienso en la enorme y radiante sonrisa en su cara cuando me abrió la puerta antes. No estaba enojada porque no lo sabía—. ¿Por qué no se lo has contado a tus abuelos todavía?

—Porque no quiero hacerles daño... —responde Jaden, pero entonces se detiene, y sus palabras se apagan. Poco a poco cambia la cara mientras se da cuenta de algo. Le está ocurriendo lo mismo que a mí: tiene una lucha interna para intentar no romperles el corazón—. Vaya...

—Así es como yo me sentía, Jaden. —Quizá entienda mi razonamiento ahora, quizá se dé cuenta de que la razón por la que me resultaba tan difícil contárselo era que me preocupo por él, que me importa. Le aprieto las manos con más fuerza, y aunque todavía estoy temblando un poco, todo lo que quiero es estar cerca de él, a su lado—. Siento no haber encontrado el momento adecuado. Siento que lo descubrieras de la manera en que lo hiciste. Siento haberte decepcionado. —Noto que me brota una lágrima, que se desliza mejilla abajo y cae sobre la mesa de madera.

—Oh, Kenz —dice Jaden. Saca las manos de debajo de las mías y las pone encima, sus fríos y callosos dedos me acarician la piel—. No quise gritarte anoche —dice. Su expresión se suaviza—. Era demasiado para poder asimilarlo al mismo tiempo, y me puse como una fiera contigo, pero ahora lo entiendo. Supongo que pensaba que te estabas poniendo de parte de Holden. Tenía sentido que quisieras proteger a tu mejor amigo.

—No —replico, negando con la cabeza. Otra lágrima sigue a la primera, y luego otra—. Quiero decir que sí, pero no en estas circunstancias. Estoy a tu lado, Jaden. Del lado correcto. Tú ya has pasado por muchas cosas, y yo sólo necesitaba un poco de tiempo para pensar cómo darte la noticia, pero no podía soportar la idea porque... —«Vamos allá», pienso. He querido decírselo desde hace tiempo. Quería decírselo el año pasado. Quería decírselo anoche, y lo intenté, pero no tuve la oportunidad. Y tiene que saberlo. Tiene que saber dónde tengo la cabeza. Entrecierro los ojos, siento la calidez de las malditas lágrimas en las pestañas, e inhalo profundamente—. Porque estoy enamorada de ti, Jaden —susurro—. Nunca he dejado de estarlo.

Espero un momento antes de abrir los ojos otra vez. Jaden me está mirando desde el otro lado de la mesa, sus frías manos cubren las mías, y parece estar analizando mi expresión. Entonces se levanta y se desliza por el banco hasta ponerse a mi lado. Está más cerca, a sólo unos centímetros, y nos miramos a los ojos.

—Kenz, ¿sabes que me vuelves increíblemente loco? —dice, dejando ver un asomo de sonrisa. Me pone la mano en la mejilla, me acaricia la cara con suavidad, y acerca la cabeza—. Porque es lo que haces. Pero lo entiendo —susurra—, porque yo tampoco he dejado nunca de quererte. —Se inclina hacia delante y estampa sus labios contra mi frente, abrazándome mientras yo cierro los ojos.

Una enorme ola de alivio me recorre, y es tan poderosa que provoca más lágrimas. De felicidad, esta vez. «No lo arruiné todo». Quiero a Jaden y él me quiere a mí, incluso después de todo lo que he hecho. Vamos a estar absoluta y perfectamente bien. Es un pensamiento extraño. Hace semanas ni siquiera nos hablábamos. Y ahora estamos aquí, juntos. Todo ha salido a la luz, y después de todo un año, por fin encontramos la manera de volver a donde estábamos.

—Prométeme una cosa, Kenz —murmura, apartándose un poco. Su mano sigue acariciándome la cara.

—Lo que sea.

—No vuelvas a huir, ¿de acuerdo? —Con su mano libre, me levanta la barbilla para mirarme directamente a los ojos, aunque odio el fondo de miedo que hay en ellos—. Porque ahora mismo, con todo lo que está pasando, digamos que te necesito otra vez.

—Estoy aquí, Jaden. No voy a irme a ninguna parte —le aseguro, con los ojos cerrados otra vez y presionando la mejilla contra la palma de su mano. Nunca jamás voy a volver a hacerlo. Estoy aquí para siempre.

Justo cuando estoy a punto de abrazar a Jaden, oigo un tremendo chirrido de neumáticos en el asfalto del estacionamiento. Inmediatamente, levanto la cabeza para mirar a mi espalda. Es imposible no ver el flamante Jeep rojo de Will mientras avanza con rapidez hacia nosotros, hasta que se detiene bruscamente a escasos metros de donde estamos sentados. En cuestión de segundos, baja la ventanilla frenéticamente y me hace señas a la desesperada.

—¡Kenzie! —grita, sus mejillas están rojas. Algo pasa—. ¡Va para allá!

Corro hacia él mientras una sensación de malestar me crece en la boca del estómago.

—¿Qué ocurre, Will?

—¡Holden! —exclama sacudiendo la cabeza con desesperación—. Se va a entregar a la policía en este preciso y jodido momento.

Siento que el corazón me da un vuelco, y esa sensación de malestar se convierte en una punzada de dolor.

—¡Oh, Dios mío! —jadeo—. No. ¡Deberíamos estar allí! —Me llevo las manos a la frente y miro a Jaden, que parece igual de conmocionado. Holden está a punto de lanzar su vida por la borda.

—Si nos damos prisa, lo alcanzaremos —dice Will.

Al momento, Jaden se levanta y me toma de la muñeca. Hay determinación en sus ojos y me jala hacia el Jeep a pasos rápidos.

—Llévanos hasta allí, Will.

Mi cabeza va a cien por hora mientras me subo al asiento de atrás del coche. Jaden se sube al asiento del copiloto, y casi no ha cerrado la puerta del todo cuando Will pisa con fuerza el acelerador. Estoy tan desconcertada que siento como si estuviera en trance. Detesto que Holden esté haciendo esto, que no sepamos qué va a pasar, que no estemos allí con él. Y sobre todo detesto que esté sólo.

Me inclino hacia delante agarrándome a la cabecera.

—¡Qué diablos está haciendo, Will!

Este levanta una mano con exasperación. No creo que tampoco sepa lo que está pasando.

—Lo acompañaba a casa y sólo... sólo intentaba presionarlo para que viniera hasta aquí para hablar con ustedes, diciéndole que era lo correcto, y que sería muy patético si no lo hacía. Estuvo callado todo el rato, y mientras esperábamos en un semáforo en Main Street dijo: «¡Al carajo!», y se bajó del coche —se explica Will, con las palabras precipitándose por salir de su boca—. Empezó a correr calle abajo hacia la comisaría.

Jaden está sentado sin decir nada, inquieto, y sacude la cabeza como para sí de vez en cuando. Cualquiera diría que debería estar encantado de que Holden por fin fuera a dar la cara por lo que hizo, pero, por el contrario, se ve incómodo.

Estoy mareada. Confundida. Floja. La comisaría de policía no está lejos, a la vuelta de la esquina, justo al otro lado de la calle del colegio. Estamos a sólo un minuto, pero cada segundo parece un siglo. Tenemos que encontrar a Holden. Tengo que decirle que todo va a estar bien. Por fin está haciendo lo correcto, pero no tiene que hacerlo así. Tiene que haber otra manera. Quizá los Hunter no quieran que se reabra la investigación. Quizá el tío Matt pueda ayudarlo, o al menos darle algún consejo.

Giramos por Main Street y pasamos a toda velocidad por el campus del colegio. Veo la comisaría a nuestra izquierda, y Will da un giro abrupto hacia el estacionamiento. Vamos a contrarreloj, así que se estaciona en diagonal entre una fila de lugares vacíos.

—¡Vamos! —grita.

Por favor, Holden, no. No, no.

Corro por el estacionamiento hacia el edificio de la comisaría, y oigo a Jaden cerca, siguiéndome. No podemos llegar tarde. Tenemos que encontrar a Holden. Todo lo que se me ocurre hacer mientras corro hacia la entrada principal es rezar para que todavía no haya tenido la oportunidad de hablar con ningún policía. Ni siquiera ha hablado con sus padres, ¡por el amor de Dios! Rezo para que todavía esté en la sala de espera, nervioso y jalándose el pelo, para que no tenga que pasar por esto solo.

Con Jaden a mi lado, irrumpo en la recepción. Hay mucho silencio, aparte de un teléfono que suena detrás del mostrador y de mi respiración agitada. Jaden se adelanta unos pasos, echa una ojeada, y la mujer de detrás del mostrador nos mira expectante tras la mampara de cristal mientras toma el teléfono. Unos segundos más tarde, Will entra por la puerta y choca conmigo.

—¿Dónde está? —jadea, y se detiene a mi lado.

Aquí no hay nadie. Hay unas puertas a ambos lados de la recepción, y están las dos cerradas, aunque no por mucho tiempo. La puerta de la derecha se abre y vemos a un oficial corpulento y de espaldas anchas en el vestíbulo. Se para, sorprendido de vernos allí de pie a los tres, obviamente nerviosos.

—¿Puedo ayudarlos en algo, chicos? —pregunta, pero no escucho. Estoy mirando por encima de su hombro hacia el pasillo que se abre a su espalda, al otro lado de la puerta. Veo a Holden y a mi tío Matt. Abro la boca, lista para gritar algo, pero no puedo decir nada. No puedo hacer nada.

Están de espaldas a nosotros. Matt conduce a Holden por el pasillo, y eso es todo: llegamos demasiado tarde. Holden está entrando en lo desconocido. El miedo me consume cuando veo a Matt detenerse, abrir una puerta y hacerle un gesto a Holden para que entre. No estoy segura de si Jaden y Will están respirando, pero yo desde luego que no.

Holden hace lo que Matt le dice, pero echa una mirada por encima del hombro, y entonces sus ojos se encuentran con los míos. Son un oscuro océano con todas y cada una de las emociones que siente en este momento. Es la apabullante preocupación por lo desconocido. Hay una tristeza profunda. Pero hay también algo que no sé muy bien qué es, algo que no puedo descifrar. Y entonces lo entiendo.

Es el alivio. Sus ojos soltaron toda la ira y el miedo de esta mañana, y ahora todo lo que queda es alivio. Se enfrenta a su mayor temor; por fin lo está haciendo. Por fin va a poder soltar el peso insoportable de todo el año pasado.

Sus ojos hinchados viajan hacia Will, y luego hacia Jaden. Y por primera vez en todo un año, se miran el uno al otro de la misma manera. Se ven el uno al otro, el propio remordimiento se refleja en la cara del otro. El momento parece durar eternamente, uno enfrente del otro como si se reflejaran en un espejo. A continuación, poco a poco, Holden asiente, sin apartar los ojos de los de Jaden. Poco a poco pero con seguridad, Jaden le devuelve el gesto. Soltando el aire contenido, Holden por fin inclina la cabeza hacia el suelo. Y entonces entra en la sala. El tío Matt lo sigue, y cierra la puerta.

Todo vuelve a sentirse igual, aunque sabemos que será diferente a partir de este momento. El teléfono deja de sonar y la entrada está tranquila y vacía de nuevo.

Jaden se pone delante de mí y sus ojos ansiosos se encuentran con los míos. Sé que él no quería que esto ocurriera, no de esta manera. Se me acerca, me rodea con los brazos y me estrecha fuerte contra su cuerpo. Me siento segura pegada a sus hombros corpulentos, y mientras rompo en lágrimas, lo rodeo también con mis brazos y nos fundimos el uno con el otro. Hunde la cara en mi cuello, su aliento cálido en contacto con mi piel, y entonces murmura:

—Ahora sí voy a necesitarte, Kenz.

Apoyo la cara contra la suave tela de su sudadera y escucho el rítmico latido de su corazón mientras asiento, con los ojos entrecerrados.

—Estoy aquí —susurro.

Y esta vez, lo estoy de verdad.

Agradecimientos

Como siempre, estoy profundamente agradecida a mis lectores, especialmente a los que me han apoyado desde el principio.

Gracias a toda la gente de Black & White por ser los mejores, el equipo más genial con quien se puede trabajar, y por creer siempre en mí, incluso cuando ni siquiera yo creía en mí misma. Gracias, Megan, por ayudarme a convertir *Atrévete a enamorarte* en el libro que yo quería que fuera; a ti, Janne, por estar siempre ahí para comentar mis ideas, y a ti, Lina, por asegurarme que todo iba a salir bien. (Así fue).

Gracias a mis mejores amigas, Heather, Rachael, Kirsty y Morgan, por hacerme reír y dejarme lloriquear, que es lo que necesito siempre después de una larga semana escribiendo. Y por darse esos atracones de comer *nuggets* de pollo conmigo.

Gracias a todas ustedes, chicas del grupo de escritura; son demasiadas para que las pueda nombrar a todas, pero ya saben quiénes son y todas y cada una de ustedes me inspiran cada día. Gracias por darme ánimos y estar despiertas hasta tarde escribiendo conmigo.

Gracias a Don MacBrayne del Summit, en Windsor, por responder a todas mis preguntas, y a McKenna Gilloth y Caleb Bangs, del instituto Windsor, por escuchar mis ruegos y ayudarme con las cuestiones más tediosas y cotidianas, incluidas las referentes al horario de las clases y a las alfombras.

Y finalmente, gracias a toda mi familia por soportarme durante los estresantes y tensos meses en que escribí este libro. Somos una gran familia, pero su amor y aliento son todavía más grandes. Y lo más importante: gracias a ustedes, mamá y papá, por dejarme vivir mi sueño y apoyarme en cada paso del camino. Los quiero mucho.

SP
YA
MasKame
2018

1570599
B.KM
$18⁰⁰